TRICHEUSES

Anna Godbersen est née en 1980 à Berkeley, en Californie, et a fait ses études à l'université de Barnard. Ancienne éditrice à la revue *Esquire*, elle est actuellement critique littéraire pour le *New York Times* et vit à New York.

Paru dans Le Livre de Poche :

REBELLES

RUMEURS

ANNA GODBERSEN

Tricheuses

TRADUIT DE L'ANGLAIS (ÉTATS-UNIS) PAR ALICE SEELOW

ALBIN MICHEL

Titre original :

ENVY
HarperCollins Children's Books,
a division of HarperCollins Publishers, New York, 2009.

© Alloy Entertainment et Anna Godbersen, 2009.
© Éditions Albin Michel, 2010, pour la traduction française.
ISBN : 978-2-253-16679-5 – 1re publication LGF

À Edna, à Marge.

Prologue

Pour une certaine catégorie de jeunes New-Yorkaises, toute chose doit toujours être à sa place. Ces dames rangent leurs bijoux dans leur boîte à bijoux, et leurs dentelles dans leurs tiroirs à dentelles. Quand elles se promènent, c'est dans leur tenue de promenade ; quand elles vont au théâtre, c'est coiffées de leur chapeau de théâtre. L'après-midi, avant de rendre visite à une amie qu'elles ne voudraient manquer pour rien au monde, elles calculent l'heure à laquelle elles sont sûres de la trouver seule et le plus disposée à écouter leurs confidences. En revanche, au moment de faire le petit saut obligé chez l'amie qu'elles n'ont pas du tout envie de voir, elles s'arrangent pour arriver à l'heure où elles savent que la dame s'est absentée. On ne rencontre par ailleurs jamais ces jeunes femmes dans la rue en cheveux ou les mains nues.

Raison pour laquelle même un petit oiseau serait surpris, en voletant dans l'air limpide de cette première journée printanière de 1900, de voir qu'aucune de ces dames ne se trouve tout à fait là où elle devrait être.

C'était le début du mois de mars et bien que la veille, la neige eût givré les trottoirs, la soirée offrait la promesse lointaine d'un beau printemps. Le cœur de notre petit oiseau, posé sur le rebord de la fenêtre en pierre de style italianisant d'une certaine dame de la Cinquième Avenue, tressaillit soudain sous son jabot de plumes blanches. Car cette dame, qui venait de faire alliance avec l'une des plus grandes familles de New York, était en train de dégrafer son corset devant un homme qui n'avait pas vraiment l'air d'être son mari. Ses joues étaient roses du champagne qu'elle avait bu au dîner, et comme elle n'était pas habituée à se déshabiller sans l'aide de sa femme de chambre, elle se contorsionnait de rire à chaque mouvement. Pour finir, l'homme s'approcha d'elle et commença à dénouer lentement les rubans de son corset.

Mais le petit oiseau s'était déjà envolé, déployant ses ailes dans le ciel nocturne de la Cinquième Avenue. Il plana au-dessus des somptueux portails illuminés et des cochers qui attendaient sur le trottoir, dans leur immuable posture. Quand il se posa à nouveau, ce fut sur le garde-fou en fer forgé de la fenêtre de l'une de ces nouvelles et riches demeures. La lumière de la rue se réfléchissait sur les vitres, ce qui n'empêchait pas de voir les silhouettes se profiler nettement à l'intérieur des appartements.

La famille de la jeune fille était réputée pour son adresse prestigieuse, et pour les non moins prestigieuses fiançailles qu'elle venait de contracter. Son nouvel hôtel particulier était situé au nord de Manhattan. L'homme qui tendait les bras vers la jeune dame devant le foyer ne ressemblait nullement à celui dont elle avait autrefois porté l'alliance. Mais les petits yeux noirs du moineau vagabondaient déjà et, avant d'en apercevoir davantage, il avait repris son envol.

De là il décrivit un cercle en direction du sud-est, tournant sa petite tête ronde aigrettée vers les scènes qu'encadraient les fenêtres des appartements des gens comme il faut : celle de l'héritière dont la toute nouvelle richesse ne l'empêchait pas de dérouler ses bas devant un homme dont personne n'avait jamais entendu parler ; celle du fils bien-aimé de la haute société de New York, qui avait surpris tout le monde il y a peu en mettant fin à son célibat, et qui contemplait à ce moment-là les lumières déclinantes de la ville reflétées dans l'Hudson ; celle de sa femme, dont la garde-robe de printemps n'était pas encore arrivée de Paris, et qui se trouvait encore vêtue de ses lourds habits de velours hivernaux, seule, sans partenaire dans cette chambre somptueuse.

Qui pourrait blâmer notre petit oiseau de venir se poser sur le bord de la fenêtre d'une très ancienne famille pour qui les convenances signifiaient encore quelque chose ? Mais quand il choisit le rebord du numéro 17 de Gramercy Park, rien n'attestait que cette demeure abritait encore des êtres vivants.

Pourtant, en cette soirée particulière, Diana Holland était la seule jeune fille de son milieu qui se trouvait réellement là où elle était censée être, dans sa chambre, seule, les boucles lustrées de sa chevelure indocile tombant sur ses épaules. Elle avait soigneusement lavé ses joues roses, et son visage se reflétait dans le miroir au cadre en vitrail délicatement ouvragé devant lequel elle s'était si souvent préparée pour de joyeuses soirées.

À présent, son apparence n'avait rien de joyeux. Ses yeux sombres habituellement frais comme la rosée étaient rouges des larmes qu'elle avait versées, et sa petite bouche ronde était contractée en une moue désespérée. Elle regardait son reflet, mais ne parvenait pas à aimer l'image de cette jeune fille qui la dévisa-

geait. Elle savait que, malgré les nombreuses tragédies que sa courte vie lui avait infligées, elle n'avait jamais eu le moral aussi bas. Elle souffrait de ce qu'elle avait fait, et plus les minutes passaient, plus elle souffrait. Elle relâcha la tension de ses épaules et leva son petit menton bien dessiné. Elle cligna des yeux, et ses traits s'affermirent : sa résolution était prise.

Son regard ne se détourna pas du miroir quand elle tendit la main pour saisir une paire de ciseaux en or. Lorsque ses doigts se refermèrent sur les anneaux, elle n'eut pas une seconde d'hésitation. Elle approcha les lames de ses boucles et commença à couper. Sa chevelure était si lourde et si volumineuse qu'il lui fallut plusieurs minutes pour en venir à bout. Lorsque tous ses cheveux, qu'elle avait taillés ras sur sa tête, se trouvèrent amassés en petits tas bruns et brillants à ses pieds, elle repoussa sa chaise et détacha les yeux de son image.

Plus tard, alors que les premières lueurs du matin au bord du ciel n'étaient encore que la promesse du jour, notre moineau, toujours posé sur les avant-toits de la demeure des Holland, observa sa plus jeune occupante sortir par la porte d'entrée. Elle serrait contre elle son vieux manteau pour se protéger du froid, et son chapeau était enfoncé sur ses oreilles. Il était trop tard, ou trop tôt, pour qu'un être humain pût remarquer l'absolue détermination de sa démarche, mais les petits yeux noirs de l'oiseau la suivirent tandis qu'elle disparaissait dans le jour naissant.

# Un

« Mr Leland Bouchard serait heureux de vous compter parmi ses invités au bal qu'il donne en l'honneur des membres de l'Automobile Club de New York, ce jeudi soir 8 février 1900 à 18 heures, 63e Rue. »

– Il est certain qu'une jeune fille aussi jolie que vous, qui êtes la beauté en personne, ne pourrait rester cachée un soir comme celui-ci, où tout le monde aspire à voir de superbes silhouettes et des yeux éblouis – or les vôtres sont ceux où brillent les plus belles étoiles.

Diana Holland leva innocemment les yeux du canapé en chenille de soie de la bibliothèque et regarda l'homme qui, appuyé contre le chambranle de la porte, venait de lui parler. Davis Barnard avait, selon son habitude, prononcé deux fois plus de mots que nécessaire. C'était le seul journaliste que connaissait Diana ; il écrivait ses papiers mondains sous pseudonyme. Elle jeta un coup d'œil à sa gauche, où les cils de son chaperon, sa tante Edith, battaient au-dessus de ses pommettes saillantes d'aristocrate. Sur le visage de la dame que l'âge avait marqué et aminci, Diana pouvait deviner ce que deviendraient ses propres traits, car cette petite bouche ronde, ce nez fin et ces sombres yeux joliment fendus sous ce front généreux étaient très semblables aux siens.

Edith poussa un soupir qui exprimait un mélange de lassitude et de satisfaction, puis Diana regarda

Barnard, vêtu d'un smoking noir. Derrière lui, elle voyait la fête battre son plein, et les lumières scintiller.

— Vous êtes un vil flatteur, s'amusa-t-elle en se levant et en appuyant ses paroles d'un regard entendu.

Elle était en effet extraordinairement complice avec lui ces jours-ci.

Elle approcha de l'entrée, la longue jupe en mousseline de soie noire de sa robe traînant derrière elle et ouvrit son éventail pour cacher pudiquement son visage, geste qu'elle faisait toujours en compagnie de Barnard : tous deux critiquaient le monde en détail, et mieux valait dissimuler ses lèvres pour éviter que quiconque ne puisse y lire. Ses cheveux étaient ramassés en un chignon bas sur la nuque ; de petites boucles auréolaient le haut de son visage. Une ceinture en cuir noir soulignait sa taille étroite, tandis qu'une fleur en dentelle ivoire sublimait son cou de cygne. Sa robe était neuve, elle l'avait payée de ses propres deniers. Elle se retourna pour s'assurer que personne n'avait remarqué qu'elle avait échappé à son chaperon, et se laissa entraîner sur le sol en marbre blanc de la mezzanine du premier étage.

— Quel étalage ! lui glissa Barnard tandis qu'ils traversaient le salon de musique au parquet étincelant de la demeure de Leland Bouchard.

Cette pièce avait été réalisée selon les règles de l'art et les lois de l'acoustique, mais elle était rarement utilisée dans sa fonction première. Ces salons de musique étaient généralement destinés à offrir aux invités des spectacles d'opérettes ou de comédies musicales, et Leland Bouchard, qui s'était fait construire cette maison à l'âge de vingt ans avec le fruit de ses propres investissements, était connu pour ne jamais tenir en place. Les murs étaient lambrissés de peintures murales, et un palmier géant kentia festonné de lumières s'élevait jusqu'au plafond voûté haut de huit mètres.

En promenant son regard à travers la grande salle rectangulaire, elle rencontra celui d'Isaac Phillips Buck, qui détourna rapidement les yeux comme s'il se trouvait surpris en train de l'observer. Il était d'une stature imposante et d'un âge que ses traits mous et charnus rendaient impossible à déterminer. C'était en quelque sorte le valet de Penelope Hayes, Diana ne le savait que trop, mais pourquoi lui portait-il le moindre intérêt ? Puis elle croisa le regard de l'ancienne amie de sa sœur, Agnes Jones, au bras d'un amant quelconque. Elle s'efforça de lui adresser un sourire chaleureux, ayant encore beaucoup de mal à faire semblant d'aimer les gens qu'elle n'aimait pas – chose que Barnard lui avait reprochée : c'était un trait de caractère regrettable chez une jeune fille comme elle qui non seulement appartenait à la haute société, mais était également une colporteuse de secrets.

– Tout le monde est là ! ajouta Barnard en observant Teddy Cutting traverser la pièce en compagnie de Gemma Newbold, à la chevelure rousse et bouclée rehaussée d'un diadème – il était notoire que Mrs Cutting avait décidé de la fiancer à son fils unique. Il fut un temps où tout le monde supputait que Teddy épouserait Elizabeth Holland, mais c'était avant l'annonce des fiançailles de la jeune fille avec le meilleur ami de Teddy, et avant qu'elle ne s'unisse dans le plus grand secret à l'homme qu'elle aimait vraiment.

Comme sa mère, Elizabeth Holland était veuve ; ces deux dames se trouvaient donc toutes deux chez elles ce soir-là. Une des raisons pour lesquelles la fille cadette se montrait, au contraire, mais en était-ce une pour que Buck l'espionne ?

– Qui n'aimerait pas Leland ? répondit-elle, essayant de chasser l'impression que lui avaient faite les yeux de Buck sur elle : des yeux de pourceau.

– Il serait en effet difficile de ne pas l'aimer. (Barnard s'interrompit pour accepter une coupe de champagne qu'un serveur lui tendait au passage.) Quoique j'avoue éprouver un étrange mal de tête chaque fois que je reste trop longtemps en sa compagnie. Il parle trop vite, il est à tout propos dans un état d'exaltation constant. Moi, rien ne m'excite jamais entre l'heure de mon réveil et cinq heures de l'après-midi.

Diana sourit à ces mots, sachant ce que signifiaient cinq heures de l'après-midi pour son ami ; et ce qu'elle savait aussi, c'est qu'il coupait son café de whisky bien avant cette heure-là.

– Quelle robe voyante porte Eleanor Wetmore, fit remarquer Diana, observant la profusion de robes sur mesure et de visages fardés qui passaient devant eux.

– En effet, approuva Barnard.

– J'imagine qu'elle cherche un mari, maintenant que sa petite sœur est fiancée à Reginald Newbold. Elle doit se sentir humiliée d'être encore vieille fille à l'âge de vingt-six ans, au lieu d'une honorable mère de famille. Elle doit vouloir attirer l'attention à tout prix.

– Eh bien, voici un article tout trouvé.

Barnard termina sa coupe de champagne et la posa sur le manteau de cheminée en bois sculpté issu d'une grande maison florentine, comme il l'avait souligné lui-même dans sa rubrique mondaine « Le Joyeux Dandy ».

– Pourquoi ne pas l'écrire ?

Cette proposition désinvolte fit rosir Diana d'excitation ; elle sourit derrière son éventail.

– Bon bon, répondit-elle après quelques secondes pour cacher son impatience.

– N'essayez pas de me dissimuler vos sourires, Miss Diana Holland, lui souffla Barnard. J'espère, dans mon intérêt, que le jour où vous prendrez conscience que me divulguer des potins mondains est indigne de vous, j'espère que ce jour-là n'est pas pour demain.

Ils étaient arrivés devant les grandes fenêtres de style classique, admirablement proportionnées, qui donnaient au nord sur la rue, et Diana lâcha un instant le bras de son ami pour contempler le reflet de la chaude lumière des fenêtres sur le trottoir enneigé. Derrière eux s'éleva alors la voix de Leland Bouchard qui s'extasiait sur les performances de sa voiture à moteur, une Exley exposée dans le vestibule afin que les invités puissent, dès leur arrivée, admirer, avec une curiosité teintée d'envie, sa rutilante modernité.

Leland Bouchard était un homme grand, au front remarquablement haut et aux cheveux blonds comme les blés, qu'il portait toujours un peu longs.

– Elle fait facilement trente-cinq kilomètres à l'heure sans qu'on ait besoin de la pousser, expliquait-il à Mr Gore.

– Il est investisseur dans la compagnie automobile Exley, souffla Barnard à sa protégée.

Diana aurait dû continuer à prêter l'oreille pour obtenir la suite de ces informations, mais son attention fut distraite par la rue. Elle inspira et éprouva une délicieuse sensation. La fleur de dentelle brodée sur sa robe se soulevait au rythme de son souffle. La foule des invités, derrière son dos, avec leurs secrets qu'ils auraient mieux fait de garder pour eux et leurs petites fourberies qui feraient rire de bon cœur les lecteurs, s'estompait dans son esprit. L'instant d'avant, elle se sentait l'actrice habile d'un jeu qui se jouait sans répit dans l'assistance, or à présent, elle n'avait qu'une envie, celle de se cacher et de réprimer son célèbre rire argentin.

Sous ses yeux, Henry Schoonmaker venait de sortir de sa calèche et s'arrêtait pour s'allumer une cigarette devant la grille en fer forgé qui entourait l'hôtel particulier de Leland Bouchard. Henry était l'homme qui avait enflammé les sentiments de Diana la saison dernière avant de l'anéantir. Il y avait eu une grande histoire entre eux, mais alors que Diana l'observait, en train de fumer, un coude appuyé sur le poignet de son autre bras, l'air lointain et pensif, elle n'oublia pas qu'elle ne ressentait plus la moindre émotion pour lui. Et quand l'épouse d'Henry, Penelope, fille de la nouvellement richissime famille Hayes, arriva aux côtés de son mari avec son impitoyable regard bleu, Diana n'oublia pas non plus qu'Henry avait choisi de se marier avec Penelope quelques semaines après lui avoir pris sa virginité à elle, Diana.

— J'aimerais bien savoir ce qui se passe dans leur chambre à coucher, lui souffla Barnard avec un sourire narquois.

— Les Schoonmaker font l'envie de tous les jeunes couples de la ville, répondit machinalement Diana comme si elle répétait une leçon.

Barnard prit deux flûtes de champagne sur un plateau porté par un serveur qui passait devant eux et en tendit une à Diana. Elle ferma les yeux et en but une longue gorgée, ce qui ne la calma pas pour autant. Bientôt, Henry Schoonmaker franchirait la porte de cette pièce.

Il ne fallait pas qu'il la voie.

Même si Diana essayait de remplacer sa sœur en jouant le rôle d'une parfaite Holland dans le monde, elle avait scrupuleusement évité de rencontrer Henry. De la même façon, elle avait pris soin de brûler toutes les lettres qu'il lui avait adressées quotidiennement depuis la veille du Nouvel An, jour de son mariage avec Penelope, sans même les ouvrir, et de s'interdire tout sentiment que sa vue pourrait éveiller en elle. Elle avait pensé, il n'y avait pas si longtemps, qu'ils étaient destinés à partager un grand amour romanesque. Mais elle n'était plus la jeune fille qu'elle était alors, il lui avait brisé le cœur, et toute sa candeur avait disparu. Rien, aucun mot d'Henry ne pourrait jamais la faire redevenir comme avant, et surtout pas si ce mot lui arrivait simplement par courrier.

— Tout va bien ? lui demanda Barnard en faisant tourner dans sa main sa flûte aux bordures d'or pâle.

– Juste un peu fatiguée, répondit Diana avec un faible sourire, en lui rendant son verre pratiquement plein. Je vais devoir rentrer, mais je vous promets de vous apprendre avant dimanche tout ce qu'il faut sur les projets matrimoniaux d'Eleanor Wetmore.

Haussant la voix à ces derniers mots pour se donner du courage, elle tendit la main à son ami pour qu'il la baise, puis se retourna et s'éloigna parmi les palmiers qui décoraient la pièce, espérant passer ainsi inaperçue aux yeux d'Henry. Mais elle dut hésiter trop longtemps, car au moment où elle se décida à partir, le couple Schoonmaker apparut. Diana eut un petit sursaut et recula, le visage dissimulé derrière les grandes palmes vertes qui ne lui cachèrent en revanche pas le spectacle de Penelope. Celle-ci portait une robe d'un rouge qui aurait pu faire penser à l'étal d'un boucher si elle n'avait pas été taillée dans une si précieuse étoffe.

La nouvelle Mrs Schoonmaker adressa de loin un signe amical à Mrs Schoonmaker, la belle-mère d'Henry, qui n'avait que vingt-six ans et portait une robe presque aussi voyante et osée que celle de Penelope. Puis Adelaide Wetmore croisa Henry et sa femme, et occupa leur attention assez longtemps pour permettre à Diana de s'éclipser.

Soulevant le bas de sa jupe, elle se précipita vers la bibliothèque, y trouva sa tante qu'elle réveilla, et alla chercher leurs capelines.

Dehors il gelait presque, et elles se trouvaient à plus de quarante îlots de leur maison, dans un quartier ancien. Un froid, que Diana aurait mis volontiers sur le compte de l'engourdissement, lui saisit la poitrine. Il lui fallut toute la force du monde pour ne pas se retourner et revenir en arrière tandis qu'elle s'éloignait de la fête.

Deux

« L'hiver, le beau monde est toujours particulièrement sensible à l'apport de sang neuf ; il en a toujours été ainsi, et cela reste aujourd'hui une évidence. Miss Carolina Broad est la dernière en date à bénéficier de cet état de fait. Son ascension sociale a été fort rapide ; en novembre, personne n'avait jamais entendu parler d'elle, et à la fin du mois de décembre, on pouvait lire son nom dans tous les journaux, où l'on apprenait qu'elle était l'une des demoiselles d'honneur de Mrs Penelope Schoonmaker. Nous avons appris qu'elle vivait à l'hôtel *New Netherland* sous la chaste protection de Mr Carey Lewis Longhorn. Il ne fait aucun doute que cette jeune personne mérite toute notre attention... »

EXTRAIT DE LA RUBRIQUE « LE JOYEUX DANDY »,
THE NEW YORK IMPERIAL, JEUDI 8 FÉVRIER 1900.

La musique grisante du piano du rez-de-chaussée du restaurant *Sherry* au coin de la Cinquième Avenue et de la Quarante-Cinquième Rue montait jusqu'au salon des dames. Dans cet espace aux murs tapissés de rose, elles se pressaient, tout excitées, autour du miroir au cadre métallique sculpté et couronné d'un tulle blanc mousseux comme un nuage ; un miroir immense, pas assez grand cependant pour toutes ces beautés aux joues roses, vêtues de soie et de dentelles, qui s'y penchaient pour noircir leurs cils et parfumer leur décolleté. Elles avaient dîné de faisan anglais et d'asperges de serre avant de se retirer, un peu somnolentes, au moment du service du café. Elles attendaient impatiemment le prochain chapitre de leur soirée, et probablement aucune d'entre elles autant que Carolina Broad, qui se reflétait au centre du miroir dans une robe d'un or pâle caractéristique, et pinçait ses joues criblées de taches de rousseur pour les rosir.

Sa robe était un cadeau de Carey Lewis Longhorn, l'homme politique célibataire le plus âgé de New York, souvent cité dans les journaux. Elle mettait en valeur sa taille haute et élancée, tandis que ses volants de dentelle masquaient ses épaules un peu robustes, et que les cinq rangs de perles de son collier ras du cou cachaient ses salières. Ses cheveux sombres étaient ornés d'un feston de plus petites perles, et ses yeux vert mousse brillaient sous ses sourcils redessinés. Son visage était fier, ses lèvres pulpeuses laquées de rouge. Toutes les femmes qui l'entouraient auraient été choquées d'apprendre qu'elle avait été la servante d'une jeune fille de cette haute société dont elle prétendait maintenant faire partie, et que, jusqu'à il y a peu, elle portait le nom banal de Lina Broud – fait gênant dont Longhorn était parfaitement conscient, et que sa jeune amie faisait de son mieux pour oublier (chose qui lui était facile maintenant, tandis qu'elle se rendait, ses jupons de dentelle moussant sous sa robe comme la crête des vagues sur l'océan, du salon des dames vers la salle à manger principale). Elle marchait fort bien, ce qu'elle avait appris à faire depuis seulement quelques mois, et c'est avec cet air de lady qu'elle traversa les petites antichambres aux lumières tamisées et entra dans la salle à manger du *Sherry*. Elle resta au bord de la pièce, dans l'ombre de l'un des balcons du premier étage, contemplant la vaste salle, avec ses colonnes et ses piliers, ses nappes blanches et ses beaux arrangements floraux, ses serveurs qui se bousculaient et ses débutantes très entourées.

Longhorn était installé à une table très en vue au centre de la salle, où la lumière du lustre brillait de tout son éclat. Quand il dînait seul, il préférait s'asseoir dans un coin plus discret, mais à présent que Carolina avait commencé à l'accompagner et insisté pour être à une table centrale, il était temps qu'elle se montre. Il avait aussitôt acquiescé avec un rire attendri. Il portait son habituelle veste de soirée en velours rouge et un col cassé blanc plutôt vieux jeu attaché sous son menton par un bouton un peu voyant. Ses cheveux, qu'il avait épais, grisonnaient, et ses traits encore beaux mais gonflés par une vie mondaine bien arrosée laissaient deviner le jeune homme convoité qu'il avait été. Près de lui se tenait son valet barbu, Robert, leurs manteaux sur le bras. Carolina se sentit alors soulevée par une vague de plaisir anticipé, car elle savait ce que signifiaient ces manteaux : il était temps qu'ils partent.

Ce n'était pas qu'elle n'ait pas apprécié la vaisselle en porcelaine fine, les cocktails de champagne ou encore le service raffiné du restaurant préféré de son protecteur. Elle avait savouré les nombreux plats (peut-être avec un peu trop de gourmandise, elle s'en était rendu compte quand elle avait croisé le regard de Robert), observée par tous les autres convives, depuis peu aussi curieux d'elle qu'elle l'avait été autrefois d'eux. Mais toute sa soirée avait été tendue vers son second acte : Longhorn allait l'emmener à une fête chez Leland Bouchard, dont le nom tenait dans les pensées de Carolina la place qu'elle réservait jadis à Will Keller.

Will avait été son premier amour. Elle l'avait connu quand ils étaient enfants, et cet attachement lui semblait aujourd'hui bien puéril. De toute façon, Will n'était plus là, et malgré sa mort aussi injuste que terrible, il fallait continuer d'aller de l'avant, car la vie regorgeait de merveilles et vous réservait de belles surprises. Et en effet, avait-elle jamais entendu un nom plus prestigieux que « Leland Bouchard » ? Un nom envoûtant, comme taillé dans l'argent – ce qu'il était probablement. Elle avait rencontré l'homme aux environs de Noël à un bal au cours duquel il l'avait invitée plusieurs fois à danser. La façon dont il lui avait pris la taille et tenu la main n'était ni guindée ni lascive, mais simple et cordiale, tandis qu'ils parlaient de choses et d'autres. Elle ne s'était jamais sentie aussi belle et légère que pendant cette soirée, à laquelle elle pensait souvent la nuit avant de s'endormir. Car malgré tous ses efforts pour se retrouver à nouveau près de lui, elle n'y était pas parvenue. Elle l'avait quand même aperçu un jour, à travers la vitre de la voiture de Longhorn, alors qu'il marchait dans la rue, et son cœur avait battu à la pensée qu'il pourrait se retourner juste au bon moment ; et une seconde fois, de loin, à un bal où elle se sentait trop insignifiante pour oser aller vers lui ; de toute façon il ne l'avait pas vue. Or ce soir c'était lui qui recevait, et elle était en beauté. Il était impossible qu'il ne l'invite pas à danser. Dans le cas contraire, son amie Penelope avait promis de les présenter à nouveau l'un à l'autre. Alors il l'entraînerait dans une valse tourbillonnante, et il danserait à jamais dans son cœur.

C'est avec cette belle image en tête qu'elle pénétra dans la grande salle à manger du *Sherry*, prête pour une soirée qui, elle en était convaincue, allait lui ouvrir les portes d'une vie nouvelle. Elle se dirigeait vers Longhorn, lorsque la sensation d'une main lui tapotant le dos l'arrêta. Elle se retourna avec un vague petit sourire ; cependant, dès qu'elle reconnut la personne qui l'avait touchée, toutes ses agréables pensées s'évanouirent.

– Miss Broad !

La voix était enjouée, mais quand elle dut rendre son salut à son interlocuteur, elle se trouva incapable de lui répondre sur le même ton. Elle chercha Longhorn du regard. Comme elle se tenait dans l'ombre, il ne l'avait pas encore remarquée.

— Bonsoir, Tristan.

Tristan Wrigley était un jeune homme de grande taille, aux cheveux fins et aux yeux couleur de coucher de soleil reflété dans des eaux bourbeuses. Ils ne se connaissaient pas depuis longtemps, mais il l'avait déjà aidée, en même temps que blessée à plusieurs reprises. Vendeur dans un grand magasin, il s'était révélé également habile arnaqueur. C'était le premier homme qui l'avait embrassée, et le seul jusqu'ici. Elle l'avait par la suite évité, mais même s'il en était vexé, il ne le montrait pas. Il lui souriait, à côté d'une femme à la poitrine opulente habillée d'une robe rouge criard et les cheveux hérissés de grandes plumes. Accrochée à son bras, elle arborait un sourire outrancier peu adapté à la situation.

— C'est Mrs Portia Tilt, continua Tristan en fixant sur Carolina un regard intense. Elle arrive de l'Ouest avec son mari. Carolina vient de l'Ouest, elle aussi. Savez-vous qu'elle est l'héritière d'une fortune bâtie sur la fonte du cuivre, et qu'elle…

— Je suis sûre que votre amie n'a nul besoin de connaître toute mon autobiographie, l'interrompit froidement Carolina.

En un instant, elle avait compris la situation. Mrs Tilt, qui avait plus d'argent que de classe, avait cru Tristan quand il lui avait annoncé qu'il pourrait l'aider à entrer dans la haute société, et lui, fort de la crédulité de la pauvre dame, n'avait eu de cesse de la presser de lui donner de l'argent, de lui offrir toutes sortes de choses y compris maints repas au restaurant. Mrs Tilt apprendrait en temps et en heure — bien qu'elle ne semblât pas avoir l'esprit très rapide — qu'on n'entre pas dans le grand monde en s'exhibant bras dessus, bras dessous avec un vendeur de chez *Lord & Taylor* dans l'un des plus fameux restaurants de Manhattan ; Carolina, elle, n'était pas aussi stupide, et n'avait pas l'intention de commettre la même erreur.

— Au revoir, conclut-elle sans commentaire avec un grand sourire.

— Au revoir, lui répondit gaiement Mrs Tilt, trop lente pour réaliser qu'elle lui avait fauché l'herbe sous le pied.

Tristan, le bras encore accroché à celui de Mrs Tilt, fut entraîné, mais eut le temps de jeter un coup d'œil en arrière et de poser sur Carolina un regard si intense qu'elle se sentit pénétrée jusqu'aux os. Quelle chance pour elle que Mrs Tilt se mette alors à rire aux éclats et que tous les yeux se tournent dans sa direction : Carolina en profita pour regagner sa place dans la salle à manger sans que personne ne la remarque.

— Ah, vous voilà, ma chère.

Longhorn lui adressa un sourire admiratif, comme on sourit à un petit enfant choyé qui a mangé la friandise qu'on lui a offerte et qui en redemande aussitôt une autre. Puis elle se laissa escorter, le bras de Longhorn autour de son épaule, à travers les nombreuses pièces, jusqu'à la sortie.

Dehors régnait le calme d'une nuit profonde aux ombres mauves, et la lueur du réverbère dessinait une flaque jaune sur le trottoir. Il faisait froid, trop froid pour sortir de chez soi, et les cochers traînaient sur le trottoir, gelés, courbés au-dessus de leurs tasses de cidre chaud. Les chevaux étaient protégés d'épaisses couvertures, et un souffle blanc sortait de leurs naseaux. Carolina, qui s'était remise de sa rencontre avec Tristan, regardait à présent Longhorn d'un air reconnaissant. Il connaissait ses origines, mais ignorait tout de sa honteuse association avec le vendeur. Il ignorait également que ce dernier avait eu l'idée qu'elle se rapproche de lui, le vieux célibataire, pour leur profit à tous deux. Il pensait à elle comme à une jeune fille candide, et elle ne lui avait pas donné l'occasion de corriger cette impression. Elle ressentait intensément sa bonté, à ce moment précis.

Depuis la suggestion de Tristan, elle s'était réellement prise d'affection pour le vieil homme. Elle appréciait son esprit caustique, sa confiance en soi et son indifférence à l'opinion des gens du monde qu'il fréquentait. Il aimait ce qu'il appelait la « candeur » de Carolina – qui n'était en fait rien d'autre qu'un manque de connaissance et une bonne volonté à admettre qu'elle avait beaucoup à apprendre. Quoi qu'il en soit ils formaient un beau couple, et les moments qu'ils passaient ensemble étaient toujours de grande qualité.

– Quelle belle soirée ça va être, fit-elle doucement en se mordant la lèvre inférieure.

La lourde capeline bordée d'une fourrure blanche de son manteau brodé de fils d'or encadrait joliment son visage.

Longhorn lui sourit, et une lueur passa dans son regard. Puis Robert revint, tenant par la bride les chevaux qui tiraient la voiture. Il ouvrit la portière et aida Carolina à monter. Il s'attarda un instant pour étendre une couverture en laine sur ses genoux et redescendit. Longhorn échangea quelques mots avec lui, puis prit place à côté d'elle. La portière se referma derrière lui avec un bruit sec.

— Ce *fut* une belle soirée, répondit-il.

Les chevaux s'ébranlèrent, et Carolina se sentit tirée en avant tandis que les mots de Longhorn s'évanouissaient dans l'air. Quelque chose dans le ton qu'il avait pris lui déplaisait.

— Jolie soirée. Mais je crains d'avoir abusé de cette sauce un peu lourde, et d'avoir veillé trop tard et trop souvent en votre compagnie, très chère. Vous ne m'en voudrez pas si nous rentrons maintenant ? Nous dégusterons un verre de madère dans ma suite…

Carolina fut atterrée. Soudain, la maison de Leland Bouchard sur la Soixante-Sixième Rue Est – elle était passée plusieurs fois devant cette adresse, prétendant vouloir admirer l'architecture de l'immeuble – lui sembla être le seul endroit animé de la ville. Son amie Penelope Schoonmaker était là, riant aux reparties spirituelles qui fusaient probablement autour d'elle, sans aucun doute admirée par tous les jeunes gens, alors même que, sa flûte de champagne à la main, elle n'avait d'yeux que pour son brillant mari…

Carolina, désespérée, essayait de s'accrocher encore à un petit espoir, mais n'osa pas contrarier la volonté du vieil homme. Il avait déjà donné ses instructions au cocher qui les emmenait inexorablement vers le même hôtel où, cela lui apparut soudain dans toute son évidence, ils passeraient leurs soirées à boire du madère, dans un cycle monotone et ininterrompu. Sa lèvre inférieure tremblait de déception, mais son compagnon, dont les yeux se fermaient déjà, était trop fatigué pour le remarquer.

Trois

« Une jeune mariée peut éprouver le désir délicieux de ne rien vouloir faire sans la compagnie de son époux bien-aimé et passer en conséquence tout son temps avec lui, à l'exclusion de tout autre amie ou membre de sa famille. C'est une chose fort naturelle, mais parfaitement inacceptable pour la haute société. »

MRS HAMILTON W. BREEDFELT,
EXTRAIT DE SON *RECUEIL D'ARTICLES
SUR L'ÉDUCATION DES JEUNES FEMMES
DU GRAND MONDE DE BONNE FAMILLE*, 1899.

Mrs Henry Schoonmaker, née Penelope Hayes, n'avait pas encore dix-neuf ans. En passant dans le vestibule de Leland Bouchard où était exposée une voiture à moteur rutilante, elle ne put s'empêcher de songer combien elle-même, tout comme cette voiture, était un emblème chatoyant du futur. Depuis qu'elle était enfant, elle s'était dit qu'elle ne passerait pas sa vingtième année sans un gros diamant de la plus belle eau à son doigt, or là elle avait non seulement atteint son but, mais était en avance sur celui-ci de deux ans, et par-dessus le marché elle venait de s'allier à l'une des familles les plus respectées de New York. Certains se souvenaient encore de son nom de jeune fille, Hazmat, si horrible que la famille s'était dépêchée de le faire transformer en Hayes ; mais rien n'en paraissait sur sa carte de visite, à présent. Pour l'heure, comme elle gravissait les marches de l'escalier circulaire en marbre, attirée par la rumeur de la soirée à son apogée, elle ne put se retenir d'imaginer avec quel ravissement elle entrerait dans la salle au bras de son superbe mari.

C'était l'un des grands bonheurs de sa vie. Henry était grand et mince, avait des pommettes de chef indien et une allure de libertin qui attirait tous les regards. En sa qualité de jeune débutante, Penelope était habituée à focaliser l'attention, mais les sentiments manifestement envieux qu'elle suscita à son entrée dans le salon de musique du premier étage peuplé ce jeudi soir de membres de grandes, anciennes et riches familles dépassaient ce à quoi elle était habituée. Elle arborait un sourire hautain, plus hautain qu'il n'était nécessaire, et portait une robe à fronces en soie pourpre ajustée à sa fine silhouette par de multiples pinces. Ses cheveux bruns étaient relevés en un chignon sophistiqué, et une frange courte bordait son grand front orgueilleux.

Elle jeta un regard évaluateur sur les murs lambrissés décorés de tableaux peints par les plus illustres talents d'Europe, et au manteau reluisant de la cheminée qui avait été transportée de Florence en plusieurs blocs. Elle savait tout sur l'hôtel particulier de Leland Bouchard ; elle voulait en effet qu'Henry leur construise une maison de ville et, dans cette perspective, elle collectionnait les coupures de journaux sur les plus belles demeures, dont celle-ci faisait partie. Henry ne lui avait encore rien dit qui pouvait lui faire croire qu'il exaucerait son vœu, mais elle savait qu'elle obtiendrait ce qu'elle voulait, comme toujours. C'était une histoire de temps. Il lui suffisait de déployer tout son talent de conviction avec assez d'insistance.

Par-dessus la douce cacophonie des voix distinguées et l'entrechoquement des verres de cristal, Penelope entendit son nom prononcé par l'un des plus récents et glorieux fleurons de ce petit monde.

– Mrs Henry Schoonmaker !

Penelope se retourna, balayant dans son mouvement le parquet Versailles de la traîne de sa robe, à la musique de ce si beau nom qui était maintenant le sien. Ce faisant elle vit s'approcher Adelaide Wetmore vêtue d'une robe de faille grise. Ses yeux brillaient de fierté : on venait juste d'annoncer ses fiançailles avec Reginald Newbold, et elle paraissait à la fois lasse et ravie de toutes les félicitations qu'elle avait reçues. Elle pourrait presque être belle, pensa charitablement Penelope, si ce n'était cette bouche disproportionnée et cette manie qu'elle avait d'exhiber constamment ses grandes dents.

– Oh, Adelaide ! (Penelope tendit sa main gantée de blanc, de sorte que son bracelet de diamants, en glissant sur son poignet, étincela sous les lumières.) Félicitations !

– Merci, répondit obséquieusement la fille. (Elle prit la main de Penelope et lui fit presque une révérence.) Nous avons toutes été inspirées par ton mariage, ajouta-t-elle avec une flagornerie appuyée. C'était une si belle célébration de l'amour !

Penelope lui exprima sa reconnaissance par quelques battements de cils, puis conclut, à la façon dont Adelaide observait le couple dont elle prétendait s'être inspirée, que le regard d'Henry avait vagabondé, et qu'il ne mettait absolument aucune bonne volonté à essayer de faire semblant de s'intéresser aux faits et gestes de leur entourage. Penelope prit congé de la fille avec un sourire poli, avant de s'avancer plus loin dans la salle au bras de son mari – lequel, elle le réalisa alors, empestait non seulement le musc, mais également, et encore plus fort, le cognac. À ce moment précis, Henry tituba imperceptiblement et se rattrapa à son bras. Penelope sentit alors son assurance faiblir, gagnée soudain par la peur que quelqu'un puisse remarquer l'ivresse d'Henry et ne se mette à en tirer des conclusions.

Tout en évoluant parmi les invités sous le haut plafond voûté aux boiseries vernissées, elle essaya de serrer plus fort le bras d'Henry – ce qui n'était pas chose facile. Sans oser tourner les yeux vers l'homme qu'elle traînait presque de force, elle adressa de petits hochements de tête entendus à l'une des jeunes Mrs Vanderbilt qui s'étaient rassemblées au pied du palmier géant trônant au centre de la pièce. Elle avait espéré et cru, maintes et maintes fois, qu'Henry serait à elle, mais sans jamais cesser de redouter qu'à n'importe quel moment, il pût lui glisser entre les doigts.

Tout avait commencé entre eux l'été précédent, alors que sa meilleure amie, Elizabeth Holland, faisait un séjour à l'étranger. Penelope et Henry se retrouvaient en cachette, dans les coins obscurs de leurs maisons familiales. Mais Elizabeth, revenue à l'automne, était alors devenue la fiancée légitime d'Henry. Bien sûr, l'un comme l'autre suivaient la volonté de leurs parents, et Penelope leur avait épargné à tous deux un mariage malheureux en incitant Elizabeth à se faire passer pour morte. Tandis qu'elle sentait Henry peser de plus en plus sur son bras, elle se dit que ses efforts avaient été décidément fort mal récompensés, car peu de temps après le prétendu décès d'Elizabeth, Henry était sorti avec la petite sœur de celle-ci, Diana. Ce qui finalement n'avait pas vraiment joué en sa défaveur, l'inconduite de la jeune Holland étant l'information dont Penelope s'était servie pour persuader Henry de l'épouser. Tout ce qu'elle avait toujours voulu, c'était devenir Mrs Schoonmaker ; et ni l'un ni l'autre ne souhaitait qu'un scandale éclate.

Penelope se sortait de cette situation délicate en vraie dame du monde, grâce à l'énergie qu'elle mettait à porter le poids de son mari. Mais toute Mrs Schoonmaker qu'elle soit, elle éprouva la désagréable surprise de constater que sa capacité à contrôler le comportement de celui-ci avait ses limites. Lorsqu'un serveur apparut avec un plateau de flûtes de champagne, elle empêcha Henry de se servir.

– Tu n'es pas déjà assez ivre comme ça ? le sermonna-t-elle.

Son sourire ne s'éteignait jamais complètement, sa lèvre supérieure restant toujours retroussée, juste ce qu'il fallait pour montrer l'éclat de ses dents parfaites.

– J'ai pas mal bu, répliqua-t-il lentement (sans agressivité particulière, même si la boisson avait quelque peu altéré son intonation), mais pas assez pour vouloir passer la soirée avec vous, ma chère.

Penelope ferma brièvement ses grands yeux aux cils épaissis de mascara noir afin d'étouffer les sentiments que ce dernier commentaire avait suscités en elle. Puis elle battit des paupières et laissa son regard bleu errer, calme comme les eaux d'un lac. Personne n'avait entendu, constata-t-elle avec un petit haussement d'épaules, sauf peut-être le serveur, qui n'oserait de toute façon pas croiser son regard. Lorsqu'elle parla à nouveau, ce fut avec aisance, et un verre de champagne à la main :

— Quand tu t'exprimes ainsi, j'estime avoir le droit de me griser moi aussi.

Ainsi encouragé, le couple le plus envié du gotha de Manhattan s'avança dans la foule. Les membres de l'Automobile Club tenaient de grands discours sur les futures courses, et les dames qui ne les lâchaient pas souriaient patiemment, prenant des poses de spectatrices attentives et passionnées.

— Ah, les Schoonmaker !

Penelope tourna lentement la tête d'un gracieux mouvement de son long cou blanc, pour gratifier son hôte de son plus beau sourire.

— Mr Bouchard, susurra-t-elle comme il se courbait pour effleurer de ses lèvres sa main gantée.

La chaleur de sa voix était calculée, éloquente ; c'était un ton qu'elle réservait aux hommes comme Leland, héritier d'une grande famille de banquiers et par-dessus le marché universellement aimé. Ce précieux New-Yorkais si bien né, qui était parvenu à se faire plus d'amis que d'ennemis, chose très rare, était également un ami intime de son frère Grayson. Jeunes gens, ils avaient vécu dans des appartements voisins de St. Paul. Penelope, toujours attentive, remarqua la présence de Grayson près de la fenêtre, engagé dans une conversation avec sa belle-mère, Mrs Schoonmaker, dont la robe en mousseline de soie à volants ne suffisait pas à l'éclipser, et à détourner d'elle les regards de l'assemblée.

– J'espère que vous vous amusez bien tous les deux, continua leur hôte sans la moindre ironie, en serrant la main d'Henry.

Sous son grand front, ses yeux bleu clair étaient largement ouverts, comme si le plaisir de ses hôtes était pour lui un enjeu crucial, ce qui, le supposa Penelope, était vraiment le cas.

– Vous avez vu la voiture, dans le hall ?

– Comment aurais-je pu manquer ça ? répliqua Henry sur un ton aviné, avec un enthousiasme exagéré.

Penelope le retint par le coude pour qu'il ne vacille pas et ajouta, les yeux brillants :

– Quel superbe objet, Leland.

– Merci.

Les yeux de Leland errèrent et sa poitrine se souleva. L'espace d'un instant, il fut ailleurs.

– En parlant de beauté, continua-t-il, fixant à nouveau son attention sur Penelope, cette fois sur un ton de vraie sympathie, comment va votre chère amie Elizabeth ? Ce qui est arrivé est terrible, et ne plus la voir en société nous a tous inquiétés.

Jusque-là Penelope était restée inébranlable et souriante, et ne s'était pas vraiment souciée de l'inconduite d'Henry ni des regards obliques que lui lançaient les jeunes femmes présentes, flattées de s'imaginer en rivales de l'ex-Miss Hayes. Mais à présent, elle avait la gorge nouée et la bouche pincée en une moue de contrariété. Leland continuait à la regarder avec la même expression inquiète. Henry vacilla à nouveau, et son poids sur le bras de

Penelope s'accentua. Penelope n'espérait qu'une chose : que ses traits ne trahissent pas l'inquiétude que la question de Bouchard lui avait causée, car Elizabeth n'était sa « chère amie » qu'aux yeux du monde. Penelope l'avait à peine revue depuis son retour inattendu de son long exil dans un État de l'Ouest – car en fait, elle n'avait rien à lui dire.

– Elle va très bien.

Penelope reprit ses esprits et pensa qu'elle devrait rendre visite à Elizabeth sans tarder, ne serait-ce que pour que ce fait soit rapporté dans les gazettes mondaines.

– Mais il est encore trop tôt pour qu'elle sorte. Après un tel traumatisme. Vous le comprenez, bien entendu.

– Bien entendu.

Leland pencha la tête, embarrassé d'avoir demandé des nouvelles d'une jeune fille dont on n'avait pas entendu parler depuis plus de deux mois, qui avait été victime d'une terrible injustice et avait subi un grand malheur. Mais avant de continuer sur ce terrain et d'augmenter ainsi la gêne de son interlocutrice, il céda aux appels d'un de ses amis qui arrivait, suivi d'un groupe d'admirateurs.

– Excusez-moi. Amusez-vous bien, dit-il avant de disparaître dans la foule.

Penelope ne s'occupait plus de son hôte. Elle regardait droit devant elle et se félicitait qu'il ne soit pas cancanier, à l'affût de signes prouvant que le mariage ou les affections de Mrs Henry Schoonmaker n'étaient pas tout à fait comme on le croyait. Un instant elle réfléchit à la façon d'éviter de se retrouver dans une telle situation, puis elle regarda Henry.

Ses yeux sombres étaient braqués vers les hautes fenêtres qui encadraient la nuit. Ils étaient moins mornes à présent. Son visage exprimait une certaine lucidité quand il se tourna vers son épouse, et, lorsqu'il parla, ce fut posément.

– Promets-moi, dit-il en la regardant bien en face, que la prochaine fois que quelqu'un mentionne le nom des Holland, tu me ramèneras à la maison.

Le nouveau dressing-room du premier étage de la demeure des Schoonmaker, qui jusque-là avait contenu la collection de premières éditions des livres qu'Henry n'avait jamais lus, n'était pas éclairé. Quand elle fut déshabillée, Penelope renvoya sa femme de chambre en lui demandant d'éteindre toutes les lumières sauf une avant de partir. Penelope resta debout devant son miroir triptyque en pied au cadre en cerisier vernissé, et pencha la tête de côté. Pas plus tard qu'en septembre, sa famille avait emménagé dans son hôtel particulier de la Cinquième Avenue, événement qui avait été interprété par la presse comme une consécration de l'arrivée des Hayes dans la haute société ; aujourd'hui, six mois plus tard, elle vivait à une adresse encore plus prestigieuse, dans une section encore plus cossue de l'avenue, et se retrouvait alliée à une famille plus ancienne que la sienne.

Elle pencha la tête de l'autre côté et, tout en admirant son reflet, elle songea, comme toujours, à quel point Henry et elle formaient un beau couple. Car tous deux étaient grands, bruns et élancés ; tous deux avaient le même maintien altier. Parfois elle se demandait s'ils n'étaient pas exactement semblables, et si Dieu, dans son infinie sagesse, ne les avait pas créés à partir de la même substance parfaite afin qu'ils puissent se reconnaître quand ils se rencontreraient. Elle ne portait pas de lingerie, sa magnifique lingerie faite main à Paris, qui n'avait produit aucun effet sur Henry. Elle entendit, dans la pièce voisine, la respiration sifflante de son mari. Un ronflement ? Pourvu qu'il ne se soit pas endormi.

Ce qu'elle portait ce soir, des bas et une robe noire, rien d'autre, avait une signification particulière pour elle – et pour tous deux. La première fois qu'elle l'avait invité au *Waldorf-Astoria*, où elle vivait avec sa famille pendant la construction de leur maison, en juin dernier, elle lui avait ouvert la porte dans cette tenue. Ils étaient restés ensemble jusqu'au matin, et elle s'était alors déjà imaginée en épouse d'Henry Schoonmaker.

Elle éteignit la dernière lumière, contourna le paravent en soie damassée aubergine et entra dans sa chambre. C'était à l'origine la chambre d'Henry, mais à son arrivée elle avait fait descendre à la cave ses fauteuils en cuir noir et ses trophées de chasse. Elle avait donné aux servantes les grandes tables rustiques qui, avait-il mollement protesté, venaient de Grande-Bretagne et avaient une signification historique.

La pièce était maintenant de style rococo, tout de blanc et or décorée, chaque meuble possédant des angles voluptueusement arrondis. Une cascade de brocart blanc et or tombait de chaque côté du ciel de lit, et en dessous, sur le couvre-lit ivoire, reposait Henry, les chevilles croisées, avec ses chaussures et son chapeau qui avait glissé sur ses yeux.

– Henry ! fit Penelope d'une voix douce en posant une main sur son époux.

Il poussa un soupir et s'écarta. Son chapeau glissa un peu plus, puis tomba sur le tapis blanc.

– Henry, répéta-t-elle. Henry !

Il se dressa sur son séant, l'air déconcerté. Ses cheveux sombres, soigneusement pommadés et peignés sur le côté au début de la soirée, étaient pour l'heure complètement ébouriffés. Il tira sur son nœud papillon blanc qui se défit. Il la regarda un instant ; elle frissonna.

Elle vint vers lui, sur ses mules à talons hauts, et s'assit sur le bord du lit. Elle saisit son nœud papillon et le dénoua lentement. Il tomba sans bruit sur le sol, allant rejoindre son chapeau. Les doigts de Penelope glissèrent de son menton à son cou puis se posèrent sur le premier bouton de sa chemise. Elle avait réussi à le défaire quand il se leva brusquement du lit, vacillant sur ses pieds.

– Henry ?

– Bonne nuit, lui répondit-il.

Il ramassa son chapeau et son nœud papillon, puis se dirigea vers la pièce adjacente où il prenait parfois son thé, pour s'installer sur le canapé de cuir noir garni de coussins en kilim.

Penelope se rejeta en arrière sur le lit, poussant un soupir furieux. Une douleur lui traversa tout le corps, dont elle n'appréhenda pas tout à fait la cause. Sa déception était terrible, son pouls battait vite, et d'horribles pensées l'assaillaient : qu'arriverait-il si l'on apprenait que c'était ainsi que se terminait chaque nuit de sa courte vie de femme mariée ?

Quatre

« Nous sommes tous impatients de voir Elizabeth Holland, depuis peu revenue au royaume des vivants, mais autant essayer d'apercevoir un membre de la famille royale. On a bien vu hier soir sa sœur cadette au bal de Leland Bouchard, mais l'aînée des demoiselles Holland est restée à huis clos. Sa mère craindrait-elle de futures tentatives d'enlèvement ? La jeune dame a-t-elle été anéantie, dans sa délicate sensibilité, par la violence dont elle a été témoin à Grand Central Station ? Ou y aurait-il quelque grand secret caché au public ? Notre curiosité est toujours autant excitée. »

EXTRAIT DE *RUMEURS DE LA VILLE*,
VENDREDI 9 FÉVRIER, 1900.

Le feu ronflait dans le salon de la maison de ville du numéro 17 de Gramercy Park, qui avait abrité trois générations de Holland. Le crépitement du petit bois dans les flammes résonnait fort dans le silence qui régnait de façon inhabituelle dans la pièce. Ses trois occupants, après le petit déjeuner, s'étaient installés dans des bergères défraîchies arrangées au hasard autour de l'âtre. Mrs Holland était assise au plus près de la chaleur dans sa robe de crêpe noire à col officier et aux poignets boutonnés ; sa fille aînée, Elizabeth, se tenait près d'elle, un livre ouvert sur les genoux, qu'elle ne lisait pas. Snowden Trapp Cairns, qui avait été l'associé de feu Mr Edward Holland et s'était révélé récemment et à maintes reprises leur soutien, voire leur sauveur, était assis, jambes étendues, à sa droite. Un portrait du père d'Elizabeth les jaugeait du haut de la cheminée, avec une expression plus sceptique qu'avisée.

– Cela a produit un drôle d'effet que tu ne sois pas présente hier soir à la soirée de Mr Bouchard, dit Mrs Holland d'une voix tendue sans lever les yeux.

Elle venait de lire les journaux du matin avec cette attention obstinée qui lui était habituelle. Diana s'était rendue au bal. Elle était revenue après Elizabeth et ce matin elle n'était pas encore sortie de sa chambre. Leur tante Edith, qui avait joué les chaperons toute la soirée, n'avait pas non plus encore fait son apparition au salon.

– Cela a dû être une belle soirée, où tu aurais dansé. Tu sais très bien que ta sœur ne peut pas représenter toute seule notre famille.

Elizabeth détacha ses yeux du foyer pour regarder sa mère, qui tenait encore dans sa main le journal replié. En contraste avec le rougeoiement des flammes, elle paraissait presque bleue dans la lumière naissante du jour. Elizabeth entrouvrit les lèvres, mais ne dit rien. Elle savait qu'elle avait blessé sa mère, Mrs Holland, née Louisa Gansevoort, qui avait été un juge sévère en matière de comportement social avant la série de tragédies qui s'étaient abattues sur leur famille depuis un an. La famille avait perdu son chef, puis tout son argent peu après qu'Elizabeth eut suivi les élans de son cœur – ce qui lui avait causé maints déchirements, étant donné sa parfaite éducation de jeune fille de la haute société – et s'était enfuie avec l'ancien valet de son père. En fermant les yeux, la jeune femme sentait presque, à présent, son visage contre celui de Will, propre, rasé de près.

– Les Schoonmaker étaient là, poursuivit sa mère, et tu aurais pu faire taire les rumeurs qui supposent que tu ressens de l'amertume devant leur union, en paraissant heureuse de les voir, ne serait-ce que quelques minutes.

Elizabeth posa les mains sur ses genoux recouverts de l'épais coton blanc cassé de sa robe aux rayures bleu marine, serrée à la taille et bouffante sur le torse, aux hanches et aux bras, qui enrobait sa frêle silhouette. Elle cligna des yeux, car ces jours-ci les larmes n'étaient jamais loin, et souhaita en son for intérieur pouvoir obéir à sa mère. Ce serait si simple, cela la rendrait tellement heureuse. Mais Elizabeth ressentait instinctivement, plus fort que jamais, le désir de rester à la maison, de ne plus jamais sortir, de ne plus jamais paraître gaie ou jolie.

C'était sa faute si Will était mort : il avait été tué lors d'une fusillade qui avait provoqué le bruit le plus horrible qu'elle ait jamais entendu sur cette terre, des tirs soudains et répétés par des hommes qui pensaient la défendre. Ils ne se seraient pas évertués à la protéger s'ils n'avaient cru à l'illusion qu'elle avait si soigneusement entretenue d'être une parfaite et virginale jeune fille de la haute société, aux manières impeccables et aux robes luxueuses, incapable, au grand jamais, de quitter New York de sa propre volonté à la poursuite d'un cocher. Disciplinée mais toujours silencieuse, elle baissa les yeux.

– C'est peut-être trop tôt. Après tous ces événements de la Saint-Sylvestre...

Elizabeth regarda Snowden, étonnée de l'entendre parler en des termes qui contredisaient ceux de Mrs Holland. Il faut dire que c'était lui qui l'avait mariée à Will, quelques jours avant la mort de celui-ci, dans la pièce adjacente au vestibule, où les Holland donnaient habituellement des fêtes à l'époque où elles pouvaient se le permettre. Être veuve à dix-huit ans... Non, elle n'avait pas le droit de penser ainsi, c'était de l'apitoiement sur soi-même, or elle devait réparer le mal qu'elle avait fait.

Mrs Holland se pencha en avant pour jeter le journal dans les flammes. Ce ne fut que lorsqu'il fut réduit en cendres qu'elle posa ses prunelles d'obsidienne sur Snowden.

– Vous avez peut-être raison, dit-elle sèchement en gardant les yeux fixés sur son invité.

Elle atténua un peu, cependant, la froideur de la réaction qu'elle avait chaque fois qu'on la contredisait ou qu'on lui causait du désagrément. Elle ne pouvait pas se le permettre, même si elle en avait envie, cela Elizabeth le savait, Snowden ayant été très généreux avec elles quand leur richesse avait été réduite à néant et quand leurs factures avaient commencé à s'empiler.

– Ce n'est pas le fait qu'elle soit prête ou non qui compte le plus, je suis désolée. C'est le monde, et ce que les gens vont dire ; ce qu'ils commencent déjà à dire. Malheureusement, la vérité ne prêche pas pour nous, et nous devons soigner les apparences.

– Elizabeth est encore trop fragile, rétorqua Snowden sans hésiter. Je suis désolé, mais c'est une évidence.

La jeune fille regarda sa mère puis Snowden, et lut une vraie gentillesse dans les traits francs et un peu lourdauds de l'homme. Ses yeux, qui hésitaient entre le brun et le vert, écartés sous ses sourcils broussailleux, se fixèrent sur elle. Il portait une chemise en coton blanc grossier et une veste en cuir patiné. C'était, si l'on peut dire, son uniforme. Il avait raison, bien sûr : elle n'avait pas d'appétit depuis la mort de Will, et avait du mal à garder les aliments qu'elle absorbait. Ses traits s'étaient émaciés, et elle oubliait de prendre soin de ses cheveux, qui depuis les événements étaient ternes et semblaient ne pas avoir été lavés.

— Ensuite, continua-t-il, il ne serait nullement dans l'intérêt de votre famille que l'état d'Elizabeth soit exposé, et qu'on avance des hypothèses sur les raisons de cet état. Si vous craignez que les gens disent que quelque chose de suspect est arrivé à notre jeune fille entre octobre et décembre dernier, sa fragilité ne pourrait que confirmer ces rumeurs.

Du temps où elle était une jeune fille très en vue de la haute société, le sourire rayonnant et sincère qu'elle offrait aux amies et aux personnes de son rang était célèbre. Mais depuis ce drame qui l'avait touchée, elle se sentait incapable d'exprimer le moindre sentiment de plaisir ou de reconnaissance. Pourtant elle fit l'effort de sourire. Car Snowden soutenait l'argument qu'elle aurait pu invoquer elle-même, pour autant qu'elle en eût la force et la volonté. Elle ferma un instant les yeux et fut de nouveau transportée en Californie. Le soleil réchauffait son corps contre celui de Will, elle était presque aveuglée par la lumière éclatante et directe, une lumière qu'elle n'aurait jamais pu imaginer à New York, où le soleil se couchait à cinq heures de l'après-midi en hiver et où les murs des appartements étaient tachés des éclaboussures des lampes à pétrole.

Quand elle rouvrit les yeux, elle se retrouva dans cette sombre pièce chargée de meubles et d'antiquités, avec ses lambris en cuir repoussé vert olive et son plafond en bois sculpté. Mrs Holland tourna brusquement son petit menton têtu vers Elizabeth. Puis, posant ses longs doigts sur sa tempe, elle réfléchit un instant et demanda :

— Eh bien, que suggérez-vous donc ? Qu'elle reste enfermée pour toujours, prisonnière de cette maison, comme une anormale qui ne comprendrait rien au monde ? Et que dirai-je à mes amis, qui ont été si heureux de la savoir en vie et qui maintenant trouvent suspect que nous la gardions cloîtrée ? (Elle se tut et reposa d'un geste vif sa main sur ses genoux.) Ces amis que j'ai abandonnés, ajouta-t-elle d'un ton sinistre.

Snowden se leva brusquement :

— Je sais ce qu'il me reste à faire. (Il s'approcha de l'âtre, et ses cheveux surnaturellement blonds accrochèrent la lumière des flammes.) Nous devrions donner une soirée ici, Elizabeth s'y sentira plus à l'aise. (Il se tut et réfléchit.) Pas un bal, non. Un déjeuner. Un repas tranquille et charmant, dans la journée. Nous pourrons inviter les connaissances d'Elizabeth. Ses amies. Pas trop, mais assez pour faire savoir au monde qu'elle va bien et qu'elle sera de retour à la fin de l'hiver, qui la verra complètement rétablie. (Il regarda Elizabeth.) Car certainement, elle sera rétablie ?

Le petit sourire qui avait imperceptiblement éclairé le visage d'Elizabeth disparut. Elle regarda Snowden puis sa mère, et comprit que le projet était déjà en route dans l'esprit de celle-ci. Agnes Jones et les demoiselles Wetmore, ses cousines Holland et Gansevoort, tout ce monde était déjà pour ainsi dire invité. Elles arriveraient dans leurs nouveaux tailleurs et couleraient toutes des regards obliques vers Elizabeth pour voir si leur tenue était plus belle que la sienne. Elle se sentait déjà mal à l'aise à l'idée de ces faux-semblants, de ces sourires d'accueil et de ces conversations superficielles qu'elle serait forcée d'engager. Elle devrait mettre un corset et une robe adéquate.

Une bûche, dans le feu, consumée jusqu'au cœur, éclata. Ses braises se répandirent sur le foyer de pierre. Tandis que Snowden s'avançait pour les repousser du pied, Elizabeth plongea son visage dans ses mains, sachant que l'heure de son rétablissement était loin, et qu'il ne lui suffirait pas de quelques mois glacés d'hiver pour retrouver son état dit « normal ».

Cinq

« J'entends dire que parmi la jeune génération, il arrive que les couples partagent une seule et même chambre à coucher. Je suppose que voici le signe d'un usage intelligent de l'espace, et après tout, l'espèce humaine doit se reproduire. Cependant, je préfère la coutume de l'ancienne génération : deux chambres attitrées, l'une pour l'épouse et l'autre pour le mari, disposition qui évite la découverte de nombreuses petites vérités personnelles ennuyeuses... »

GUIDE VAN KAMP D'ÉCONOMIE DOMESTIQUE
À L'USAGE DES DAMES DE LA HAUTE SOCIÉTÉ.
ÉD. 1899.

Les collines déployaient ce vert intense qu'offre la nature après une forte averse, et Henry Schoonmaker galopait, grisé, dans l'air humide. Devant lui, Diana Holland, ses boucles rousses et soyeuses fouettant ses épaules, se retournait pour s'assurer qu'il la suivait. Son corps, bercé par le galop de son cheval au poil lustré, était revêtu d'une robe blanche qui lui évoquait une statue grecque du Metropolitan Museum. Henry baissa les yeux pour talonner son cheval, déjà luisant de sueur. Mais, en relevant la tête pour admirer à nouveau la jeune fille, il sentit alors le contact rugueux du kilim contre sa joue, sensation qui lui rappela les coussins du canapé sur lequel il dormait depuis qu'il était marié, et que le faiseur de mode et ami de Penelope, Isaac Phillips Buck, avait rapporté d'une traversée des Dardanelles.

– Henry !

L'espace d'un instant, Henry fut incapable de distinguer le rêve de la réalité, mais espéra de toute son âme que la scène où les collines verdoyaient, où les chevaux couraient et où la jeune Holland galopait devant lui était celle qui prendrait le pas sur l'autre et se révélerait la plus réelle. Il tourna la tête pour ne plus entendre la voix âpre de son père, et sentit à nouveau la rugosité du coussin contre sa peau lisse et bronzée. La sensation de ce tissu importé de Turquie était indéniablement plus intense que celle de l'air humide de la campagne, laquelle était en train de s'effacer, et rien ne semblait pouvoir arrêter cet évanouissement.

– *Henry !*

Henry se dressa mollement sur son séant, puis commit la première erreur de la matinée : il ouvrit les paupières, et la lumière du matin inonda douloureusement ses yeux fatigués.

– Oh, fit-il d'une voix faible.

– Oui, ça fait mal, je sais, releva son père en s'asseyant sur le canapé voisin de celui de son fils.

William Sackhouse Schoonmaker était un homme d'une stature imposante, un homme qui pesait lourd dans tous les sens du terme – mais était-ce le poids de son corps ou celui de ses sarcasmes qui écrasait ainsi l'assise moelleuse du canapé en cuir noir ? Il était habillé d'un costume marron foncé tirant sur le violet, et ses cheveux étaient d'un noir trop intense pour être naturel. Derrière ses traits taillés à la hache et sa peau constellée de vaisseaux éclatés, on devinait la structure de son visage, dont son fils avait hérité. Il avait, maintenant et comme toujours, la physionomie, les façons et l'allure d'un homme richissime.

– Mais que fais-tu ici ?

– Ici ?

Le ton d'Henry était triste, de cela il était conscient, mais il n'avait pas la force d'en changer. Contrairement à son père il était encore svelte, et ses traits, énergiques et bien dessinés, semblaient avoir été sculptés dans le marbre ; mais à l'intérieur de lui, tout s'écroulait. La pièce qu'ils occupaient, adjacente à sa chambre, était située dans l'aile du premier étage. Elle avait toujours été pour ainsi dire *sa* pièce. Quand il était enfant sa gouvernante y dormait, et quand il était revenu au printemps dernier après avoir décidé d'abandonner ses études à Harvard, cette pièce avait été transformée en bureau pour lui, car il avait prétendu sans grand enthousiasme qu'il allait peut-être reprendre son cursus à Columbia où son ami Teddy Cutting achevait sa dernière année. Le parquet était vernissé, et au plafond une fresque représentait un joyeux déjeuner sur l'herbe. Son regard s'y attarda un moment, et une pensée puérile habita son esprit : comment disparaître dans le tableau pour s'y promener ?

Son père, devinant l'idée qui lui passait par la tête, lui remit les pieds sur terre.

– Cesse d'avoir des pensées de petit garçon, Henry, dit-il.

– D'accord.

Henry, incapable d'avoir un autre ton que celui d'un passif acquiescement, ferma les yeux. Sa langue était comme un poisson gonflé d'air en train de se dessécher sur un rocher. Lui revint bientôt le souvenir des verres qu'il avait bus pour rendre sa soirée de la veille supportable en la noyant dans les brumes de l'alcool. Avant cela – avant qu'il n'atteigne le pic de son ivresse – il y avait eu Diana dont il avait essayé de se rapprocher maintes et maintes fois depuis son mariage, mais sans le moindre succès. Diana : une simple et brève apparition ce soir-là, car dès qu'il était entré dans la salle de bal de chez Leland Bouchard, elle en était sortie. Elle était aussi fraîche et rose qu'une jeune fille de seize ans, avec en prime le noble et légitime orgueil d'une femme blessée qui venait de se relever, avec d'autant plus de gloire, de son humiliation.

— Eh bien, qu'est-ce que tu fais donc là ?

Henry porta les mains à sa poitrine. Il ne se souvenait plus comment il avait échoué sur ce canapé, et il avait le réflexe, les matins comme celui-ci (fort nombreux), de se tâter des pieds à la tête pour s'assurer qu'il était bien là. Ainsi donc il y était, et entier. Il portait bien la même chemise blanche italienne chiffonnée en lin que la veille au soir, et le même pantalon noir – pour autant qu'il s'en souvînt. Il portait des chaussettes noires, et ses chaussures se trouvaient à côté de sa veste de smoking en soie blanche jetée sur le sol. Quant à son nœud papillon, il avait disparu.

— Tu dors ?

— À l'évidence. (Henry se leva.) Ce fut une longue soirée, répliqua-t-il.

On l'aurait dit arraché à un sommeil qui aurait pu durer cent ans. Il se baissa pour ramasser sa veste et regretta aussitôt ce geste hâtif, car il ressentit une douleur atroce, comme un coup de poignard au front. Il se ressaisit et rassembla toute l'énergie nécessaire pour rester debout.

Schoonmaker père se leva, s'éclaircit la voix et, sur un ton plus doux :

— Henry…

Il regarda son fils et un instant il sembla penser à un fait précis. Tous deux étaient là, nerveux, mal à l'aise, dans cette pièce lambrissée et chargée d'ornements.

– Ma présentation au mandat de maire prend une tournure prometteuse.

Un sentiment de crainte assaillit Henry, qui l'instant précédent espérait échapper à la colère de son père. W. S. Schoonmaker était un homme d'affaires impitoyable ; héritier d'une grande fortune, il l'avait fait considérablement fructifier ; et désormais il avait décidé d'ajouter gloire et célébrité à son nom en entrant dans la mêlée politique. Projetant de devenir maire, il redoutait les dérèglements de son fils comme jamais auparavant, maugréait contre lui et exigeait qu'il mette un terme à ses agissements chaque fois qu'il en avait la possibilité. Obsédé par ses nouvelles ambitions, il menaçait de déshériter son fils, et s'était carrément transformé en son agent matrimonial.

– Ah bon ?

Il y avait peu de sujets dont Henry aimait moins discuter que celui qui concernait les desseins politiques de son père.

– Oui. Le Family Progress Party a besoin d'un candidat à la mairie sur sa liste, et il apparaît que nos points de vue concordent.

– Quel genre de points de vue ? ironisa Henry.

Il n'eut pas le courage ni la force mentale de lui faire remarquer l'absurdité évidente de cet argument. Car la plupart des gens qui votaient pour le Family Progress Party avaient également le malheur de vivre dans des logements contrôlés par la société de gestion de portefeuille Schoonmaker, à laquelle ils avaient sûrement sollicité, en vain, des faveurs telles que le chauffage ou l'eau chaude.

— Eh bien, des points de vue communs innovants sur le progrès scientifique, s'impatienta son père. Sur le progrès social et le perfectionnement de l'humanité. Sans oublier, bien sûr, la famille, fondement essentiel de la société, source de joie et raison d'être de chaque homme.

Henry tourna la tête vers les fenêtres et étouffa un rire. Mais il n'avait pas été assez discret, il le sentit à la façon dont le vieil homme se pencha sur lui.

— J'ai comme l'impression que tu doutes de mon dévouement à la famille ? (Le ton de Schoonmaker père avait changé, il était à présent furieux.) Eh bien, c'est que tu ne comprends rien !

— Si je comprends bien… continua Henry, hésitant : il n'était même pas sûr de ce qu'il voulait dire.

— Tais-toi, Henry. Ce que tu penses de moi ou ce que je pense de toi n'a aucune importance, de toute façon. L'essentiel, c'est ce que les gens de cette grande cité voient en nous. Voient-ils une famille d'individus frivoles et peu recommandables, ou des hommes d'affaires déterminés ayant des femmes et des enfants à nourrir ?

— Je n'ai pas d'enfant, trancha Henry.

Et cela lui parut alors une grande chance. Ses haut-le-cœur arrivaient par vagues maintenant, et à la pensée de la liberté extraordinaire que lui donnait le fait de ne pas avoir d'enfant, ses nausées refluèrent.

— Effectivement ! ricana-t-il. Et ce n'est pas en dormant sur ce canapé que tu vas en faire ! J'ai questionné les domestiques, ils disent que tu te réveilles ici tous les matins. Serait-il possible que tu n'aies pas… ?

– C'est cela.

Henry jeta un coup d'œil à son père, et lut sur son visage un terrible mélange d'amusement, de rage et d'incrédulité. Les deux hommes se toisèrent un bon moment ; de longs monologues muets s'inscrivirent sur leurs traits.

– Eh bien, continua Schoonmaker père, plus paisiblement que quelques secondes plus tôt, tu vas devoir cesser de te comporter comme un enfant stupide. Je veux un petit-enfant pour les élections. Ce sera en novembre 1901, Henry, tu as donc du temps devant toi. Un garçon serait l'idéal. Un grand et beau garçon, pour le montrer à la foule. Prépare-toi.

– Père, je ne pense pas…

– Je vous interromps ?

Les deux hommes se tournèrent vers la porte qui séparait la chambre du bureau. Penelope se tenait là, habillée d'une jupe rayée bleue et blanche en tartan et d'un chemisier en mousseline de soie crème à col haut et à baleines. Ses cheveux sombres, soyeux et brillants, étaient relevés, et son front lisse dégagé. Son visage exprimait une inquiétude feinte adoucie d'un sourire patelin. Elle s'inclina :

– Bonjour, Mr Schoonmaker.

– Bonjour, Penelope.

– Je suis vraiment désolée de vous interrompre, continua-t-elle comme la douce enfant qu'elle n'était certes pas, mais je viens de recevoir une invitation chez les Holland, ce dimanche : une invitation à déjeuner. Nous devons nous y rendre, par égard pour cette chère vieille Elizabeth, et pour lui montrer qu'il n'y a aucun malaise entre nous. Elle verra ainsi que nous sommes le couple idéal depuis toujours, et que ce n'est pas parce qu'elle a un certain temps pris ma place que nous l'en aimons moins...

Henry allait lui objecter les refus qu'elle ne cessait d'essuyer de sa part, mais cette fois il se tut. Car il ne savait pas ce qui lui répugnait le plus : le drôle de sourire que Penelope et son père échangeaient en ce moment, ou l'idée d'apparaître dans la maison des Holland en qualité d'homme marié. Il avait tenté d'expliquer en long et en large son acte à Diana dans des lettres qu'il lui avait fait porter, mais rien ne lui prouvait qu'elle les ait même lues. S'il continuait à lui écrire, c'est parce qu'il ne savait quoi faire d'autre, comme il ne savait quoi faire en la circonstance présente.

— Teddy et moi, répondit-il, la tête basse, avons prévu une petite virée à Palm Beach, loin de ce froid tenace, pour une partie de pêche. Nous partons mardi, et je n'ai que peu de temps pour régler mes affaires courantes et préparer le voyage...

— J'ignorais que tu allais à Palm Beach, protesta Penelope.

— Ça nous a pris comme cela, marmonna-t-il sans conviction.

Il détourna les yeux de Penelope qui lui lançait un regard accusateur.

— C'est pour cela que j'ai tant de choses à faire, continua-t-il.

— En ce cas, poursuivit Penelope, en posant une main sur sa hanche, je vais préparer tes bagages et m'occuper de ton voyage. Je vais aussi faire prendre un billet de traversée pour moi, comme ça je pourrai être aux petits soins pour toi à Palm Beach.

Henry ne sut quelle expression s'inscrivit alors sur ses propres traits, toujours est-il que ceux de Penelope exprimaient le triomphe.

— J'emmènerai une amie pour me tenir compagnie, acheva-t-elle presque pour elle-même.

— Bien, ajouta Schoonmaker père pour mettre un point final à la conversation.

Henry essaya de leur sourire à tous deux. Il pressentit que son père allait le harceler pour qu'il fasse de beaux petits Schoonmaker et construise une vraie famille – une si bizarre, si mauvaise idée aux yeux d'Henry qu'il ne pouvait même la concevoir. Ce dont il était sûr, c'est que le vieil homme allait le harceler avec cette idée, mais pas maintenant. Pas en présence de Penelope, qui s'était si joliment préparée, à l'image de toute jeune femme du grand monde candide et choyée. Les convenances servaient au moins à quelque chose, ironisa amèrement Henry en son for intérieur en passant devant elle, avant d'entrer dans la chambre pour choir aussitôt dans les bras de Morphée.

Six

« Carolina,

Partante pour un déjeuner chez les Holland ? Ce serait amusant que tu y viennes pour montrer à Elizabeth que tu te trouves maintenant sur le même échelon social qu'elle. J'arriverai à midi en voiture.

Mrs Henry Schoonmaker. »

– Ah, mes dix-sept ans ! soupira Carolina Broad, la voix embuée d'une nostalgie totalement artificielle, quand le phaéton à capote de Penelope Schoonmaker s'arrêta dans Gramercy Park.

Quand le billet de Penelope lui était arrivé ce matin, lui proposant de l'accompagner à un déjeuner dominical chez les Holland, sa première réaction avait été la panique. Le souvenir cuisant de ces robes en coton noir (pires que les uniformes à col blanc nettement plus dignes des servantes des Hayes) qu'elle devait porter tous les jours lui était revenu, ainsi que celui du traitement impitoyable que ses pauvres mains avaient dû subir tout le temps de son service chez les Holland. Mais elle avait ensuite contemplé, dans sa garde-robe, la quantité invraisemblable de robes et de bijoux, de chaussures, de gants et d'élégantes petites vestes qu'elle avait achetés en sa qualité de protégée et d'amie proche de Mr Longhorn. Elle avait songé, alors, à la pauvreté des Holland – laquelle, bien qu'elles aient réussi à la garder secrète pendant longtemps, était devenue notoire. Elle s'était dit que son temps à elle était venu, et qu'il fallait que les Holland le sachent.

– Je me demande pourquoi elles ont envie de te voir, demanda-t-elle tout haut, se rendant compte seulement après avoir parlé que sa question pouvait sembler cruelle.

Penelope, pour autant qu'elle ait trouvé cette réflexion déplacée, n'en parut pas blessée.

– Oh, elles ont besoin de moi plus que j'ai besoin d'elles, répondit-elle gaiement en vérifiant son image dans son miroir de sac en ivoire sculpté.

Derrière son visage qui s'encadrait de profil dans la vitre de la voiture, les arbres du parc déployaient leurs branches dénudées.

– Ce qui est sûr, c'est que la vieille Mrs Holland sait maintenant que je suis au courant du sale petit secret d'Elizabeth. Et de toute façon, dans la haute société, personne n'aime les fiancées qui se font plaquer. Ce n'est pas vraiment un rôle enviable. Mais j'attends surtout avec impatience de voir comment elles vont réagir en t'apercevant ici, toi.

Carolina posa la main sur le cadre en cuivre de la portière du phaéton et observa la demeure qui l'avait jadis protégée. Elle lui semblait plus proche d'elle maintenant, plus sobre, avec sa simple façade en grès brun. La grille en fer forgé de la véranda paraissait avoir été ajoutée, et les fenêtres droites, de style classique, donnaient sur la rue. La vie qu'elle avait passée entre ces murs lui semblait si loin, comme une horrible histoire qu'on lui aurait racontée autrefois, ou un cauchemar dont elle viendrait soudain de se réveiller. Elle pensa brièvement à Will – un garçon si bon, si beau – et à son amour fautif pour la grande et puissante Elizabeth Holland. Il en était mort. C'était une triste demeure, et quand le cocher de

Penelope ouvrit la portière pour l'aider à descendre sur le trottoir, Carolina chassa ces souvenirs de son esprit.

Elle respira l'air avec avidité et regarda Penelope, qui savait toujours ce qu'il fallait faire. Elles se prirent par le bras – chose que Penelope ne faisait avec elle qu'en public. Elle devait le faire. C'était leur accord : il fallait qu'elles aient l'air amies – un pacte qu'avait passé Penelope avec elle, en échange d'un secret concernant Diana, laquelle aurait, dans sa propre chambre, fait des choses indignes d'une jeune lady avec Henry une nuit de décembre, entre la fin des fiançailles de celui-ci avec Elizabeth et le début de son engagement avec Penelope.

Elles gravirent les vieilles marches de pierre, la longue jupe grise bordée de fourrure de Carolina frôlant le plissé accordéon de la jupe noire de Penelope. La porte s'ouvrit, et une jeune femme aux cheveux cuivrés et tirés en arrière les accueillit. Ses traits étaient larges et réguliers, un peu comme ceux de Carolina, si ce n'est que le visage de cette dernière était parsemé de taches de rousseur même en plein cœur de l'hiver. Le sourire de bienvenue de la jeune fille s'éteignit, et elle s'arrêta, stupéfaite, dans le sombre et étroit vestibule.

– Veuillez annoncer Mrs Henry Schoonmaker et Miss Carolina Broad, la pria Penelope en enlevant son chapeau cerné d'un feston de minuscules oiseaux noirs. Mr Schoonmaker, précisa-t-elle, est en train de préparer un petit voyage et ne sera pas en mesure de nous rejoindre. Miss Broad est venue à sa place. C'est une amie à moi.

Carolina enleva également son chapeau, sorte de haut-de-forme d'un style un peu canaille, et, avec un clin d'œil, le tendit à la servante. En effet, elle la connaissait bien : c'était sa sœur. Claire Broud adorait être au courant des faits et gestes des riches, mais était trop gentille et trop timide pour oser imaginer pouvoir entrer dans leur cercle, contrairement à la cadette des sœurs Broud – dénommée Broad à présent, depuis qu'une coquille dans une colonne mondaine annonçant sa présence parmi l'élite newyorkaise l'avait à jamais rebaptisée ainsi. Les sœurs se voyaient chaque fois que c'était possible, malgré la difficulté que cela représentait pour Carolina, à cause de ses nouvelles amies. Néanmoins elles étaient encore suffisamment complices pour que Claire, d'un battement de cils, signifie à sa petite sœur qu'elle ferait de son mieux pour se comporter normalement.

Lorsque Carolina entra dans la maison, elle ne put s'empêcher de remarquer la pauvreté et la vétusté des pièces. L'escalier du vestibule montait, simple et droit, jusqu'au premier étage, sans dessiner la moindre courbe majestueuse, et les tableaux qui décoraient le mur jusqu'en haut des marches n'étaient pas aussi beaux que ceux que la famille avait dû vendre l'automne précédent en échange d'argent liquide. Elle jeta un coup d'œil à gauche en direction du petit salon, qui n'était plus guère occupé quand elle servait encore dans la maison. Aujourd'hui, il était meublé de tables rondes recouvertes de nappes blanches damassées sur lesquelles étaient posées de grandes coupes en argent à deux anses garnies de bouquets de baies rouges. Il était un temps où elle aurait dû repasser ces nappes à la vapeur et arranger ces coupes, pensa-t-elle, lorsqu'une voix redoutable et familière interrompit ses réflexions et figea sur place les sœurs Broud.

– Penelope, disait Mrs Holland en arrivant de l'arrière de la maison dans le vestibule.

Elle était vêtue de noir, et la coiffe de veuve qu'elle portait depuis plus d'un an découvrait partiellement ses cheveux sombres parsemés de fils d'argent et relevés en chignon. L'hôtesse s'approcha des jeunes femmes. Elle sourit brièvement, du coin des lèvres. Elle garda le silence si longtemps que même Penelope en fut troublée. Enfin, elle daigna un simple « Félicitations » à l'ancienne amie de sa fille.

– Et vous êtes ? s'enquit-elle, tournant son menton pointu vers la jeune fille en jupe grise bordée de fourrure.

Un bref instant, les nerfs de Carolina faillirent lâcher. Puis elle rencontra les yeux de Mrs Holland, noirs comme la surface d'une mare au fond d'une forêt, et n'y décela pas la moindre lueur de reconnaissance. C'étaient des yeux si froids et si autoritaires que Carolina se demanda comment elle avait eu le courage de les affronter auparavant, avant de réaliser qu'elle ne l'avait jamais fait. Son ancienne patronne ne l'avait d'ailleurs jamais regardée, même en lui distribuant des ordres à la pelle, et elle l'ignorait maintenant avec une telle perfide indifférence que Carolina se demanda – l'espace d'une seconde, mais quand même – si elle avait vraiment changé de place dans la maison des Holland.

– Je vous présente Miss Carolina Broad.

Penelope, sans se soucier de ce qui pouvait advenir de la confrontation entre les deux femmes, regardait déjà dans le petit salon pour voir qui d'autre était là.

— Elle est nouvelle dans la ville, mais déjà aimée, ajouta-t-elle hâtivement.

— C'est un tel plaisir de me trouver parmi vos invités, parvint à dire Carolina en essayant de cacher sa déception.

Ce ne fut qu'après l'occasion passée qu'elle se rendit compte à quel point elle avait désiré que Mrs Holland reconnaisse son ascension sociale, et combien elle aurait aimé l'entendre chevroter, émue et admirative : quel beau parcours !

Claire, qui était restée pétrifiée durant cet échange, jeta à sa sœur un coup d'œil complice et battit en retraite sous l'escalier où se trouvait la penderie chargée des nombreux effets hivernaux des deux nouvelles invitées. Entre-temps Penelope s'était avancée, en compagnie de Mrs Holland, dans le salon aux boiseries d'acajou où se rassemblaient les gens de la haute société dont chaque heure de la journée et de la soirée était occupée par des loisirs plus charmants les uns que les autres.

— Vous voyez, nous avons restauré quelques-uns de nos anciens tableaux, et nous nous sommes débarrassées de ceux qui étaient un peu surannés... disait Mrs Holland.

Derrière elles, dans le vestibule, là où le courant d'air était le plus glacial, Carolina resta immobile, mal à l'aise. Elle était consciente de son corps jusqu'au bout des ongles, comme chaque fois qu'elle doutait de se trouver vraiment à sa place, et de la façon dont elle était censée se tenir. Sa sœur avait disparu, déplorant probablement de ne pas être née fille unique pour pouvoir au moins compter sur un emploi sûr. Déjà, l'« amie » qui l'avait entraînée dans cette situation était entrée dans la pièce adjacente, la laissant derrière, oppressée par ce besoin d'attention et d'approbation qui ne la quittait pas. Elle fit un pas en avant, puis hésita. Soudain, le décor cessa de lui paraître exigu et miteux.

– Lina !

Ce prénom, Carolina le ressentit comme un vieux vêtement rugueux et mal coupé qu'elle aurait porté malgré elle et qui tombait de travers, malgré tous ses efforts pour l'ajuster du plat de la main. C'était un prénom modeste et ordinaire, et qui était le sien, elle ne pouvait le nier, du moins était-ce celui par lequel on l'avait appelée jusqu'à ses dix-sept ans. N'empêche, cela lui déplut de l'entendre prononcé tout haut en public. Elle rougit, tout comme elle rougissait chaque fois d'appréhension à la vue de l'annonceur. Elle tourna les yeux, ses yeux d'un vert que le rouge de ses joues rendait plus intense, et vit Elizabeth, bien vivante, mais pas tout à fait aussi jolie que d'habitude.

– Bonjour.

Bien qu'elle n'eût pas l'intention de mettre la moindre intonation ambiguë dans ce « bonjour », elle le prononça d'un ton plutôt satisfait. La dernière fois qu'elle avait vu Elizabeth, elle avait renversé du thé bouillant sur sa jupe blanche, acte qui lui avait valu d'être aussitôt congédiée. Le visage de son ancienne maîtresse était à présent émacié, et ses cheveux blonds, qu'elle-même, Carolina, coiffait autrefois, étaient ternes et rassemblés en un chignon serré assez peu flatteur. Rien n'indiquait que les quelques mois durant lesquels Elizabeth avait disparu l'avaient radoucie à l'égard de la servante qui ajustait autrefois ses corsets.

— Que fais-tu ici ? lui demanda-t-elle en s'approchant.

Sa voix et ses mouvements manquaient d'énergie, néanmoins toute sa personne (surtout ses yeux bruns étincelants) dégageait de l'hostilité à son endroit.

— C'est moi qui devrais te poser cette question. Je te croyais noyée.

Carolina adopta une attitude plus arrogante, prenant soudain conscience de la façon dont elle devait exactement se tenir. Sa veste, très élégante, serrée à la taille, bouffante aux épaules, et coupée dans un tissu manifestement coûteux, avait à l'évidence été fabriquée chez un excellent tailleur. Elle se pencha plus près d'Elizabeth et continua à voix basse, sur un ton incisif :

— Ou bien était-ce juste une histoire pour cacher tes intentions à l'égard d'un certain garçon d'écurie ?

Elizabeth se contracta un peu à ces mots, et ses yeux se couvrirent d'un voile, comme au bord des larmes.

— Oh, je t'en prie. (Carolina serra les lèvres et soutint le regard de son ancienne maîtresse.) Je l'ai aimé, moi aussi, ou bien l'avais-tu oublié, entièrement concentrée que tu étais sur ta propre tristesse ?

— Il était mon mari.

La voix d'Elizabeth vacilla à ces mots, et quand elle eut fini de parler, elle pressa les lèvres pour contenir l'émotion violente qui la traversait.

La jeune fille qui aurait autrefois ressenti de la jalousie, de l'amertume ou du chagrin à l'annonce de cette nouvelle n'existait plus. Si Elizabeth voulait perdre son contrôle, c'était son affaire. Mais Carolina n'en était plus à commettre de telles bévues. Elle releva le menton et son attitude exprima alors la fierté de l'exploit qu'elle avait accompli. Elle haussa légèrement un sourcil et prit la pose.

– Il ne faudrait pas que ça se sache.

Elizabeth ferma les yeux.

– Tu ne le dirais pas… ?

– Probablement pas. Mais j'ai affreusement soif, et il me semblait que j'étais invitée à un déjeuner ?

Elizabeth rouvrit les yeux. Elle regarda Carolina de l'air le plus vulnérable qu'elle avait jamais eu face à elle, compte tenu que toutes deux se connaissaient depuis toujours, et étaient amies depuis leur plus tendre enfance.

– Bien sûr, dit-elle sur un ton qu'elle n'avait jamais eu jusque-là.

C'était le ton de la faiblesse simulant la force, mais aucune des deux n'en fut dupe ; ce qui venait de se passer continuait à résonner. Carolina n'était plus la subalterne d'Elizabeth, et elle détenait un nouveau ragot sur elle.

– Entre, je t'en prie. Tu veux peut-être t'asseoir à ma table avec moi, où tu seras sûre d'avoir le meilleur spectacle ?

Carolina, qui perçut la tension dans la voix d'Elizabeth, amorça le geste, attendant que son ancienne maîtresse lui prenne le bras avant d'acquiescer.

– Ce serait tout à fait charmant, dit-elle, le cœur triomphant tandis qu'elles entraient dans la salle de réception.

C'était une pièce peuplée d'invités nantis, pleine de plateaux étincelants débordant de mets fins et odorants qu'elle aurait autrefois apportés des cuisines, mais qu'elle allait maintenant se laisser présenter à sa gauche, invitée à se servir.

Sept

« J'ai appris de source privée qu'un déjeuner se tiendra aujourd'hui chez les Holland, et que Penelope Schoonmaker se trouvera parmi les invités. La haute société ne manque pas de gens aux aguets, avides de vils petits divertissements. Ces personnes se sont forcément focalisées sur la petite guerre que pourraient se livrer Miss Elizabeth Holland et l'ex-Miss Hayes, ces deux jeunes femmes ayant toutes deux été fiancées à Mr Schoonmaker. Ces amateurs de basses distractions risquent d'être fort déçus, si ces dames se rencontrent d'une façon aussi cordiale que semblent augurer les faits, à l'occasion de la première réunion mondaine que les Holland organisent depuis le décès de Mr Edward Holland, voici plus d'un an... »

EXTRAIT DE LA RUBRIQUE « LE JOYEUX DANDY »,
THE NEW YORK IMPERIAL,
DIMANCHE 11 FÉVRIER 1900.

Diana Holland arriva au déjeuner organisé par sa mère un peu tard, mais prête à tout entendre sur les tribulations romantiques d'Eleanor Wetmore. Elle avait demandé à Claire de changer son marque-place afin d'être placée à côté d'Eleanor, le meilleur endroit pour glaner quelques potins, et aussi, fort à propos, pour ne pas se trouver trop proche de Penelope. Elle était vêtue d'une robe à col officier en coton épais à motifs incurvés rouge et blanc ; sa chevelure bouclait naturellement autour de son visage. Comme elle arrivait au rez-de-chaussée d'un pas désinvolte, elle s'arrêta, stupéfaite, ses belles lèvres pulpeuses entrouvertes, à la vue de la silhouette qui se découpait de l'autre côté de la porte d'entrée vitrée.

Le temps de reprendre ses esprits, elle avait déjà traversé le vestibule et posé une main sur la vitre. C'était comme si elle avait été attirée là par une force magnétique. Elle ferma les yeux, parce qu'elle savait qu'ils exprimaient l'intensité, l'immensité, la pureté de son désir. Quand elle les rouvrit, ils brillaient d'un éclat plus dur. Henry, pour autant, n'avait pas disparu. Quelques secondes plus tard, elle tournait la poignée.

— Qu'est-ce que tu fais ici ? dit-elle d'une voix basse et inamicale, en partie cachée derrière la porte.

— Il me semblait que j'étais invité.

C'était le ton enjoué qui lui avait si bien servi durant ses vingt premières années. Il dut comprendre qu'il n'aurait pas dû parler ainsi, car il ferma les yeux et secoua la tête. Elle fut frappée par la beauté de son visage. Trop de temps avait passé depuis la dernière fois qu'elle avait été proche de lui.

— Je suppose que tu es venu pour rencontrer ta femme, lui lança-t-elle, un peu pour distraire son regard de la ligne de sa mâchoire. Elle est ici.

— Non… (Henry leva alors des yeux timides et pleins de désir vers le visage de Diana.) Non.

— Non *quoi* ?

Elle lâcha la poignée de la porte, qu'elle entrouvrit. Le parc s'étendait, silencieux, derrière eux ; les arbres tendaient leurs branches nues vers le ciel blanc. Tous les cochers avaient le nez plongé dans leurs journaux, ignorant consciencieusement les deux personnes dans la véranda.

— Non, je ne suis pas venu voir mon épouse. (Il marqua une pause et pressa ses doigts entre ses sourcils.) Je ne voulais pas venir du tout. Mais l'idée de me trouver dans la même pièce que toi… Je suis désolé. J'ai l'air d'un idiot. Je n'avais pas prévu que je pourrais te parler, comme ça, si près. Tu vas sans doute partir maintenant, à n'importe quel moment, et je n'aurai pas dit un seul mot de ce que je veux te dire et… oh, mon Dieu.

Le cœur de Diana, à son grand désarroi, s'était mis à battre fort ; elle espéra que son souffle précipité ne serait pas perceptible sous son corset ajusté. Elle songea qu'elle devait faire ce qu'Henry attendait d'elle, après quoi elle s'en irait. Ensuite il sonnerait, et Claire l'introduirait officiellement. Mais au lieu de cela, elle entra dans la véranda et referma la porte derrière elle.

– Qu'est-ce que tu voulais me dire ?

Henry enleva son chapeau et le tint d'un air pensif entre ses mains.

– Eh bien, comme je le disais dans mes lettres... (Son élocution était hachée, comme s'il avait du mal à respirer.) As-tu lu mes lettres ?

Un moment, Diana se sentit assiégée par une intense émotion, qui céda aussitôt la place à une franche colère.

– Non, fit-elle. Je les ai brûlées.

Henry laissa échapper un « Oh ! » d'étonnement teinté de déception. Il regarda longuement Diana. Elle reconnut l'émotion qui se peignait sur son visage, tout en se demandant si c'était de la compassion pour ce qu'il lui avait fait, ou de l'apitoiement sur son propre sort.

– Henry, fit-elle au bout d'un moment. (Elle essayait d'avoir l'air dur et impatient, mais elle savait que sa voix trahissait sa vulnérabilité et son désir d'être courtisée.) On va se demander où je suis.

Henry jeta un regard à sa gauche, vers les fenêtres du salon, et s'en approcha pour s'assurer qu'on ne pouvait le voir. Diana remarqua sa pomme d'Adam qui glissait sous sa peau lisse, sans doute rasée par son valet de chambre peu de temps avant.

– Si tu pouvais seulement me donner une minute de ton temps, Miss Diana.

Elle regarda derrière elle, comme si une foule de badauds s'étaient rassemblée, mais il n'y avait personne dans le vestibule.

– Très bien, dit-elle.

– Je n'aime pas Penelope, je ne l'ai jamais aimée. (C'était la première fois qu'elle le voyait aussi immobile, comme statufié ; il ne cillait même pas.) Je n'ai jamais songé une seule seconde à l'épouser, et quand je l'ai fait, c'était pour te protéger.

Diana croisa les bras sur sa poitrine : un vent glacial soufflait, mais elle n'avait jamais vu une telle sincérité sur le visage d'Henry, et cela la réchauffa un peu.

– Elle a su, à propos de cette nuit... dans ta chambre... ce qui s'est passé entre toi et moi. Elle m'a dit que si je ne l'épousais pas, elle révélerait tout... (Sa voix s'estompa, sans doute parce qu'il se rendait compte que rien de tout cela n'avait à présent d'importance.) Toute cette cérémonie, ce n'était que pour toi, je ne pensais qu'à toi. C'était seulement pour te protéger, toi et ton nom.

Son nom. Jamais il ne lui avait semblé aussi encombrant. Elle pressa les doigts contre le bois rugueux de la porte, se demandant si elle devait le remercier. Tant de choses avaient changé en elle en quelques minutes, mais elle n'était pas prête à le reconnaître.

– Mes lettres, c'était pour t'expliquer tout cela, et pour te dire à quel point je suis désolé que les choses aient pris cette tournure.

Henry tourna son chapeau dans ses mains tout en continuant à regarder Diana d'une façon qui donna envie à la jeune fille de se jeter dans ses bras et d'y demeurer à jamais. Elle fut étonnée de sa réaction, et un peu furieuse de constater qu'elle éprouvait encore de tels sentiments pour lui.

– Je ne l'aime pas, Di.

Elle ferma les yeux et fronça les sourcils.

– Tu as berné tout New York, dit-elle d'une façon peu convaincante.

– Je n'ai même jamais été au lit avec elle.

Elle battit des paupières. L'ombre douce de ses longs cils assombrit ses yeux.

– Jamais ? chuchota-t-elle.

Henry secoua la tête négativement et, l'observant :

– Comment le pourrais-je, quand tu es celle que j'aime, la seule que je veux ?

Ce fut comme si quelqu'un l'avait poussée en avant, à travers la brise, sur une balançoire. Mille pensées se précipitèrent au bord de ses lèvres. Elle se demanda si Henry allait l'embrasser, assez furtivement pour que personne ne le remarque, quand elle entendit une voix l'appeler dans le vestibule.

Effrayée, la gorge nouée, elle se retourna. C'était sa sœur, à l'intérieur de la maison. Son pâle visage en forme de cœur s'encadrait dans la porte lézardée de la véranda.

– Oh, Liz. Je... (Son regard alla de l'homme en smoking noir aux yeux fatigués d'Elizabeth.) Mr Schoonmaker est ici.

– Ah, bien. Nous vous attendons tous. Fais-le donc entrer, prends son manteau, pour l'amour du ciel.

Elizabeth jeta un regard grave à Henry, puis s'en alla, laissant de nouveau sa sœur seule avec lui. Un silence s'ensuivit, que Diana finit par rompre :

– Tu veux entrer ?

– Non… (Henry fronça les sourcils.) Je ne me sens pas capable de supporter cette situation.

Elle lui fit signe qu'elle comprenait.

– Je pars mardi. Pour une partie de pêche, avec Teddy. Dis que j'ai dû partir pour prendre mes bagages et mettre mes affaires en ordre, si jamais on m'a vu. Sinon, inutile de mentionner mon passage. (Il se tut et remit son chapeau.) Penelope s'est bien sûr invitée, et maintenant elle a le projet de rendre l'invitation à Elizabeth. Je crois qu'elle veut créer l'illusion qu'elles sont encore amies.

Henry bredouillait maintenant, prononçant des mots qui sous-entendaient son départ alors qu'il ne faisait pas mine de vouloir s'éloigner. Il se décida enfin à descendre quelques marches, regarda ses souliers vernis, puis se retourna vers Diana.

– Tu viendrais ?
– Où ?
– En Floride.

Elle jeta un coup d'œil inquiet par-dessus son épaule.

– Mais comment le pourrais-je… ?

Alors il lui sourit et, en un instant, le mauvais temps sembla s'adoucir. Elle ressentit cette ancienne légèreté, cet étourdissement qui la faisait se sentir capable de tout, comme toujours, en présence d'Henry.

– Tu es très intelligente, je suis sûr que tu trouveras un moyen.

Il releva et rabaissa le bord de son chapeau avant de se hâter vers sa calèche. Elle repoussa les boucles de son visage et essaya de retrouver un peu de calme, mais toute la distance et la froideur qu'elle avait essayé de maintenir l'avaient quittée. Quand elle retourna à la réunion familiale, elle était comme en feu.

Huit

« L'alliée la plus naturelle d'une jeune lady est sa sœur, quand bien même parfois nos proches nous sont aussi impénétrables qu'un indigène des antipodes. »

MAEVE DE JONG, *AMOURS ET AUTRES FOLIES DES VIEILLES FAMILLES NEW-YORKAISES.*

Les domestiques enlevèrent, à la droite des invités de la famille Holland, les assiettes contenant les timbales de poulet qui venaient d'être consommées, pour les remplacer (Elizabeth avait supervisé le menu) par des assiettes de filet de bœuf aux asperges. Elle avait aussi arrangé, dans les cratères en argent, les branches d'hiver givrées artificiellement, inscrit avec soin les noms des invités sur les marque-places, et aidé Claire à passer à la vapeur les vieilles nappes en lin damassées. L'argent que Snowden leur avait donné – fruit d'un partage de dommages et intérêts que son père et lui avaient obtenus dans le Klondike – leur avait permis de louer les services d'une nouvelle cuisinière pour l'occasion. Elizabeth portait la robe que sa mère lui avait choisie, d'un bleu marine iridescent, serrée par de minuscules boutons au cou et aux poignets pour mettre en valeur leur finesse, mais au corsage et aux manches amples. Elle avait réussi à accueillir les invités avec l'amabilité et la contenance qui conviennent à la fille aînée de l'une des plus vieilles familles néerlandaises de la ville.

Mais elle avait commis une erreur fatale. C'était le genre de bévue que la jeune fille qu'elle était censée être – celle à qui les gens pensaient quand ils évoquaient un nom comme celui d'Elizabeth Holland – n'aurait jamais faite. Elle avait eu l'indécence de laisser transparaître en public une émotion : la colère teintée de cette tristesse qui ne la quittait pas. Elle avait trahi ses sentiments devant une fille ingrate qui la haïssait, et qui de toute façon en savait déjà assez sur elle pour la faire pendre. Elizabeth sourit mollement à Lina, espérant qu'elle ne soit pas aussi inconséquente et revancharde qu'elle le semblait parfois, et lui demanda si elle appréciait la nourriture.

– C'est parfait.

Lina rendit un sourire ravi et effronté à la jeune femme qu'elle servait depuis l'enfance. Ses lèvres barbouillées de gras, qu'elle n'avait pas pris garde d'essuyer avec sa serviette, luisaient dans la lumière de l'après-midi. Partout dans le salon, les invités bavardaient poliment, goûtant l'hospitalité des Holland en omettant habilement de mentionner que celle-ci s'était faite rare ces derniers temps. Le petit salon avait belle allure ; avant, la famille y exposait ses tableaux les plus anciens, qui avaient tous été enlevés en même temps que les toiles d'araignée qui s'étaient accumulées sur les moulures du haut plafond. C'était aussi la pièce où Elizabeth s'était mariée.

À la table de l'hôtesse, Penelope se comportait comme une invitée habituelle de la maison. Mrs Holland occupait la chaise en face de sa fille, et prêtait à ses hôtes une attention aimable et étudiée. Elle avait apparemment oublié qu'elle avait un jour choisi le mari de Penelope comme époux pour sa propre fille, et, encore plus étrange, elle n'avait pas reconnu en Miss Broad son ancienne employée.

– Comme c'est agréable de manger de la nourriture faite maison, après tous ces mois de repas à l'hôtel, commentait Lina. (Puis elle se tourna d'un air impertinent vers Mrs Holland.) Je vis au *New Netherland*, vous savez.

– Je l'ignorais.

Mrs Holland but une petite gorgée d'eau minérale et jaugea la nouvelle venue. Peut-être se demandait-elle pourquoi, dans une pièce de trente-six convives de haute extraction, cette fille de l'Ouest, qui possédait une fortune dont personne n'avait entendu parler, était assise à cette table, mais elle se garda bien de laisser paraître ses interrogations.

– Je me souviens de l'époque où l'hôtel a été construit, et comme nous avons tous critiqué son style tape-à-l'œil. Et maintenant, voici que de jolies filles comme vous y vivent ! Cela vous prouve à quel point nous nous y connaissions peu, alors !

– Je trouve la vie à l'hôtel insupportable, soupira Penelope.

Elizabeth regarda son ancienne amie. Elles avaient été exceptionnellement proches durant les dix-huit mois où Penelope avait vécu au *Waldorf*, et même après le départ d'Elizabeth pour Paris dans une institution pour jeunes filles de bonne famille, le temps d'une saison, elle avait reçu de la part de Penelope des lettres truffées de récits de toutes les choses merveilleuses qu'il y avait à voir, à faire et à goûter à New York. Elizabeth se rappela distinctement son embarras devant ces descriptions exubérantes sans aucune subtilité. C'était durant cette période, avait-elle réalisé plus tard, que Penelope avait placé toutes ses ambitions sur Henry Schoonmaker, raison principale pour laquelle elle s'était attiré la jalousie et des ennuis de sa part.

— Le service est bien meilleur dans sa propre maison, où l'on peut tout contrôler, ajouta-t-elle.

— Vous n'allez donc plus dans les hôtels ? s'enquit Lina.

Son ton était neutre et sérieux, et Elizabeth comprit qu'elle posait cette question par pure curiosité, et sans doute pour se renseigner sur les us et coutumes de la haute société afin de pouvoir s'en autoriser. Elle ressentit alors de la pitié pour elle, malgré la scène qui venait d'avoir lieu. Il était tellement évident que Lina faisait tous ses efforts pour paraître fine et hors du commun, mais cela n'empêchait pas qu'elle était sous l'aile protectrice de Penelope, et toujours considérée comme faisant partie des nouveaux riches.

— Bien sûr, quand je voyage, mais seulement si je dois le faire, répliqua Penelope en pinçant ses lèvres sensuelles et en jetant un regard oblique à sa nouvelle amie. Par exemple, quand je suis à Newport, ma famille loue une villa pour la saison, et à Paris, j'habite dans notre appartement des Champs. Mais là, j'attends avec impatience un futur séjour dans un hôtel…

— Vous allez partir en voyage, Mrs Schoonmaker ? lui demanda Mrs Holland.

Sa fille, qui savait percevoir ce qui se cachait sous le ton de chacune de ces dames, décela dans cette question une politesse forcée, là où les invités des tables voisines ne pouvaient avoir entendu que l'expression d'une cordiale curiosité.

– Oui, Henry et moi allons faire un petit tour à Palm Beach. (Un sourire involontaire et fier lui échappa quand elle prononça les mots : « Henry et moi ».) Lui et Teddy vont pêcher, et moi j'ai une envie folle de me baigner dans une mer chaude ; de plus le *Royal Poinciana* a une grande réputation. Une bonne épouse encadre toujours le voyage de son mari, quand elle le peut.

En entendant ces mots, Elizabeth reposa son verre d'eau et regarda Diana qui se trouvait à une table voisine entre leur tante Edith et les demoiselles Wetmore. Peut-être fut-elle émue en entendant prononcer le nom d'Henry, toujours est-il qu'elle ne le montra pas car, poursuivant sa conversation enjouée avec Eleanor Wetmore, elle lui demanda quels prétendants elle convoitait cette saison. Elizabeth était certaine que sa sœur avait vécu quelque chose de profond avec Henry, et que les sentiments de celui-ci étaient également purs et sincères. Elle l'avait lu dans ses yeux quand elle l'avait aperçu dans la rue au milieu de la foule, le matin où elle avait décidé de quitter New York pour toujours. Il semblait vraiment peiné de voir Diana s'éloigner. Or elle avait retrouvé la même expression sur son visage une heure avant, quand elle l'avait surpris avec sa sœur devant la porte, et elle avait souhaité de tout son cœur qu'il parvienne à exprimer ce que contenaient les lettres que Diana avait impétueusement brûlées.

– Je ne suis jamais allée en Floride, lança Lina.

Forcément, pensa Elizabeth non sans une pointe de cruauté.

Penelope et Lina se regardèrent, puis la première déclara :

— Eh bien, tu devrais venir, Carolina. J'aurais justement besoin de quelqu'un pour me tenir compagnie pendant que les hommes s'amusent. Toi aussi, Elizabeth, tu devrais venir.

Penelope fixa intensément Elizabeth de son regard bleu. Cette dernière se félicita de son manque d'appétit, car si elle avait été en train de manger quelque chose, elle n'aurait, devant le spectacle d'une telle fausseté, certainement pas pu l'avaler.

— Nous n'avons pas pu profiter l'une de l'autre depuis… depuis quand, déjà ? Octobre ?

Un instant, Elizabeth fut submergée par une vague de haine qui reflua aussitôt. Elle savait en effet qu'elle était capable de pardonner à Penelope, car sa méchanceté avait au moins engendré une chose positive : elle lui avait permis de vivre avec Will pendant quelques mois hors de toute clandestinité, libérée de la culpabilité qui assombrissait leur amour à New York. Et si Penelope avait pris à Diana ce qu'elle possédait de plus précieux, elle n'avait fait que poursuivre ce qu'elle désirait avec l'acharnement qui la caractérisait.

Elle avait la bouche sèche quand elle releva les yeux vers son ancienne amie. À l'autre bout du salon, assises à des tables de quatre, les dames à cols hauts fermés par des rangées de petits boutons de nacre n'avaient pas interrompu leur conversation ni cessé de s'exclamer sur la beauté de tel objet d'art, sur la mode à Paris ou la chasse à courre à Long Island ; mais à la table proche de la cheminée, les convives s'étaient tus. Tous les regards s'étaient tournés vers Elizabeth.

— Octobre, confirma-t-elle après un temps.

— Imagine, continua Penelope sans se laisser décourager, en posant son joli coude sur la table. Nous pourrons nager dans l'océan et marcher le long de la plage, loin des ragots et de la sottise humaine.

L'idée du soleil, des palmiers, des parasols et des costumes de bain donna la nausée à Elizabeth. Déjà, toutes les femmes qu'elle connaissait, ainsi que toutes à cette table, étaient des frivoles professionnelles. L'idée de faire un voyage à grands frais pour trouver la même chose sous une meilleure lumière lui répugna. Mais avant qu'elle ait eu le temps d'exprimer son opinion, sa mère intervint :

— Comme c'est généreux de votre part, Penelope.

Elizabeth fixa la table avec ses petits beurriers en porcelaine, ses petites assiettes de tranches de pain brun empilées, et toute la vaisselle fine qu'un tel déjeuner donnait prétexte à exhiber. Les traits de Mrs Holland, parcourus de frissons involontaires, exprimaient la plus grande sévérité.

— Et bien entendu, poursuivit-elle, Elizabeth sera ravie de vous accompagner.

Elizabeth ouvrit de grands yeux ahuris. Il n'en était pas question, tout en elle se révoltait contre cette idée. Les petits yeux d'obsidienne de sa mère la fixaient, plissés par un sourire confiant, dans l'attente de la réponse appropriée de sa fille. Le sourire de Penelope, entre-temps, s'était crispé en une petite moue de satisfaction. Elizabeth tourna légèrement la tête et, du regard, appela sa sœur au secours.

Diana était assise à la table voisine ; quand elle perçut la prière silencieuse d'Elizabeth, elle recula légèrement contre le dossier de sa chaise et tourna la tête vers elle. À l'expression des grands yeux bruns et doux de sa sœur, Elizabeth comprit qu'elle allait venir à son secours. Diana s'écria alors, par-dessus la conversation des demoiselles Wetmore :

— La Floride ? Quelle bonne idée !

Elizabeth contempla sa mère, et constata que le commentaire de Diana avait fait naître sur son visage un petit sourire qui ne lui était pas familier.

— Mais c'est très loin, marmonna Elizabeth.

— J'irai avec toi, si tu crains la distance. (Le ton de Diana était enjoué : Elizabeth comprit qu'elle était prête.) Je suis plus résistante que toi et je veillerai à ton confort.

Penelope enleva son coude de la table, comme si soudain elle était gênée, et lissa les plis noirs et lustrés de sa jupe sur ses genoux. Quand elle put retrouver son sourire, elle se tourna vers Elizabeth.

— Merveilleux. Ce sera la fête !

Elizabeth détacha son regard du visage insistant de sa mère pour le poser sur celui, prodigieusement fourbe, de Penelope ; ce faisant, elle prit conscience qu'elle souhaitait rester loin de la nouvelle Mrs Schoonmaker non seulement à cause de ses malfaisances passées, mais aussi de celles qu'elle était capable de commettre dans le futur. Les ambitions de Penelope n'avaient plus aucun sens pour Elizabeth, mais elle commençait à réaliser, en observant l'expression faussement doucereuse de son ancienne amie, que rester terrée comme elle le faisait était vain, et que se tenir loin du monde ne la protégeait pas du tout de ses dangers. Ni elle, ni Diana.

— Mais y aura-t-il aussi une place pour Diana ? (Elizabeth perçut, dans son champ de vision, la fébrilité de Diana qui ne manquait rien de ce qui se disait à sa table. L'espoir se peignait visiblement sur ses traits.) C'est que je ne suis pas encore tout à fait dans mon assiette, et la compagnie de ma sœur me sera précieuse pour un si long trajet, insista Elizabeth.

– Mais bien sûr ! s'écria Penelope. Quoique, continua-t-elle un peu plus fort afin que toutes les tables voisines puissent l'entendre, tu es comme une sœur pour moi, et je pense que nous pourrions nous soutenir l'une l'autre. Mais ta sœur est aussi la mienne – elle marqua une pause et lança un coup d'œil à Diana –, et puis ma devise n'a-t-elle pas toujours été : *Plus on est de fous, plus on rit* ?

– Ce sera un réel plaisir pour mes deux filles, la remercia Mrs Holland sur un ton un peu obséquieux qui ne lui était pas coutumier.

– Comme nous allons nous amuser ! conclut Penelope avec un peu trop d'emphase.

Entrée dans le monde un peu avant Penelope, Elizabeth avait été experte en paroles équivoques et en pieux mensonges, toujours au service de la bienséance et de la politesse, bien entendu, sans pour autant accepter l'imposture, la fourberie, la duplicité ou ce genre de choses. Elle les redoutait. Mais en regardant Penelope, son beau visage hautain, ses yeux immenses et la férocité de son regard, Elizabeth prit conscience que donner le change était la seule façon de se protéger elle, et sa sœur. Elle pensa à Henry et à Diana sur la véranda, qui se contemplaient l'un l'autre avec le trouble et la tristesse de deux adolescents qui viennent de faire leur premier faux pas et n'ont pas encore compris ce qui leur arrivait. L'envie lui prit alors de mentir. Elle rassembla son énergie, inspira l'air et, regardant Penelope bien en face, elle s'écria :

– Oh oui, comme nous allons nous amuser !

Puis elle sourit, du sourire qu'elle affichait avant quand elle s'extasiait sur des soirées ou des chaussures à hauts talons, ce genre de sourire qui rosissait tendrement sa gorge et ses pommettes. Penelope lui renvoya son sourire. Elles se regardèrent quelques secondes, puis Elizabeth posa ses longs doigts minces, pas aussi bien manucurés qu'avant, mais encore élégamment limés et polis, sur ceux de Penelope.

– Je meurs d'impatience.

Neuf

« D'où vient Carolina Broad ? Qui étaient vraiment ses parents, et comment s'est-elle fait si vite une place parmi nous ? Cette nouvelle jeune ambitieuse est-elle la créature de Carey Lewis Longhorn ou de quelque autre Pygmalion ? »

EXTRAIT DE *RUMEURS DE LA VILLE*,
DIMANCHE 11 FÉVRIER 1900.

— Je trouve que tout s'est très bien passé, déclara Snowden Cairns, debout près de Diana dans l'un des deux salons de la maison, quand leurs derniers invités eurent rejoint leurs calèches respectives rangées le long du trottoir.

Diana, qui ne prêtait pas un grand intérêt aux événements mondains, à leur succès ou à leur échec, haussa les épaules d'un air indifférent : une soirée entière, aussi grandiose fût-elle, ne pouvait jamais se comparer, pour elle, à de précieux moments secrets ou volés. Peu lui importait que le déjeuner se soit bien passé, même si elle connaissait, à présent, le nom du célibataire qu'Eleanor Wetmore s'était mis en tête de séduire, afin de se retrouver fiancée en juin, quand sa sœur cadette se marierait. Diana savait aussi qu'elle devait aller à Palm Beach avec sa sœur et Penelope et, de façon plus troublante, voire plus douloureuse, avec Henry, qui l'aimait encore.

À travers les rideaux de dentelle, elle put voir Mrs Schoonmaker et Miss Broad se diriger vers la calèche qui les attendait. Mrs Schoonmaker monta la première, non sans avoir d'abord lissé le plissé accordéon de sa jupe noire et soulevé son ourlet.

Elle n'avait pas remis ses gants après le déjeuner, et le diamant qu'elle portait à son annulaire gauche étincelait aux rayons du soleil hivernal. La perspective de voir Penelope et Henry ensemble répugnait à Diana, mais c'était plus fort qu'elle, elle ne cessait d'imaginer les mots qu'il n'était pas arrivé à lui dire. Elle brûlait d'envie d'entendre la suite de son explication et de savoir comment, ces derniers mois depuis leur séparation, il avait pensé à elle. Elle songea, un peu mélancolique, à toutes ses lettres qu'elle avait détruites, imaginant les doux aveux qu'elles contenaient. Il n'empêche qu'elle n'était pas mécontente d'avoir pu lui dire comment toutes ces belles phrases s'étaient tragiquement anéanties. Toujours est-il que ce qui lui accaparait surtout l'esprit, c'était d'imaginer comment il s'y prendrait pour l'embrasser, s'ils se retrouvaient seuls tous les deux ensemble.

Carolina arrivait derrière Penelope, d'un pas un peu trop pressé. Elle n'avait pas encore appris à vivre à la façon des rentières, à prendre son temps pour se pomponner, quand bien même la moitié des gages annuels d'une femme de chambre de la famille Holland n'aurait manifestement pas suffi à payer son coquet petit chapeau semé de pierreries noires. Diana avait pris une grande part à la création du personnage de Carolina Broad – en vendant l'article qui l'avait introduite dans la haute société, malgré une faute d'impression qui avait écorché son nom – et, sans pour autant regretter son action, elle ressentait un léger dépit que son ancienne amie d'enfance soit devenue l'alliée de Penelope. Cela n'avait sûrement pas été sans effet sur sa promotion sociale, mais ne la lui rendait pas vraiment sympathique, surtout maintenant qu'elle commençait à comprendre comment Penelope s'était procuré l'information qui avait scellé son union avec Henry.

Derrière les vitres de la fenêtre, Diana ne put s'empêcher de remarquer que Carolina devait sa nouvelle allure et ses beaux habits à son petit article dans le journal. À ce moment-là, sa seule motivation était l'argent. Mais maintenant, elle avait découvert la satisfaction de l'écriture, et comment on pouvait créer tout un personnage et un événement à partir d'une petite insinuation. C'est pourquoi elle ne serait pas surprise que son article sur Eleanor Wetmore transforme les désirs de cette pauvre jeune fille en réalité, ou que quelques phrases bien tournées fassent changer Henry d'avis. Déjà elle imaginait le bonheur de Barnard quand il apprendrait la nouvelle de son voyage : que d'histoires elle allait pouvoir lui télégraphier !

– Oui, acquiesça Mrs Holland installée dans un fauteuil à côté du feu, tout s'est très bien passé. Je m'inquiétais de te voir si faible au début, Elizabeth, mais maintenant tu es redevenue celle que tu étais.

Diana observa sa sœur, debout dans l'embrasure des hautes fenêtres qui donnaient sur la rue. Ses cheveux, qui avaient retrouvé leur couleur blond cendré depuis décembre (le soleil de Californie en avait éclairci quelques mèches), étaient noués en un chignon bas sur la nuque, et Diana voyait son visage de trois quarts. Une pâle auréole dorée cernait sa tête, mais de grandes ombres creusaient ses joues.

Elle avait l'air fatiguée, et Diana se demanda avec un sentiment de culpabilité si elle ne l'avait pas un peu trop poussée.

— Je ne m'inquiète pas pour les projets de voyage de Miss Elizabeth, énonça Snowden.

Dehors, le cocher de Penelope faisait partir les chevaux. Elizabeth ne réagit pas immédiatement ; elle regarda la voiture s'éloigner. Diana vint vers sa sœur et la prit par la taille, comme pour la soutenir et l'encourager pour leur voyage vers le sud.

— Tout va bien, Mr Cairns.

Elizabeth tourna le dos à la fenêtre et se laissa étreindre par sa petite sœur, qui ressentit encore plus sa fragilité maintenant qu'elle la tenait dans ses bras.

— Je pense que cela me ferait du bien de sortir un peu dans le monde.

— Tu n'es pas obligée, s'obligea à dire Diana, tout en sachant que la façon dont elle regardait sa sœur exprimait exactement le contraire.

Comme elle aurait voulu avoir Elizabeth un peu pour elle ; elles auraient pu discuter des intentions d'Henry, de l'arrogance de Penelope au déjeuner, de sa présence insultante, et d'ailleurs, est-ce qu'on pouvait la trouver belle, avec les airs qu'elle prenait ?

— Je sais, mais ce sera plus facile si tu viens avec moi.

Elizabeth parlait d'une voix douce mais déterminée, tout en repoussant les boucles rebelles et brillantes de Diana derrière ses oreilles.

— Et nous allons retrouver notre vieil ami Henry Schoonmaker, que nous avons si peu eu l'occasion de voir depuis son mariage, et peut-être dissiper le malaise qu'il pourrait encore ressentir au sujet de notre lien passé. Si tu viens avec moi, continua-t-elle en lançant à Diana un regard entendu, ce sera parfait.

Diana se serra contre elle, comme pour communiquer un peu de sa propre force à sa sœur aînée. Le désir de revoir le visage d'Henry l'envahit à la seule mention de son nom, et son cœur se mit à battre fort. Elle espéra que sa mère n'avait rien vu de son trouble. Déjà elle imaginait Henry sur un quai de gare : son expression changerait imperceptiblement quand il la reconnaîtrait dans la foule. Dans son rêve, le visage du jeune homme exprimait tous les sentiments qu'il éprouvait pour elle. Alors cesserait enfin cet horrible état de perplexité qui la tenait éveillée la nuit et ruinait son sommeil.

Dix

« Même après son mariage, une jeune fille ne quitte jamais complètement la maison de ses parents. »

MENSUEL DE LA MODE FÉMININE,
FÉVRIER 1900.

Penelope Schoonmaker, sitôt débarrassée de son manteau de laine bordeaux gansé de noir à col haut, se vautra dans l'un des canapés à rayures de sa chambre, dans son hôtel particulier de la Cinquième Avenue. Elle s'était précipitée directement à l'étage, ne supportant pas l'idée de voir ses parents, ces êtres stupides et inutiles qui ne lui avaient même pas fait le cadeau d'être bien née dans une famille établie et distinguée. Parfois elle s'imaginait en enfant substituée de la plus élégante espèce.

Son ancienne chambre, très semblable à celle qui était maintenant la sienne chez les Schoonmaker, était blanche et dorée, sauf qu'elle était plus grande et avait été réalisée dans l'idée de contenir de nombreuses robes. Elle jeta un regard amer à ses malles Louis Vuitton, avec leurs initiales japonisantes, qu'elle avait achetées à Paris dans la boutique de la rue Scribe bien avant son mariage. Ces malles étaient l'excuse officielle qu'elle avait trouvée pour retourner chez elle. La véritable raison en était l'indifférence d'Henry – disons plutôt la répugnance, si elle voulait être honnête, ce qui n'était pas son fort –, répugnance de plus en plus évidente à son projet de l'accompagner en Floride. Elle craignait que les domestiques des Schoonmaker ne commencent à jaser.

— Je n'ai même plus envie d'y aller, confia-t-elle à Isaac Phillips Buck, son plus proche confident, arrivé quelques heures plus tôt pour surveiller le pliage des vêtements d'été qui n'avaient pas encore été stockés dans la garde-robe de la nouvelle résidence de son amie.

— Oh, mais tu dois de toute façon y aller pour me raconter ce qui se porte là-bas, exigea sèchement la jeune Mrs William Schoonmaker, sa belle-mère, qui l'avait accompagnée ce matin-là.

Elle se tenait contre le mur, entre la porte et la fenêtre, son joli visage encadré de fourrure blanche. Elle expira la fumée de la cigarette qu'elle venait d'allumer, et ajouta :

— William est idiot de ne pas me laisser y aller. Je ne sais pas comment il peut s'imaginer que j'ai envie de l'accompagner à ces stupides réunions politiques.

Isabelle, qui s'était révélée une solide alliée de Penelope dans sa campagne pour son mariage avec Henry, était maussade depuis quelque temps, et pas vraiment amusante. Penelope ignora ce que venait de dire la jeune femme, se releva du canapé et marcha vers le lit garni de multiples coussins, où étaient soigneusement étalés des accessoires. Elle choisit une écharpe vermillon et l'examina, tout en caressant son étoffe.

— N'y va pas, lui conseilla Buck.
— Mais il le faut !

Elle ne cacha pas son impatience : Buck savait fort bien que faire marche arrière et décommander son voyage ne sauverait pas les apparences.

Buck se présentait toujours en appuyant sur son nom, comme pour rappeler qu'il était membre de la grande et vieille famille des Buck qui vivait dans le comté de l'Hudson, alors qu'en réalité, il devait pratiquement tout son prestige à son goût exquis et à la croyance enracinée chez une certaine dame de New York qu'il était absolument nécessaire de le compter parmi son personnel quand elle donnait une soirée dans son hôtel particulier. C'était en ces circonstances que les Hayes avaient fait sa connaissance, et spécialement le plus jeune membre de cette famille ; il était conscient que leur réputation n'était pas vraiment assise ; due à une richesse qui datait d'hier, elle nécessitait d'être assidûment surveillée et entretenue.

– Les journaux ont tous rapporté que tu as assisté au déjeuner chez Elizabeth Holland, et que votre amitié est aussi forte qu'avant, déclara Buck en haussant les épaules, comme si c'était tout ce qu'il y avait à en dire.

– Ce n'est pas Elizabeth dont je me soucie. (Elle s'assit sur le lit et approcha pensivement la douce étoffe de son visage.) Elle, je peux la manipuler. Le problème est que j'aurai l'air de quoi si mon mari part en voyage sans moi, au bout de deux mois de mariage ? Que vont dire les gens ? Je ne peux pas le laisser y aller sans moi, tu le sais bien.

– Certes ! confirma Isabelle qui avait allumé une autre cigarette, debout près de la fenêtre. Tu ne pourrais pas, même au bout de mille ans.

– Eh bien, au moins tu échapperas à cette ville grise et déprimante, soupira Buck en levant vers les fresques tarabiscotées du plafond ses petits yeux perdus dans son visage charnu.

— Exact. (Penelope eut alors une bouffée de chaleur et dégrafa d'un coup les boutons de son manteau.) Ce ne sera pas si mal, et je pense qu'un peu de soleil pourrait faire changer Henry d'avis. En outre j'ai du renfort, maintenant : Miss Broad est de mon côté, mais elle n'est pas d'une aussi grande famille qu'elle veut le faire croire, et si quelqu'un le sait bien, c'est Elizabeth. Les deux sœurs Holland vont à tous les coups chercher à marcher sur mes plates-bandes. Et puis Teddy sera là, et tout le monde sait qu'il est encore entiché de Liz...

Elle enleva complètement son manteau, le jeta sur le lit et traversa la pièce jusqu'à la fenêtre, sa robe couleur cerise traînant derrière elle. Robber, son terrier boston, sauta de l'ottomane où il était installé et alla se cacher sous un fauteuil quand il l'entendit arriver. Penelope ne criait pas facilement, mais elle était capable de pleurer de rage, en pensant à Elizabeth et à Diana, à leurs jolis petits visages et à leurs regards accusateurs dans le train pour la Floride.

Elle prit une cigarette dans l'étui en or qu'Isabelle avait laissé sur le rebord de la fenêtre.

— Tu sais ce qu'il te faut, lui susurra sa belle-mère d'un ton bienveillant tout en arrangeant sa frange.

Toutes deux se tournèrent alors vers Buck qui croisait et décroisait les jambes d'un air pensif.

Penelope alluma sa cigarette et en inspira une bouffée. Cela fait, elle se retourna vers la fenêtre pour observer la Cinquième Avenue et son majestueux défilé d'attelages, attendant la réaction de Buck. Tous ces gens, dans la rue, admiraient le monument que les Hayes avaient fait édifier grâce à leur nouvelle et ostentatoire richesse, les enviant et les détestant en même temps. C'était un théâtre que son père avait construit pour sa femme et sa fille, et bien que Penelope connût parfaitement son texte et portât les bons costumes, elle n'était toujours pas la vedette du spectacle. Du moins était-ce ainsi qu'elle ressentait les choses, au milieu de ses tentures dorées. Elle éprouvait de la haine pour toute personne qui ne faisait pas partie de sa clique, qui n'applaudissait pas en criant bravo.

– Tu as besoin d'un allié.
– Un allié ?

Penelope sut instantanément qu'il avait raison, mais elle n'était pas encore prête à vouloir être rassurée.

– Tu n'as pas trop de renfort.
– Je ne peux pas inviter plus de gens.

Penelope regarda Isabelle, comme pour obtenir d'elle la confirmation de ce qu'elle venait d'affirmer ; après tout, c'était le mari de sa belle-mère qui paierait l'addition de ce voyage.

Isabelle haussa les épaules.

– Bien sûr que tu peux. Vous pouvez tous être de la partie !

Elle fit un petit geste de la main droite, laissant un nuage de fumée planer dans l'air.

– On peut allonger les listes sans problème, insista Buck. De toute façon, tu auras besoin de quelqu'un qui t'aide, spécialement pour que tu n'aies jamais à t'inquiéter qu'on devine ce que tu manigances. Miss Broad a les bons costumes, mais elle n'a pas encore appris à ruser.

– C'est vrai. (Penelope jeta un regard à la jeune femme blonde à côté d'elle, qui avait l'air parfaitement désespérée.) J'aimerais que tu viennes, Isabelle. C'est tellement injuste que ce méchant vieux Schoonmaker t'ordonne de rester là.

– Merci de ces mots, répondit Isabelle en souriant tristement, et sur un ton qui suggérait que Penelope ne pouvait comprendre l'ampleur de sa souffrance.

Penelope commençait à se demander s'il ne serait pas bon que Buck l'accompagne, et si oui ou non il pourrait être son meilleur allié, lorsque, regardant dans la rue, elle vit son frère aîné sauter du siège du cocher d'un attelage à quatre. Les chevaux luisaient de sueur comme s'ils venaient de courir longtemps. Grayson passa les rênes à un serviteur avant de monter prestement les majestueuses marches de pierre blanche avec la belle assurance d'un aristocrate-né. Bien qu'elle aimât penser qu'elle était, des deux, la plus brillante et la plus futée, elle avait toujours su qu'il était comme elle – ils avaient la même ambition démesurée et une égale absence de sentimentalité –, ce qui ne pouvait s'expliquer que par le fait qu'ils étaient du même sang. Elle avait toujours été plutôt fière de cela, et tandis qu'elle l'observait entrer dans la maison, une idée commença à germer dans son esprit.

C'est alors qu'elle entendit sa belle-mère pousser un petit soupir romantique ; elle glissa un regard vers elle. Le visage d'Isabelle Schoonmaker avait pris une expression lointaine et rêveuse. C'était gênant de ne pas savoir cacher ses engouements, songea Penelope, surtout quand on était une femme mariée. Elle cherchait un moyen subtil de lui en faire la remarque, quand la pensée la traversa qu'il était plutôt impressionnant de la part de Grayson d'avoir plaqué une femme mariée aussi désirable. C'était en vérité un art fort utile, qui pourrait s'avérer fatal s'il s'en prenait à une fille plus naïve.

Quand Penelope s'adressa ensuite à Buck, son ton était considérablement plus gai.

– Je vais inviter Grayson. C'est mon frère, il est obligé de m'aimer.

– Non, ne fais pas cela, gémit Isabelle. (Elle lança un regard à Buck puis s'efforça d'avoir un ton moins implorant.) C'est seulement qu'il y a tellement plus de femmes que d'hommes à tous les bals de cette saison, ce serait dommage de nous voler un danseur aussi émérite.

– Allez, tu te débrouilleras sans Grayson.

Penelope inspira la dernière bouffée de sa cigarette et jeta le mégot dans une plante en pot. Elle retraversa la pièce pour choisir sa garde-robe, laissant un sillage de fumée derrière elle.

– En tout cas, je sais déjà comment je vais m'en servir.

Onze

« Départ aujourd'hui pour Palm Beach par autorail spécial de Mr et Mrs Henry Schoonmaker et leurs invités, Mr Edward Cutting, Miss Carolina Broad et Misses Elizabeth et Diana Holland. En dernière minute s'est joint à la fête le frère de Mrs Schoonmaker, Mr Grayson Hayes. »

EXTRAIT DE LA RUBRIQUE MONDAINE
DE *THE NEW YORK NEWS OF THE WORLD GAZETTE*, MARDI 13 FÉVRIER 1900.

Le jour se leva, gris et morne. On était mardi. Mr Longhorn toussa tout le long du trajet vers la gare de chemin de fer où Carolina avait été invitée à rejoindre le groupe d'invités qui partait pour la Floride. Ils traverseraient l'Hudson, lui avait-on dit, puis à Jersey City ils prendraient le train de luxe que la famille d'Henry Schoonmaker louait à l'année. Au temps où elle était encore une servante, elle avait entendu parler de projets de cette sorte, mais elle ne savait rien du voyage auquel elle était conviée. C'était toujours sa sœur disciplinée et dure à la tâche qu'on emmenait en week-end dans les stations balnéaires ou autres lieux de loisirs, tandis qu'elle restait au numéro 17, à réparer des vieilles chemises de nuit et des housses d'oreiller.

Imaginer ce que cela devait être que de s'échapper de la ville vers un lieu exotique, et penser qu'on allait parler d'elle et de sa petite évasion dans les journaux l'avait tenue éveillée la plus grande partie de la nuit. À présent l'excitation et le plaisir anticipé du voyage étaient presque devenus insupportables, au point que par instants, elle en tremblait. Il en fut ainsi jusqu'au moment où, dans leur voiture à chevaux qui roulait vers le sud, elle commença à déceler quelque chose d'insolite dans la respiration sifflante, presque implorante du vieil homme.

– Ma Carolina... dit-il, une fois la voiture arrêtée devant la jetée. (Son teint habituellement fleuri, en bon vivant qu'il était, avait pâli, et il semblait chercher son souffle à chaque mot.) Verrais-tu un inconvénient à rester avec moi à New York ? Tu sais que je n'ai jamais voulu faire obstacle à tes envies et à ta gaieté juvéniles, mais je me suis réveillé ce matin avec une terrible oppression dans la poitrine. J'aimerais tant que tu me fasses le plaisir de ta compagnie... Je me surprends à en avoir aujourd'hui plus besoin que jamais.

Pour Carolina, ce fut comme si on avait posé devant elle un somptueux gâteau au chocolat et qu'on l'ait fait disparaître avant qu'elle ait eu le temps d'en prendre une seule bouchée. Une sorte de panique la saisit à la perspective de ne pouvoir aller en Floride, et qu'une fête puisse s'embraser et s'éteindre sans qu'elle en ait connu l'éclat. Cette idée lui fut douloureuse, et un goût amer lui brûla la gorge.

– Mais mes bagages sont déjà faits... répondit-elle d'une voix faible.

Elle sentait l'odeur de l'océan à présent, et entendait le bruit des pas sur les docks.

Un pauvre sourire traversa son visage en guise d'excuse, sourire qu'elle ne put maintenir longtemps après avoir regardé Longhorn dans les yeux. Car ils étaient vitreux à présent, et n'avaient plus rien de leur vivacité habituelle. Un instant, son désir fébrile de se trouver déjà dans le train, parmi les belles et radieuses créatures qui s'éloignaient de la ville, se calma. On ne l'avait jamais priée de rester avec tant d'ardeur. Bien qu'il n'ait jamais existé le moindre soupçon de sentiment amoureux entre elle et son bienfaiteur, savoir qu'il avait à ce point besoin de sa présence à ses côtés l'émut fortement.

– Ta femme de chambre les reprendra.

Elle pensa alors à toutes les nouvelles robes commandées à grand prix à son tailleur, *Madame* Bristede, en urgence pour ce matin. Carolina s'était imaginée dans ces atours aux bals et aux dîners en Floride, et peut-être dans le train, dont elle avait entendu dire que ses équipements étaient luxueux. Sa servante, une fille un peu plus jeune qu'elle mais beaucoup plus performante qu'elle ne l'avait été autrefois dans le même rôle, était arrivée tôt avec les nouvelles malles contenant ses robes, afin de surveiller leur transport dans le ferry. Carolina l'aperçut, en robe et chapeau noirs, se tenant respectueusement debout sur le débarcadère. Comme elle aurait aimé s'y trouver déjà, au milieu de tous les ouvriers et de tous les voyageurs, dans son beau manteau bordé de vison blanc. Elle dirait à la fille de se hâter d'embarquer avec toutes les autres servantes, et puis le ferry partirait.

– En effet, acquiesça finalement Carolina.

Elle serra ses lèvres rouges et charnues, et haussa légèrement ses sourcils à l'horrible perspective.

– Nous aurons notre petite soirée à nous ce soir, et tu peux inviter qui tu veux, continua Longhorn.

L'effort qu'il fit pour parler fut apparemment trop pour lui, parce qu'il fut secoué d'une quinte de toux et dut se pencher en avant pour lui cacher à quel point il souffrait. Carolina, en effet, avait aimé la petite soirée de la veille qu'il avait organisée pour lui souhaiter bon voyage. Elle et Lucy Carr, la *divorcée*, avaient joué aux cartes, parlé mode et hurlé de rire pour un oui ou pour un non, c'était tout ce dont elle se souvenait. Cela avait été amusant, mais elle n'avait aucun désir de recommencer. Elle mourait d'envie d'aller dans un endroit nouveau, pour que tous les lecteurs des potins mondains de la ville sachent à quel point elle était de bonne compagnie.

– Comment va-t-il ?

Carolina cligna des yeux et oublia son auto-apitoiement. Elle détacha son regard de Longhorn, plié en deux, qui toussait de façon incontrôlable, pour le poser sur Robert, debout devant la portière de la calèche, avec sa barbe brune et son regard inquiet et interrogateur. Elle allait lui répondre qu'elle le trouvait en mauvaise santé, qu'ils allaient probablement devoir faire demi-tour sur-le-champ et rentrer à l'hôtel, et lui demander d'appeler sa servante pour qu'elle puisse lui donner de nouvelles instructions. Mais le regard de Carolina glissa, par hasard, de l'épaule de Robert vers l'endroit de la vaste jetée où se tenait Leland Bouchard. Ses cheveux couleur des blés tranchaient sur la triste toile de fond – le ciel était si chargé qu'on voyait à peine les autres bateaux sur l'Hudson – et il portait une écharpe à rayures blanches et noires glissée dans son manteau ajusté et long jusqu'aux genoux. Il aidait son valet à transporter une malle sur le débarcadère, et quand il se redressa, dans une attitude majestueuse et flegmatique à la fois, elle lui trouva une allure de statue romaine. Il se tourna dans sa direction.

– Miss Broad !

Elle rougit jusqu'aux oreilles quand elle s'aperçut qu'il la regardait et quand elle réalisa qu'il se souvenait de son nom. Elle ne put cacher son enthousiasme : elle sortit le bras par la fenêtre, juste devant Robert, pour lui adresser un geste de reconnaissance.

– Bonjour !

– Vous allez à la fête des Schoonmaker, n'est-ce pas ? lui demanda-t-il.

– Oui, dit-elle. (L'air froid était tonifiant, et à ce moment précis elle sut clairement ce qu'elle devait faire.) Oh oui !

– Moi aussi ! Grayson Hayes m'a invité. Je vous verrai dans le bac, alors !

Il enleva son chapeau et s'inclina courtoisement avant de disparaître dans la cohue. Carolina contempla un instant la foule grouillante qui se pressait sur l'embarcadère et lui cachait par moments la vue du jeune homme, puis elle se retourna vers son compagnon.

Il ne cessait de tousser. Il se redressa un peu et lui adressa un petit sourire d'excuse. Il ouvrit la bouche pour parler, mais Carolina n'avait plus envie d'entendre les raisons pour lesquelles il souhaitait qu'elle reste auprès de lui à New York.

– Mais je ne suis jamais sortie de cette petite île, rajouta-t-elle, pleine d'optimisme. Je serai revenue avant que vous ayez eu le temps de vous apercevoir de mon départ. Peut-être vous sentirez-vous mieux d'ici là ?

Le sourire de Longhorn vacilla.

– Tu as raison, ma chérie, tu ne dois pas manquer la moindre fête à cause de moi. Vas-y, mais ne m'oublie pas entre-temps, et reviens vite.

Carolina était si contente d'avoir eu sa bénédiction qu'elle se jeta dans ses bras.

– Oh, merci ! Bien sûr, je ne vous oublierai pas et reviendrai très vite !

– *Bon voyage*, ma chérie.

Il garda sa main un peu trop longtemps peut-être dans la sienne, et elle la retira pour la tendre au domestique qui l'aida à descendre. Elle voulut dire au valet de Longhorn qu'il était très important qu'il emmène rapidement le vieil homme au chaud chez lui, loin du froid, et crut l'avoir fait. Mais déjà elle n'y pensait plus. Elle marchait, ses jupes balayant le trottoir, vers le flot des voyageurs qui s'écoulait vers le ferry. Son esprit n'était habité que d'une chose : Leland était là, dans cette foule. Cette seule idée lui faisait battre le cœur.

Douze

« Comme j'aimerais être une petite mouche posée sur le papier mural importé de France de l'autorail privé des Schoonmaker, *Le Bélier*, qui transporte cette semaine non seulement le fils de cette famille, mais également son épouse, son ex-fiancée Elizabeth Holland et sa jeune sœur : les tensions qui ne manqueront pas de se produire lors de ces réjouissances ne manqueront pas non plus de nous divertir. »

EXTRAIT DE *RUMEURS DE LA VILLE*,
MARDI 13 FÉVRIER 1900.

Henry était conscient qu'il n'était pas dans sa meilleure forme : la cause en était, pensa-t-il, sa beuverie de la veille au soir, et il avait encore la gueule de bois – ce qui n'était néanmoins pas la seule raison qu'il avait d'éviter tout contact humain lors du départ de la petite troupe pour la Floride. Il ignorait comment son projet d'évasion s'était transformé en un événement de groupe supervisé par le sourire écarlate et perfide de sa femme, mais il savait qu'il devait continuer à donner le change et éviter d'humilier Penelope en public, de peur des terribles conséquences qui risquaient de s'ensuivre. La raison principale pour laquelle il l'avait épousée, à savoir protéger Diana du plan machiavélique de Penelope, était toujours aussi importante à ses yeux. Cependant au fil des mois, ce raisonnement était devenu plus flou dans son esprit. Il s'était surpris plus d'une fois à scruter son visage dans le miroir pour s'assurer qu'il était encore lui-même, qu'il s'appartenait toujours après les méandres sinueux que son existence venait de suivre.

Il n'était habituellement pas un lecteur des rubriques mondaines, mais depuis qu'il était tombé amoureux de Diana Holland, il les écumait de façon compulsive, en quête de tout détail la concernant. Ainsi avait-il pu vérifier qu'elle serait là, sur le bateau, emmitouflée pour se protéger du froid. Dans le ciel, les nuages bas s'amoncelaient tandis que l'embarcation avançait à une allure régulière en direction de New Jersey, où ils devaient prendre le train. L'idée de la présence de Diana lui rendit celle du voyage beaucoup plus facile à accepter, mais il s'inquiéta d'autant plus pour elle : que se passerait-il en effet si Penelope remarquait qu'il regardait irrésistiblement et passionnément Diana ?

En arrivant à New Jersey et en montant à bord du *Bélier*, Henry choisit un chemin qui lui était familier. Avant même le départ du train, il se dirigea vers le bar qui se trouvait à quelques voitures de la sienne et envoya un garçon chercher Teddy. Sûr de ne plus pouvoir sombrer dans l'ébriété, et comme il sentait encore le froid de la traversée dans ses os, il défit ses manchettes, enleva sa veste et commanda un bourbon. Les rideaux à pampilles étaient tirés, et un pianiste interprétait un morceau au rythme syncopé. Le wagon-bar était plein de soldats qui fumaient et jouaient aux cartes, et aucun d'entre eux ne leva les yeux quand le train siffla pour annoncer son départ de Pennsylvania Station. Ils n'atteindraient pas leur destination avant au moins une journée et demie.

– Tu ne perds pas ton temps, je vois, lui lança Teddy en arrivant et en prenant place sur l'un des tabourets instables, fixant son ami de ses yeux gris.

Henry ne leva pas le nez de son verre, mais s'efforça néanmoins d'avoir l'air de se préoccuper de ses invités.

– Tout le monde est bien installé ?

– Tout va bien. (Teddy fit signe au barman.)

– Je regrette que notre voyage ait été réquisitionné de la sorte.

– Oh, mais je ne vais pas m'en plaindre. Je ne déteste pas la compagnie des femmes. La traversée en ferry a été dure, c'est vrai, mais tout le monde a fini par arriver à la gare et est bien installé maintenant : ton beau-frère, Bouchard, Miss Broad et les demoiselles Holland. Ton épouse a fait de gros efforts pour bien accueillir les Holland, et Elizabeth semblait faire de son mieux pour répondre à son enthousiasme.

Les deux hommes burent une gorgée et ne s'arrêtèrent pas sur l'étrange résonance que prit le mot « épouse » dans la bouche de Teddy, qui n'en revenait toujours pas de ce que Henry avait fait. Henry, qui ne voulait plus passer à ses yeux pour un goujat, ne pouvait se résigner à lui avouer la transaction qui était à l'origine de son mariage. Ils restèrent calmes et silencieux, buvant leur bourbon à petites gorgées et faisant de leur mieux pour ressembler aux autres hommes du bar, ce qui n'était pas évident.

– Schoonmaker, Cutting !

Teddy leva d'abord les yeux, puis Henry. Dans l'encadrement de la porte vitrée se profilait la silhouette du frère de Penelope, cigarette aux lèvres. Depuis son mariage, Henry avait toujours été troublé par la vue de Grayson Hayes, bien qu'il l'ait rencontré depuis des années dans les maisons de jeu et les lieux hantés par les noctambules, sans penser à son lien familial avec Penelope. Mais à présent Henry voyait à quel point Grayson ressemblait à sa sœur : le nez fier et droit comme une flèche, le bleu intense des yeux, la peau claire et le visage ovale encadré de cheveux bruns et soyeux. Ces traits communs faisaient penser – probablement à tort, se dit Henry, bien qu'il fût difficile de l'ignorer – qu'il était l'émissaire de sa petite sœur.

– Votre famille fait les choses en grand, quand elle voyage, apprécia Grayson avec un sourire reconnaissant et quelque peu affecté.

– Merci.

Il y avait une différence frappante entre les deux Hayes, à savoir que les yeux de Grayson étaient très rapprochés. Cela lui donnait l'air un peu stupide, ce qu'il ne devait pas manquer d'être. Il était bien connu parmi les jeunes gens de la classe distinguée de New York que le fils Hayes était un joueur invétéré, et pas très bon. Si Henry avait parié sur ce que Grayson allait dire, il aurait gagné.

– Prêts pour une partie de poker ?

Grayson jeta sa cigarette sur le sol et la balaya du bout du pied. Il y avait une lueur frénétique dans ses yeux, ses épaules étaient tendues, et il semblait déborder d'énergie. Un autre jour, Henry aurait hésité, et Teddy aurait décliné l'offre, mais à ce moment particulier le jeune Schoonmaker en avait plus qu'assez de devoir toujours faire le bon choix.

– On est prêts, décida-t-il.

– Il nous faudrait deux autres joueurs pour avoir un jeu plus nerveux.

Grayson s'approcha, presque comme s'il leur demandait de l'aide, de deux soldats en train de boire des bières en bouteille à une table voisine. Ils observèrent un moment l'homme en cravate ascot tirer les chaises de la table en bois rustique, puis s'installer. Il était déjà tout à son jeu, et le regard farouchement fixé sur les cartes. Ils s'approchèrent alors de la table et prirent place.

– Bienvenue, gentlemen, dit-il en coupant et en commençant à distribuer.

Henry, tout en s'asseyant, nota la digne simplicité de l'uniforme des deux hommes : veste militaire en coton bleu ajustée à boutons de cuivre courant tout le long de la poitrine, pantalon usé mais propre, et guêtres jusqu'aux genoux sur bottes ayant beaucoup voyagé. L'homme à la moustache en guidon de vélo parsemée de mousse de bière accrocha son chapeau de sergent à l'arrière de sa chaise et celui qui était rasé de près l'imita. Henry ne pouvait leur donner un âge – celui qui était rasé de près devait être plus jeune que lui, et cependant ils semblaient avoir beaucoup vécu.

– Où allez-vous, les gars ? demanda-t-il sans détacher les yeux de sa donne.

– À Tampa, répondit le moustachu, comme si l'endroit avait une signification que ces rentiers ne pouvaient pas comprendre.

– Avec la 5e compagnie d'infanterie, monsieur, nous allons tenir en respect les Cubains.

Son compagnon sourit, levant les yeux de ses cartes.

— Cuba ! l'encouragea Henry. Est-ce que ton ami Bouchard n'aurait pas des intérêts dans le sucre, par là-bas ?

— C'est exact, répondit Grayson sans lever les yeux de la table. Mais il ne joue pas, ajouta-t-il, comme si ce sujet de conversation pouvait être disqualifiant.

— Nous faisons de notre mieux pour que les intérêts américains ne soient pas menacés, monsieur.

Teddy salua d'un petit signe de tête reconnaissant.

— Vous avez déjà tué quelqu'un ? demanda abruptement Grayson.

Henry savait que Grayson ne pensait qu'à ses cartes, pour autant il tressaillit au commentaire grossier de son beau-frère. Il commença à se sentir mal à l'aise, et sut qu'il ne voulait pas vraiment entendre la réponse.

— Perkins a participé aux combats contre les Espagnols, répondit l'homme au visage rasé, faisant un geste chaleureux à l'adresse de son ami moustachu. Et il a été blessé durant l'attaque de San Juan Hill.

Henry et Teddy regardèrent tous deux Perkins ; ses yeux clairs exprimaient une grande réticence.

— J'ai été enrôlé après le massacre du *Maine*, leur confia-t-il au bout de quelques secondes. Aucun Américain n'aurait pu être au courant d'une telle trahison et ne pas agir.

Henry pensa à trois exemples à cette table même qui démentaient cette idée, mais il acquiesça comme si l'homme venait d'exprimer une vérité suprême.

— Mon frère était sur ce bateau. (L'homme rasé de près hocha la tête et considéra la carte qui lui avait été distribuée.) Il est mort dans un hôpital crasseux de La Havane, et quand on a rapatrié son corps par bateau, ma mère n'a pas pu le voir, parce qu'il avait été entièrement brûlé.

Il y eut un long et pesant silence, puis le visage de Perkins recouvra peu à peu sa sérénité.

– Eh bien voilà, conclut-il, c'est ce qui nous fait tous nous lever à la sonnerie du clairon quand il fait encore nuit. C'est ce qui nous fait supporter d'être loin de chez nous.

Le ton grave sur lequel les hommes parlaient de la vie et de la mort avait plombé l'ambiance. D'autres cartes furent distribuées, et plus d'argent jeté sur la table. Teddy, qui déjà ne se sentait plus vraiment concerné par le jeu, observait intensément les soldats, mais Henry levait à peine les yeux de sa main. Il était conscient et vaguement gêné de l'élégance de sa mise, de la finesse de l'étoffe de sa chemise dont le contact était doux sur sa peau, du luxe de l'autorail de sa famille, en un mot des privilèges attachés à sa classe. Et quand il pensa à l'autorail, il lui fut impossible de ne pas songer à ses voyageurs – du moins à une voyageuse précise, et il imagina son petit nez rougi et ses yeux qui devaient briller dans le froid.

Henry passa, et l'homme sans barbe fit de même. Ensuite les deux autres joueurs dévoilèrent leurs cartes. Quand Grayson vit qu'il avait perdu, il repoussa vers Perkins, vexé, l'argent amassé au centre de la table.

– Relance ! cria-t-il d'un air diabolique, en ramassant les cartes pour une nouvelle donne.

Henry et Teddy acceptèrent, quoique cette fois avec moins d'enthousiasme. Le second était calme et grave, et le premier trop absorbé par l'idée de la présence d'une certaine jeune dame quelque part dans le train qui roulait vers le soleil du Sud pour se soucier vraiment de la façon dont il allait passer le temps.

Treize

« *G.,*

J'ai une mission pour toi qui va beaucoup te plaire. Rejoins-moi dans ma voiture dès que possible, s'il te plaît.

P. »

Penelope s'appuya contre le dossier du siège vert émeraude de son petit compartiment dans l'autorail des Schoonmaker, le bas de sa lourde jupe de sirène ivoire s'étalant sur le bois vernissé du plancher. Ils avaient déjà parcouru de nombreux kilomètres et étaient arrivés à l'heure creuse qui précède le dîner. Leurs invités prenaient l'apéritif dans leurs compartiments ; elle les voyait, de l'autre côté du couloir, à moitié caché par les portes coulissantes. Ses bras, recouverts jusqu'aux poignets de mousseline de soie rose, étaient croisés sur sa poitrine, et ses sourcils étaient légèrement relevés quand elle regardait vers le couloir. Miss Broad était dans le compartiment suivant, arborant encore le costume de voyage fauve qu'elle portait quand elles étaient montées dans l'autorail en cette fin de matinée.

Elle regardait autour d'elle le décor style reine Victoria avec ses abat-jour frangés et ses lourdes draperies, ses tapisseries aux dessins de fougères et de fleurs coupées, comme si elle n'avait jamais vu auparavant un décor aussi luxueux. Il était fort possible que ce fût le cas. Chaque fois qu'un homme arrivait dans le couloir, elle jetait un coup d'œil, espérant apercevoir Leland Bouchard ; ses paupières se fermaient sur ses prunelles vertes chaque fois qu'elle se rendait compte que ce n'était pas le cas. Elle avait le béguin pour lui – Penelope le voyait clairement à la façon dont elle demandait toujours s'il serait présent aux événements auxquels elles allaient assister – mais elle n'avait pas besoin de montrer autant de pathos !

Derrière Miss Broad et sur le même côté de l'allée se trouvaient les demoiselles Holland. Elles étaient assises côte à côte sur le siège, et les tons roux des cheveux de Diana se détachaient sur le capitonnage en velours vert. Sa sœur aînée avait fermé les yeux, et sa tête reposait sur l'épaule de sa cadette, ce qui sembla à Penelope un étalage d'affection quelque peu exagéré et probablement feint. La brunette, pendant ce temps, lisait un livre. Elle était jolie – Penelope le savait, et cela la faisait bouillir de rage. Les boucles de la jeune fille étaient lustrées, ses yeux brillants, et son visage d'un calme impressionnant. Bien que Penelope eût exploité, pour assurer son propre mariage, le fait que Diana ait fauté, l'ancienne maîtresse de son mari rayonnait d'une pureté que l'épouse aurait bien voulu balayer d'une gifle pour dévoiler aux yeux du monde son vrai visage de traînée.

Pendant ce temps, son impatience grandissait. Voici une demi-heure qu'elle avait envoyé son messager, et toujours rien. Elle renversa la tête contre les coussins et regarda le miroir biseauté du plafond. Les lèvres qu'elle vit s'y refléter étaient rouges et généreuses, et ses cheveux foncés contrastaient avec sa peau lumineuse. Sa coiffure était raffinée et travaillée, avec ses boucles, ses nattes et sa petite frange qui divisait son front parfait. Elle n'aurait jamais pu imaginer qu'Henry s'entiche de Diana aussi longtemps, et que celle-ci devienne une rivale d'une telle envergure. Mais Penelope devait reconnaître à contrecœur la place importante que la jeune Holland occupait encore dans le cœur d'Henry : elle ne pouvait ne pas voir que lorsqu'elle se trouvait dans les parages, le comportement de son mari changeait du tout au tout. Non que Penelope se sentît vulnérable, ni même particulièrement malheureuse. Elle était à ce moment précis tout à fait à l'aise – c'était sa politique de toujours paraître à l'aise – et elle se délectait de pouvoir accueillir tous ces invités dans ces magnifiques voitures qui, tout le monde le savait, appartenaient à sa belle-famille. L'indifférence d'Henry l'horripilait, sans diminuer pour autant l'orgueil qu'elle ressentait d'être reconnue publiquement comme son épouse, et vue comme la propriétaire à part égale de toutes ses richesses. Et bien qu'elle regrettât un peu l'absence d'Isabelle – cette dame savait toujours comment profiter des bonnes choses –, elle était infiniment heureuse d'être la seule Mrs Schoonmaker à bord de ce train.

– Et que veut ma sœur préférée ?

Penelope se retourna pour voir, enfin, son frère arriver de l'arrière du train. Il l'embrassa sur la joue, puis s'affala dans le siège en velours face à elle. Son front luisait de sueur, et ses manchettes étaient défaites. Elle réfléchit avant de juger plus intelligent de ne pas relever qu'elle était sa sœur unique, et ne pouvait en conséquence être que sa favorite.

– J'ai une mission pour toi, répondit-elle finalement.

– Une mission ?

Les coins de la bouche de Grayson se relevèrent, et il considéra attentivement sa sœur de son regard bleu semblable au sien.

— Oui.

Penelope regarda dans la direction de Diana. La jeune fille leva les yeux de son livre et soutint un long moment le regard de Penelope. Elle et sa sœur étaient toutes deux habillées pour le dîner, à ceci près que la robe bleu clair de Diana au décolleté en dentelle et aux manches bouffantes n'était pas nouvelle.

— Je ne crois pas que tu refuseras, quand tu sauras de quoi il s'agit.

— Tes petits plans sont toujours amusants, Penny.

— Je t'en prie, ne m'appelle pas comme ça, s'irrita-t-elle.

Comment pouvait-il l'appeler de son petit nom d'enfance, surtout après s'être fait attendre aussi longtemps ?

Il sourit, et ses dents blanches accrochèrent la lumière du lustre qui éclairait le compartiment. La nuit commençait à s'étendre sur le paysage qui filait derrière les vitres, et des ombres tombaient sur leurs deux visages, accusant leurs lignes qui se prêtaient mal à l'expression de sentiments affables.

— Toutes mes excuses, Mrs Schoonmaker.

— Merci, mon frère, dit-elle en lui retournant un large sourire.

— Je suis à ton service, ma chère sœur.

— Je suis heureuse de te l'entendre dire, répondit-elle sur un ton de confidence. Parce que ta mission requiert beaucoup de tact.

— Et pourquoi ?

Penelope pencha la tête et, son long cou mince appuyé sur le dos de sa main, déclara :

– J'aimerais que tu sois un peu gentil, un peu affectueux avec la jeune Holland.

Grayson ne dit rien et tourna les yeux vers le couloir ; Penelope se pencha pour voir ce qu'il voyait. Diana ne leva cette fois pas les yeux, mais changea de position, si bien que la lumière déclinante du dehors sculpta joliment son buste habillé d'une étoffe aux reflets pêche.

– Un peu gentil ? releva Grayson en se recalant dans son siège.

Les yeux de Penelope se levèrent, faussement embarrassés, vers le miroir au-dessus d'elle. Elle chercha ses mots, lissant sa frange.

– Oui, mais pas trop. Fais en sorte qu'elle t'apprécie, et alors retiens-toi. Tu comprends, n'est-ce pas ? Trouve comment l'occuper, et vois si tu peux atteindre son cœur. Elle est si jeune, tu pourrais encore la faire marcher.

Elle plissa le nez et lança un clin d'œil à son frère. Il allait peut-être lui demander des explications et, pour y échapper, elle ajouta :

– Histoire de s'amuser. Le voyage va être long, on a besoin de se divertir et de distraire ses invités lors d'un séjour au bord de la mer.

Grayson regarda les Holland une dernière fois, puis se retourna vers sa sœur avec une expression vaguement amusée. Il caressa ses cheveux lisses et bruns, puis haussa les épaules, comme si cela lui était parfaitement égal.

– Finalement, pourquoi pas ? Elle est plutôt jolie.

– Je te l'avais dit, que tu aimerais ta mission ! s'esclaffa Penelope.

Mais les qualités physiques de Diana Holland ne lui semblèrent pas drôles longtemps car l'instant d'après son mari entra dans la voiture, et jeta un regard brûlant sur la jeune fille. Elle lut immédiatement sur ses traits l'expression d'un homme frappé par la flèche de Cupidon. Si Grayson, dont les yeux allaient de Penelope à Henry, avait fait le moindre lien avec la proposition de sa sœur, toujours est-il qu'il n'en laissa rien paraître. Là-dessus, Mrs Schoonmaker se leva, tendit ses bras habillés de mousseline de soie rose vers son mari, lui cachant ainsi la vue de Diana. Quelques secondes passèrent avant que les yeux noirs d'Henry rencontrent les siens. Pas la moindre expression ne les traversa.

Quatorze

« Les voyages peuvent être poussiéreux, trop chauds, interminables, en un mot détestables, y compris pour le plus riche des touristes. Cependant, comme une dame ne montre jamais son inconfort, elle doit monter à bord de tous les bateaux ou de tous les trains, prête à faire comme si tout allait bien. »

MAGAZINE DE MODE, FÉVRIER 1900.

Le monstre de fer s'ébranla en vrombissant vers sa destination. Diana s'engagea dans le couloir avec détermination, balançant les bras et à longues enjambées, soulevant du sol sa jupe bleu pâle. Ses cheveux, que sa sœur avait si bien arrangés pour le dîner, tombaient en boucles ; si elle n'avait pas été dans un tel état, elle se serait rendu compte que c'était quand sa chevelure reprenait sa liberté qu'elle-même atteignait le summum de sa beauté. Mais ses émotions l'emportaient sur sa raison, et elle était tellement dominée par un sentiment indéfinissable qu'elle s'était surprise à parler de temps à autre toute seule et qu'elle dut se contrôler pour ne pas risquer de passer pour folle.

Elle n'allait nulle part en particulier, mais était d'une humeur trop distraite et trop à l'écoute de ce qui se passait en elle pour rester plus longtemps à côté de sa sœur. Le dîner avait épuisé Elizabeth, qui dormait maintenant dans leur wagon-lit, tout comme la plupart des autres voyageurs ; les lumières étaient en veilleuse dans les couloirs qu'emplissait un silence austère. Au fond du *Bélier*, Penelope et Carolina jouaient aux cartes ; les hommes s'étaient retirés entre eux après le dîner.

Diana aurait pu aller se coucher, elle le savait, mais son esprit restait en éveil. Les voyages l'excitaient toujours beaucoup – les odeurs puissantes et inhabituelles, le mouvement, l'anxiété de l'arrivée et du départ, les cris des conducteurs, l'idée de la nouveauté et du cadre inconnu qui allaient l'arracher à la monotonie des jours. Le train la fascinait avec toutes ces pièces et objets du quotidien, à ceci près qu'ils étaient un peu plus petits, comme dans une vitrine de poupées, et accrochés ensemble sur un très long collier de wagons.

Plus que tout, cependant, ses pensées revenaient sans cesse à Henry, et au fait qu'elle était à nouveau proche de lui. Il portait un smoking au dîner et ne lui avait jeté que quelques regards fugaces. Mais il avait dit qu'il ne voulait qu'elle, et c'était assez pour enflammer son imagination. Elle avait vu qu'il méprisait sa femme, et chaque fois qu'il tournait son ténébreux regard dans sa direction, elle sentait la caresse de ses lèvres sur sa gorge. Comment dormir après cela ? Elle était comme l'héroïne du roman qu'elle était en train de lire ; le personnage ne cessait de protester qu'elle ne pouvait aimer, et pourtant la narratrice ne cessait de dépeindre son désir.

C'est ainsi qu'elle marchait, à une allure qui aurait mieux convenu à une promenade énergique dans un parc. Elle ne savait pas où elle allait ; de toute façon elle était plus dans sa tête que dans son corps. Elle voyait défiler par les fenêtres des régions inconnues éclairées par la lune et dont elle aurait été curieuse d'ordinaire, mais elle ne s'arrêta pas pour les contempler. Elle continuait à avancer droit devant elle. Seul le son de son prénom suivi de la sensation d'une main sur son bras l'arrêta.

Elle fit demi-tour et posa son regard sur l'homme qu'elle venait de croiser. Ils étaient dans une allée étroite – elle contre le mur lambrissé, Henry Schoonmaker debout devant elle, l'éclat de sa peau dorée resplendissant dans la pénombre. Ses yeux un peu gonflés, ne manqua-t-elle pas de remarquer, la sondaient de la façon dont un homme sortant du désert regarderait un verre d'eau.

– Di, je suis désolé, chuchota-t-il d'une voix lasse.

Elle regarda à droite et à gauche dans le corridor pour s'assurer que personne ne les observait. Il l'avait surprise à une intersection sans fenêtre, où quelques appliques diffusaient une douce lumière.

– Pourquoi désolé ? répliqua-t-elle, d'un ton qui s'efforçait de paraître insouciant et spirituel.

Elle sentit son odeur familière, de cigarettes et de musc, et de tous ces autres indéfinissables parfums masculins, et elle se demanda s'il n'était pas un peu ivre. Rien qu'à se trouver près de lui, elle-même se sentait ivre. Il détourna les yeux, le temps de reprendre son souffle et de jeter un regard à droite et à gauche avant de la fixer de nouveau.

– Tu prends des risques. Si Penelope répète à quelqu'un ce que nous avons été l'un pour l'autre, rien ne sera plus comme avant pour toi. Je crains d'avoir été très égoïste...

Diana fut séduite par les traits énergiques et aristocratiques d'Henry, par ses longs yeux en amande, son nez fin et ses lèvres qu'elle avait envie, encore à présent et contre sa volonté, de presser contre les siennes ; elle ne savait plus ce qu'il était en train de dire.

— Si c'est le cas, je suis désolé.

— Pas moi, dit-elle.

— Oh, Di, fit-il d'une voix rauque.

Elle prit une conscience aiguë de la vitesse à laquelle le plancher sur lequel elle se tenait filait sur la terre, brouillant les paysages et les promeneurs qui regardaient passer les trains, pour autant qu'elle pût les voir. Elle se sentit elle-même tellement troublée qu'elle s'élança. Une part d'elle-même voulait écouter Henry pendant des heures, mais une autre part, celle qui tremblait, savait que quelqu'un pouvait surgir dans le couloir à n'importe quel moment et surprendre un homme marié dans un coin sombre avec une faible jeune fille. Alors elle ne saurait jamais comment finirait cette histoire.

Le train grinça sur les rails, le mouvement du wagon déstabilisa Henry, de sorte qu'il fut projeté tout près de Diana. Il la regarda ardemment, et elle fut certaine que la même idée habitait leur esprit.

Elle entrouvrit les lèvres. Il était si près d'elle à présent qu'elle sentit les battements précipités de son cœur. Son souffle aussi, contre son visage. Aussi haletant que le sien. Il hésita une seconde, puis la porte s'ouvrit à l'extrémité de la voiture. Les bruits du dehors s'engouffrèrent, brisant la magie de cet instant. Diana tourna son visage vers son épaule et Henry baissa la tête. Ils devaient se séparer, et vite. Il laissa ses doigts courir le long de son bras et pressa sa main, puis, les épaules redressées, dans l'attitude invétérée de l'homme conscient de ses privilèges, il se retourna pour marcher vers la porte qui s'était ouverte. Un moment plus tard, elle l'entendit interpeller le gardien des wagons-lits.

Diana se précipita dans la direction opposée pour regagner sa voiture. Déjà elle savait qu'elle ne fermerait pas l'œil de la nuit.

Quinze

« Une femme qui sort tout juste d'un deuil, surtout s'il s'agit de celui de son époux, doit toujours contrôler ses nerfs. J'ai entendu dire que beaucoup de dames, quand elles réapparaissent dans le monde, se trouvant alors brusquement exposées à la surexcitation qui y règne, éprouvent des vertiges, s'évanouissent même, et doivent être promptement reconduites au lit. »

GUIDE VAN KAMP D'ÉCONOMIE DOMESTIQUE À L'USAGE DES DAMES DE LA HAUTE SOCIÉTÉ.
ÉD. 1899.

– Oh ! Liz, comme c'est bien de t'avoir rien que pour moi, loin de la ville.

Penelope s'avança vers Elizabeth et lui saisit la main. Par-dessus l'épaule de son hôtesse, Elizabeth voyait la foule des autres invités, et peut-être prit-elle sans le vouloir un air sceptique, car Penelope se dépêcha d'ajouter :

– À défaut, de t'avoir pour nous tous !

Elizabeth réussit à cacher son dégoût pour ces fausses flatteries et lui adressa un grand sourire. La veille, après le départ du train et les nombreux au revoir, et après s'être laissé corseter par la femme de chambre du compartiment et rosir, afin de ne pas avoir l'air d'une morte, son teint d'albâtre autrefois célèbre, elle s'était sentie un peu lasse. Mais que lui importait puisque, chaque fois que l'épuisement la gagnait, elle savait que ses yeux allaient se fermer tout seuls et qu'elle retrouverait Will en rêve. Ce matin toutefois elle se sentait mieux qu'elle ne s'y attendait, en partie grâce aux petits soupirs de satisfaction que Diana avait laissé échapper durant son sommeil. Elizabeth se félicitait d'avoir fait en sorte que sa sœur participe à ce voyage, et cette idée lui donnait un peu d'énergie.

– Quelle jolie et gracieuse hôtesse tu fais, Penny, répondit Elizabeth en attirant son ancienne amie près d'elle.

Elle connaissait Penelope depuis assez longtemps pour savoir parfaitement qu'elle détestait qu'on l'appelle par ce surnom.

Elles composaient un joli tableau, ce qui avait probablement été l'une des premières raisons pour lesquelles Miss Hayes avait, au début, voulu en faire son amie. Toutes deux portaient des cols hauts – en dentelle délicate et scintillante pour Penelope, en fin coton bleu pour Elizabeth – qui magnifiaient leurs longs cous, et des robes merveilleusement coupées qui mettaient en valeur leur taille de guêpe. Les couleurs de chacune contrastaient harmonieusement l'une avec l'autre. Elizabeth avait, ce matin-là, particulièrement soigné sa coiffure rassemblée en un nuage blond vaporeux au-dessus de son front. En tournant la tête, elle vit sa sœur derrière elle qui soupirait, probablement exaspérée par cet échange d'hypocrisies. Elle se concentra alors pour se forcer à redevenir la jeune femme parfaitement éduquée qu'elle avait été, le temps du moins du petit déjeuner qui allait être servi sur des plateaux d'argent dans le salon particulier du wagon-restaurant.

– Tu as perdu tellement de poids depuis l'automne, il va falloir qu'on se dépêche de te nourrir, continua Penelope comme elles entraient solennellement dans la pièce.

Elizabeth ne manqua pas de relever le léger sadisme de cette dernière sortie, mais choisit de l'ignorer, tandis qu'elles rejoignaient le reste des invités disséminés en petits groupes.

Une longue table était disposée sous un plafond gothique en noyer sculpté, et de hautes fenêtres en ogive laissaient entrer la lumière matinale.

Penelope confia Elizabeth à Teddy Cutting, qui l'escorta jusqu'à sa place. Elle n'avait pas été mécontente de lire le nom de Teddy à côté du sien dans la rubrique qui rendait compte des départs importants de la ville, et éprouva une sorte de soulagement qu'il fût présent ce matin dans le wagon-restaurant. Teddy ne jouait pas à des jeux de société, contrairement aux autres hommes de sa classe sociale. Quand il lui présenta sa chaise, elle essaya de cacher le vertige qui la saisit quand elle s'assit. Le frère de Penelope, Grayson, en manteau couleur aile de colombe, prit le bras de Diana, Henry celui de Lina, et tous vinrent autour de la table ; les hommes présentèrent leurs chaises aux dames puis s'assirent près d'elles, de sorte qu'aucune ne se trouve installée à côté d'une autre.

Elizabeth sourit – faiblement, mais toujours aussi gracieusement – quand Teddy prit sa serviette sur son plateau d'argent, la secoua pour l'ouvrir et la mit sur les genoux d'Elizabeth.

– Merci, Mr Cutting, dit-elle. Mais je ne suis pas invalide, vous savez.

Teddy posa un instant sur elle ses yeux gris, exprimant une inquiétude polie. Ses cheveux blonds étaient moins pommadés que d'habitude, mais sa raie de côté leur avait donné un pli tenace. Elle ne l'avait pas vu depuis le mois de septembre dernier, quand il rendait sa visite dominicale à sa famille – à l'époque où elles recevaient encore des visites.

– Je sais, répondit-il après un moment. C'est que vous semblez si délicate depuis votre… vos épreuves, et on a forcément envie de vous protéger. (Il se tut et prit une longue gorgée d'eau.) Il se trouve que c'est ce que vous m'inspirez depuis toujours.

Elizabeth se sentit rougir, tant à cause de ces paroles que du ton grave sur lequel il les avait prononcées. Mais Teddy était autant un vieil ami qu'un homme du monde, et elle supposa qu'il était normal pour lui de s'adresser à elle avec autant de délicatesse, et que le mot « toujours » n'avait pas de connotation spéciale dans ce contexte. Personne d'autre ne semblait avoir entendu. Il prit un plateau de biscuits et le lui tendit. Le train traversait la campagne, et Henry, assis en tête de table à sa droite, buvait son jus de fruits d'un air absent tandis que sa femme pérorait à propos des villas de Newport, de ses architectes favoris et d'autres choses que peu de gens pouvaient s'offrir.

– Je trouve son travail prétentieux. Il cherche à forcer l'admiration. C'est un frimeur, en fait, s'emballa Leland.

Elizabeth se souvenait de lui comme d'un jeune homme d'un enthousiasme débordant, qui s'exprimait toujours avec une totale conviction. C'était ce qui le mettait un peu à part, et le distinguait de ses pairs.

– Sauf que j'apprécie les influences islamiques qu'il insère de temps à autre dans ses œuvres. L'architecture arabe me fascine complètement, les minarets, les mihrabs, toutes ces voûtes et ces mosaïques, et leur calligraphie complexe. Saviez-vous qu'ils utilisent la calligraphie en décoration parce que les images sont interdites ? Mais oui !

Elizabeth sourit intérieurement, sachant à quel point Penelope devait être frustrée d'avoir engagé une conversation à laquelle elle ne pouvait guère participer. Leland, pendant ce temps, continuait sans relâche, comme s'il faisait un sermon. À côté de lui était assise Lina, une robe brun clair à chevrons bordée de velours marron foncé. Tout ce qu'elle portait semblait mal coupé, tombait mal, comme souvent les habits neufs. Aucune étoffe ne paraissait vouloir s'adapter aux formes de son corps, comme si ses robes elles-mêmes se moquaient de sa raideur et de son manque de grâce.

Ce ne sont pas des pensées charitables, se sermonna Elizabeth. Car bien qu'elle n'en soit toujours pas revenue de voir son ancienne femme de chambre dans le monde, le sentiment de la perte de Will l'empêchait de nourrir la moindre haine pour quiconque qui ne fût pas franchement mauvais. Et ce que Lina lui avait dit, à savoir qu'elle aussi avait aimé Will, était vrai – preuve qu'elle n'était pas complètement mauvaise. Elle était jolie, d'une certaine façon, constata Elizabeth. Avec ses yeux couleur de mousse sauvage et ses cheveux bien arrangés, elle lui rappelait sa nourrice, la propre mère de Lina, une belle et gentille femme qui gardait toujours son calme lorsque les fillettes se disputaient.

Elizabeth prit une portion de scone et la mit dans sa bouche, espérant qu'un peu de nourriture solide l'apaiserait. Elle vit que Teddy l'observait, et essaya de lui sourire pour le rassurer. À ce moment-là le train prit un virage, emporté dans sa vitesse. Elle dut se retenir aux bords de la table pour ne pas basculer. Le virage avait déstabilisé tous les convives du wagon-restaurant. Les tasses tremblaient dans leur soucoupe, et les assiettes sur leurs plateaux. Tout le monde s'était arrêté de parler, sauf Leland, si agité qu'il avait sans doute oublié qu'il petit-déjeunait dans un train. Il faisait des gestes désordonnés, et sa main heurta une carafe d'eau qui se renversa et éclaboussa Lina. Elizabeth l'observa. Un moment, l'ancienne servante eut l'air d'avoir fait tomber un collier et de regarder les perles rouler et s'éparpiller sur un sol de marbre.

Penelope claqua aussitôt des doigts pour appeler les domestiques.

– Je suis vraiment désolé, s'excusa Leland, horrifié par ce qu'il venait de faire, tout en épongeant de sa serviette la jupe de Lina.

– Je prendrais bien encore un peu de jus de fruits, lança Henry à la ronde.

– Oh... ce n'est pas grave, fit Lina.

Elle rougit sous les regards qui s'étaient posés sur elle. Peu lui importait que cet incident ait provoqué de petits dégâts sur sa robe : elle regardait Leland qui s'évertuait à réparer son geste maladroit en épongeant l'eau qui s'était répandue sur ses genoux. Des serveurs en tenue noir et blanc arrivèrent avec des serviettes propres et une nouvelle carafe pleine. On servit un verre de jus de fruits à Henry. À l'autre bout de la table, Diana se pencha pour prendre un croissant sur un plateau d'argent, et dans ce mouvement quelques boucles brunes tombèrent sur ses joues. Puis elle se rassit.

– Miss Diana, lui dit Grayson, puis-je vous passer le beurre ?

– Non, merci, c'est très bon comme ça et suffisamment beurré, lui répondit sèchement Diana.

Une folle énergie l'habitait ce matin. Ses mouvements, pleins de vie, étaient précis, et elle semblait trouver du plaisir en chaque petite chose.

– Tout est délicieux ici, je dois dire…

Le frère de Penelope était assis à l'extrémité de la table ; Elizabeth avait bien envie de s'assurer qu'il ne flirtait pas avec sa petite sœur, mais le sens des convenances l'empêchait de se retourner. Elle détestait son élocution lascive, au bord du flirt, même quand il faisait un banal commentaire, pensa-t-elle tout en jetant un regard vers Henry, qui avait les yeux plongés dans son verre de jus de fruits. Tout le monde se comportait d'une façon si étrange…

– Miss Elizabeth, commença Teddy. (Sa voix était douce, dans le bourdonnement des bavardages des autres convives. Il se pencha en avant et posa délicatement ses doigts sur son poignet.) Vous allez bien ? Je n'en ai pas l'impression. Vous avez traversé une dure épreuve, et je pense que…

Le contact de la main de Teddy sur sa peau fut d'une telle douceur que l'espace d'une seconde elle éprouva une sorte de ravissement qu'elle n'avait pas connu depuis longtemps. Mais l'instant d'après, elle était prise d'une terrible nausée. Elle réalisait avec effroi et dégoût qu'elle s'était permis une sensation agréable – chose à laquelle elle n'avait plus jamais droit –, une sensation qui lui avait été inspirée par un autre homme, un homme né avec des privilèges, qui en outre était vivant, et n'était pas Will. Elle sentit aussitôt qu'elle allait être malade.

Sa tête était froide et son corps brûlant. Tout le monde autour de la table était pris dans le feu des conversations et des pensées impatientes de s'exprimer. Elle ferma un instant les paupières, espérant avoir le temps d'arriver aux toilettes. Puis elle repoussa sa chaise et se précipita hors du wagon-restaurant.

Seize

« Nous avons appris de source sûre que le tout nouveau centre d'intérêt de la haute société, Miss Carolina Broad, fait partie des invités des Schoonmaker en Floride, ce qui sans nul doute doit beaucoup impressionner ses nouveaux amis. Elle est censée voyager avec une femme de chambre mais sans son chaperon habituel, Mr Carey Lewis Longhorn, détail qui pourrait rendre certains méfiants, sans pour autant détourner l'intérêt d'aucun d'entre nous. »

EXTRAIT DE *RUMEURS DE LA VILLE*,
MERCREDI 14 FÉVRIER 1900.

– Miss Broad, je suis vraiment désolé pour ce matin. Je voudrais rattraper ma maladresse en vous emmenant faire un tour en voiture quand nous serons arrivés en Floride. Cela vous plairait-il ? Êtes-vous jamais montée dans une voiture à moteur ? Je vous rassure, ma maladresse ne se manifeste que dans les beaux salons et aux tables élégantes. Vous pouvez me faire confiance, je suis un bon conducteur.

Dans une voiture à moteur... Carolina rougit de plaisir et acquiesça avec enthousiasme. Il était difficile de saisir tout ce que disait Leland, parce qu'il parlait très vite. Elle perdait parfois le fil, ne sachant si elle devait hocher affirmativement ou négativement la tête, car il posait tant de questions entre deux phrases, et elle voulait répondre à toutes pour passer le plus de temps possible en sa compagnie. Elle avait le vertige et se sentait vulnérable en sa présence, pas vraiment maîtresse d'elle-même. Elle s'était changée après le petit déjeuner, et avait troqué sa robe mouillée contre un élégant tailleur en soie bleu marine avec des pinces finement réparties et un subtil motif de rubans blancs. Depuis ce moment il l'avait emmenée et présentée partout dans le train. Elle faisait des gestes qu'elle s'efforçait de rendre discrets chaque fois qu'elle essayait ou avait la chance de pouvoir glisser une phrase : elle aimait admirer l'effet de ses mains s'envolant dans l'air et de ses poignets bordés de dentelle vaporeuse. Leland l'avait déjà emmenée voir le conducteur et le garde-freins pour s'enquérir de l'état du train et entendre leur estimation. (Les voyageurs arriveraient entiers à Palm Beach, pas de problème.) Dans le sillage du convoi, Carolina regardait filer les rails qui décrivaient d'amples courbes et disparaissaient parmi les arbres aux branches dénudées.

La journée était fraîche, l'air vif, et le paysage de l'après-midi s'étendait nonchalamment, désert sous le ciel bleu. Leland fit sortir Carolina du wagon panoramique et l'emmena sur le plancher du train. Sa robe ondulait dans le vent. L'air était plus chaud qu'à New York, mais presque aussi tonifiant. Tout comme la voiture-salon derrière eux, meublée de canapés rembourrés et décorée d'immenses cartes et de lourdes draperies de velours, la voiture panoramique était une structure grandiose, avec un toit en dôme et à pampilles porté par des piliers dorés au-dessus d'une plate-forme en demi-cercle. Le garde-fou était en bois lustré magnifiquement taillé.

– J'aime la façon dont le sol file derrière soi quand on voyage en train. Qu'en diraient nos arrière-grands-pères, qui savaient à peine ce qu'était un train et n'auraient jamais imaginé qu'on pût se déplacer si confortablement ? Quel privilège de vivre à notre époque et de pouvoir aller partout...

Soudain il s'interrompit et regarda les arbres. Ce fut presque un choc de voir Leland immobile et silencieux, et Carolina fut troublée de constater à quel point il était vraiment, incroyablement, prodigieusement beau. Le train tanguait un peu, et il se tint d'une main à un pilier orné de feuilles d'or. Elle ferma à demi les paupières, mais cesser de le regarder lui fut impossible. Il était si solide, et cependant si mince, son torse s'effilant sous ses larges épaules. Elle se sentit toute petite à côté de cet homme qui avait une si forte présence physique. Ses cheveux, un peu longs, flottaient autour de son visage. Quand il se retourna, elle se rendit compte qu'elle le regardait encore et en fut honteuse.

– Nous devrions arriver en Floride demain après-midi, dit-il d'une voix étonnamment douce et posée.

Carolina, qui avait baissé les yeux sur ses chaussures, s'adressa à elle-même un petit discours. Il n'aurait sûrement pas passé tant de temps avec elle s'il ne la trouvait pas jolie, se rassura-t-elle, et s'il ne lui avait pas encore dit de mots tendres, sans doute était-ce parce qu'il ne voulait pas profiter de la situation, ou bien parce que lui-même était timide dans ce domaine, ou encore pour une foule d'autres raisons. Un instant, le spectre du retour inévitable à sa place sans avoir passé un seul moment romantique avec Leland se dressa, horrible, dans son esprit. Elle regarda ses grands yeux bleus et se dit qu'il était temps de lui montrer ce qu'elle ressentait.

Elle fit passer son ombrelle dans sa main droite et avança d'un pas vers Leland. Elle savait qu'elle devait sourire, mais dans sa fébrilité, elle avait oublié comment accomplir le geste le plus simple. Tout ce qu'elle était capable de faire à ce moment était d'aller jusqu'au bout de son petit trajet vers Leland, puis de pirouetter un peu pour se trouver entre lui et la rampe. Ensuite peut-être se souviendrait-elle de la façon dont il fallait sourire. Il l'observait à présent avec attention. Coquette, elle recula et s'appuya à la rambarde. Mais elle n'eut pas le temps de sourire, parce que juste à ce moment-là, la voiture passa sur un dos-d'âne ; elle perdit pied et tomba de tout son poids contre la rampe de bois derrière elle.

Il y eut un bruit terrible suivi d'un heurt. Le vent siffla dans ses oreilles, et l'espace d'une seconde elle crut qu'elle allait mourir. Les roues grinçaient sur leurs rails, et les gros titres apparaissaient déjà dans son esprit : « Fin sanglante d'une nouvelle venue dans la haute société au sud de la ligne Mason-Dixon », lirait-on, ou encore : « Une parvenue abandonne l'homme qui l'entretenait et passe le lendemain de vie à trépas ». Elle était sûre que son jeune corps de dix-sept ans allait être écrasé et abandonné loin de ses compagnons de voyage, plus distingués et plus chanceux qu'elle.

Puis elle rouvrit les yeux et réalisa qu'elle était finalement toujours en vie.

Leland la tenait d'un bras et s'accrochait de l'autre à l'un des poteaux dorés. Il gardait apparemment son calme et la regardait posément, même si le ciel au-dessus de leur tête et la terre sous leurs pieds filaient à une vitesse vertigineuse. Le cœur de Lina battait si vite qu'elle crut qu'il allait exploser, tandis qu'un calme inquiétant s'installait en elle. Le visage de Leland était rouge de l'effort prodigieux qu'il devait fournir. Derrière lui, les rayons d'or du soleil traversaient les nuages. Il la tira de toutes ses forces et la redressa. Carolina regarda la rampe brisée et dut fermer les yeux quand elle réalisa qu'elle avait failli être déchiquetée.

— Oh, merci ! chuchota-t-elle.

— Vous allez bien ?

Elle regarda Leland et s'aperçut qu'il était tout aussi secoué qu'elle.

— Oui. Du moins dans quelques minutes.

La peur de ce qui aurait pu se passer ne s'était pas encore évanouie quand elle commença à entrevoir le merveilleux potentiel de ce moment. Elle n'était pas experte en manipulation – du moins pas encore – mais elle savait reconnaître une occasion quand elle se présentait. Elle baissa les paupières, entrouvrit les lèvres, puis se jeta dans ses bras.

— Oh, *Leland*, si vous n'aviez pas été là...

Elle n'eut rien à ajouter, car déjà les bras de Leland se refermaient sur elle.

Dix-Sept

« Les Schoonmaker et leurs invités devraient arriver ce soir au *Royal Poinciana*, Palm Beach, Floride, sauf complication de dernière minute liée au voyage. Je peux fournir les détails exclusifs de leur évasion vers le sud. Nombre de gens importants ont passé l'hiver dans cet hôtel, dont les Frederick Whitney, la famille de Lord Dagmall-Lister, l'ambassadeur britannique, le prince de Bavière et sa suite... »

EXTRAIT DE LA RUBRIQUE « LE JOYEUX DANDY »,
THE NEW YORK IMPERIAL,
JEUDI 15 FÉVRIER 1900.

Henry aimait les bons hôtels, aussi réservait-il souvent, la chose était connue, des chambres pour ses invités ou pour lui-même dans plusieurs établissements de New York, alors même que les nombreux clubs dont lui et son père étaient propriétaires auraient pu faire l'affaire. Le soir de l'arrivée de ses invités, il ne se trouvait pas vraiment à l'aise au *Royal Poinciana*, un édifice en bois aux murs jaune citron bordés de blanc, situé entre le lac Worth et la mer. Il était à ce moment-là tristement sobre, et avait observé l'intransigeance avec laquelle Penelope s'occupait de ses invités. C'était comme si elle voulait les tenir dans un continuel état d'admiration craintive. Maintenant qu'il était plus lucide, il se demandait jusqu'où elle pouvait aller dans la toute-puissance.

– Voici vos appartements, Mr Schoonmaker, annonça le concierge qui les avait accompagnés jusqu'à leur suite.

Henry observa l'agitation des chasseurs et des femmes de ménage qui plaçaient leurs bagages dans la pièce, tandis qu'il fouillait dans ses poches pour distribuer des pourboires.

– Nous sommes un très grand hôtel, qui s'étend

sur des kilomètres et des kilomètres, continua le concierge. Mais nous voulons que vous vous sentiez chez vous. Nous souhaitons vous offrir un accueil très personnel. Je vous en prie, n'hésitez pas à appeler à n'importe quel moment, pour n'importe quel détail. N'hésitez pas…

Pendant que le concierge poursuivait son bavardage, Henry fixa son regard sur le baldaquin blanc du gigantesque lit en noyer noir, dressé dans un coin de la chambre palatiale sur une plate-forme recouverte d'un tapis. Le vieux Mr Schoonmaker et Henry Flagler, qui possédaient non seulement l'hôtel mais la plus grande partie de Palm Beach, avaient dans leur jeunesse fait affaire ensemble dans les chemins de fer, aussi Henry se doutait-il que la flagornerie allait s'éterniser jusqu'à ce que le dernier chasseur eût reçu sa récompense. Il avait entendu tant de discours comme celui-ci avant, dans toutes sortes d'hôtels, et s'était souvent amusé à poser des questions absconses sur l'histoire du bâtiment, ou en exigeant de grands crus impossibles à se procurer sur-le-champ. Mais aucun de ces millésimes ne l'attirait pour l'instant.

– La salle de bains de cette suite, poursuivait le concierge, fait six mètres de long et possède une baignoire encastrée en marbre d'Italie. Peut-être madame voudrait-elle prendre un bain avant le dîner ? Je peux vous en faire préparer un…

– Non, le coupa sèchement Henry. (Il s'interrompit et posa son index au coin intérieur de son œil, comme pour y enlever une invisible poussière.) Non merci, cela suffit.

À l'air interloqué du concierge, il se rendit compte de sa brusquerie. Une onde négative se propagea dans toute la pièce à présent jonchée de grandes malles à motifs, attachées par des boucles et des courroies, au point que les femmes de chambre baissèrent la tête et que le jeune garçon qui tenait le chariot à bagages en cuivre s'approcha de la porte pour sortir. Penelope enleva son chapeau et lança un regard froid à Henry. Ses cheveux bruns étaient rassemblés en un chignon serré, et sa taille, soulignée par la coupe de son tailleur rouge, semblait incroyablement fine.

– Ma femme qui est adepte des crasses, lança Henry sur un ton de gaieté forcée, goûte peu les bains.

Penelope se retourna, éclairée par la lumière déclinante de cette fin d'après-midi, et parla d'une voix qu'il n'avait jamais entendue auparavant. Une voix qui l'impressionna précisément parce qu'elle était basse et douce.

– Maintenant vous pouvez tous vous retirer, dit-elle en tendant son chapeau à la femme de chambre sans lui jeter un regard.

La domestique prit le chapeau, qui était petit, empanaché et noué par un ruban de velours noir, et Penelope descendit de la plate-forme sur le sol en carreaux de faïence émaillée. Elle adressa à Henry ce qu'il crut être un regard suppliant. Le personnel de l'hôtel passait devant lui pour gagner la sortie, et il glissa une pièce à chacun. Le concierge lui adressa un sourire forcé qui lui confirma qu'il avait été grossier avec sa femme devant le personnel, avant de le gratifier d'un respectueux salut de la tête, puis il quitta la pièce en refermant l'énorme porte en bronze derrière lui.

Quand ils furent seuls, Henry remarqua la brise tiède venant de la terrasse où se tenait Penelope, derrière les portes-fenêtres entrouvertes. Bien qu'elle lui tournât le dos, il perçut dans son attitude une sorte de défi. Elle ne pensait qu'à une chose, il en était sûr : trouver le moyen de l'éloigner à jamais de Diana. À l'idée que quelqu'un pût blesser Di, son sang se glaça.

Il ôta sa veste, la jeta négligemment sur une méridienne en bois de citronnier, marcha vers la terrasse dans une agitation pleine d'agressivité, tout en défaisant les poignets de sa chemise et jeta ses boutons de manchette en or gravés à son nom sur un petit guéridon à tablette de marbre, ce qui causa un tel bruit qu'ils en sursautèrent l'un comme l'autre.

– Henry ?

Penelope s'était retournée pour mesurer la situation, et bien qu'elle semblât perdue dans ses pensées, son ton interrogatif cachait une malveillance délibérée.

– Qu'y a-t-il ?

Ils se firent face de part et d'autre du parquet étincelant, tous deux inquiets, sur leurs gardes. Les meubles de la chambre ayant été cirés ce jour-là, ils brillaient, dans la lumière déclinante, d'un éclat somptueux.

Quand Henry commença à défaire les premiers boutons de la chemise qu'il avait portée toute la matinée dans le train, il le fit avec une énergie presque belliqueuse. La colère de Penelope passait d'une façon tout aussi évidente dans le battement furieux de ses cils noirs. Posant la main sur sa hanche, elle ajouta :

— Tu sais qu'il n'est aucunement dans ton intérêt que les domestiques se mettent à parler.

Il marcha vers elle, hors de lui, comme pour anéantir cette idée. Mais hélas elle avait raison, et il ne pouvait oublier la confiance angélique avec laquelle Diana s'était offerte à son baiser dans le couloir du train. Peu importe à quel point il détestait sa femme en ce moment, il ne pouvait pas se permettre de donner libre cours à ses impulsions, car ce n'était pas sa réputation à lui qui était le plus en jeu.

— Je préférerais ne dire à personne que mon mari a pris la virginité de l'une des célèbres filles Holland, mais je le ferai si nécessaire, continua-t-elle. (Chacun de ses mots sifflant comme une épée lancée dans l'air.) Je serais navrée si, dans ta stupidité, tu laissais quelque domestique intercepter cette information. Ne crois pas que je n'ai pas remarqué ta joie quand tu as appris que ton ancienne maîtresse faisait partie du voyage.

Il fit la grimace, mais il ne pouvait rien rétorquer à cela. Il n'en menait pas large quand elle était ainsi, et de plus elle n'avait pas tort.

Penelope fit un autre pas vers lui, et continua :

— Si moi je l'ai remarqué, quelqu'un d'autre va forcément le remarquer aussi, c'est pourquoi tu ferais mieux de jouer les bons maris avant que nous ne nous trouvions tous dans une situation fort regrettable.

Henry tourna la tête vers le paysage qui s'étendait au-delà de la fenêtre. Diana était là, quelque part, dans la brise et au milieu des palmiers, et le fait de le savoir le combla et l'effraya à la fois.

Dix-Huit

« Miss Diana,

J'ai envoyé mon valet en reconnaissance, et il m'a rapporté que la mer était exceptionnellement belle aujourd'hui. Voudriez-vous me faire l'amabilité de m'accompagner pour une petite promenade le long de la côte ? Je vous attendrai dans la véranda...

Impatiemment,

Grayson Hayes. »

Comme tous les autres invités des Schoonmaker, Diana était allée se coucher tôt et avait dormi comme un ange jusqu'au petit déjeuner. Elle se réveilla avec la sensation vivifiante d'être dans un nouveau lieu et respira l'air marin avec plaisir. Elle décida de prendre le petit tramway qui allait jusqu'à la mer. Sa sœur était encore trop fatiguée par le voyage pour l'accompagner, mais quand Diana posa le pied sur la plage, elle ne regretta pas d'être seule, car un tel décor était une compagnie idéale. Devant elle, l'eau turquoise et diamantée s'étendait à perte de vue, tandis que, derrière elle, les palmiers aux mêmes couleurs pures et vigoureuses ponctuaient çà et là le paysage en balançant doucement leurs palmes vertes. C'était le genre d'univers où de féroces créatures guettaient dans la mangrove et où une certaine catégorie de ladies pourrait chasser le puma.

À New York, chaque centimètre était consacré à une activité humaine, et même sous le site le moins glorieux s'entassaient des couches de briques et d'ossements ensevelis, leur histoire et leur mémoire aussi. Ici, la terre était plus nue et plus sauvage, ce qui n'avait pas empêché les baigneurs de traîner la civilisation avec eux et d'en marquer le paysage. Ils avaient érigé toutes sortes d'abris disséminés sur la plage, comme s'ils n'acceptaient pas l'idée d'être si loin de la ville, de son confort et de sa modernité. Diana souriait, un peu désabusée devant ce spectacle, quand elle aperçut un autre genre de beauté sauvage. Là, non loin d'elle et dans la foule des baigneurs, se trouvait Penelope Schoonmaker, son chapeau de paille noire incliné sur son visage sans défaut, ses pieds gainés de soie noire pointés vers la mer.

À côté d'elle, Henry, dans un costume de bain noir qui couvrait son torse et ses cuisses, contemplait l'océan. Son menton fraîchement rasé avait cette charmante douceur enfantine que Diana lui connaissait, et ses yeux en amande n'étaient plus que deux minces fentes face à la lumière aveuglante du soleil. Ils ne se regardaient pas ni ne se parlaient, mais formaient en dépit de cela l'image d'un couple, et cela éteignit en elle les beaux sentiments qu'elle avait éprouvés à la vue d'Henry. Penelope remarqua alors sa présence, et un léger sourire étira sa grande bouche.

– Henry, je vais avoir besoin d'un parasol, dit la jeune femme, comme si cette pensée lui était spontanément venue.

– Tu veux que j'en loue un ? répondit-il.

Il tourna la tête vers elle pour entendre sa réponse, et Diana vit alors se dessiner sur ses lèvres le plus étrange des sourires. Un sourire qui n'était pas exactement affectueux, néanmoins, c'était un sourire.

Jusque-là elle s'était figuré qu'il régnait une constante animosité entre le couple Schoonmaker, mais, stupéfaite de voir qu'il n'en était rien, elle se dit qu'elle s'était bercée d'illusions.

– Merci, chuchota Penelope.

Elle semblait attendre un baiser, et Diana fut au moins soulagée de ne pas avoir à être témoin qu'il ait lieu. Car Henry se contenta de hocher la tête avant de gravir la dune en direction de l'abri de chaume où l'hôtel louait des parasols, de grandes ombrelles et des chaises longues aux nouveaux arrivants de la ville à la peau fragilisée par les mois passés dans des salons qui sentaient le renfermé. Ces gens, la crème de New York, de Philadelphie et de Washington, occupaient la plage par petits groupes ; les dames portaient des bas de soie noirs pour cacher leur peau nue quand elles sortaient de l'océan dans leurs costumes de bain ajustés.

Penelope elle-même portait des bas – Diana remarqua combien leur couleur noire mettait en valeur ses cuisses fuselées – et une tenue de plage à volants aux bras et autour des jambes. Son décolleté était profond et carré. Elle ne regardait pas Diana, mais toisait les femmes les plus proches d'elle sur le sable et les baigneurs qui jouaient dans les vagues, avec un air de confiance sereine qui sous-entendait qu'elle savait être la plus belle femme de la plage.

L'air était frais au bord de l'eau. Diana respira les embruns en s'efforçant de ne pas être trop énervée par l'image du couple que formaient Penelope et Henry. Devait-elle s'approcher de leurs chaises longues ou disparaître l'air de rien, se demandait-elle, lorsqu'elle entendit une voix derrière son dos l'appeler. Elle se retourna et, plaçant sa main en visière sur ses yeux, elle aperçut Grayson Hayes qui venait vers elle.

— Vous avez essayé de me fausser compagnie, ce matin, n'est-ce pas ? lui dit-il avec un sourire.

Diana, décontenancée par sa ressemblance avec sa sœur, frappante à la pleine lumière de midi, ne trouva rien à répondre sur le moment.

— J'aurais aimé vous accompagner jusqu'à la plage, mais nous y sommes, maintenant, ajouta-t-il.

Jusqu'à cet instant, elle n'avait guère pensé aux attentions de Grayson, qui avaient commencé dans le train et n'avaient fait que croître en intensité jusqu'à leur arrivée. Bien qu'elle fût consciente de son propre charme et de son pouvoir de séduction, il lui sembla soudain trop évident qu'il se trouvait là, juste à ce moment, dans le même costume de bain noir que celui que portait Henry, en train de la contempler d'un regard admiratif. Le frère et la sœur Hayes avaient sûrement manigancé quelque chose, mais peut-être cela allait-il lui servir… Elle se trouvait dans la situation d'un personnage de roman, et s'interrogea sur le comportement qu'elle devait avoir ; les plus grandes héroïnes prenaient leur destin en main. De cela elle était sûre.

— Nous y sommes, en effet, répéta-t-elle avec un sourire engageant.

Ils se retournèrent et virent Henry qui revenait accompagné d'un garçon qui ne devait pas avoir plus de huit ou neuf ans. Henry portait le pied et le support du parasol sous un bras, et le garçon tenait le grand parapluie rayé rouge et blanc sur son épaule. Quand ils arrivèrent près de Penelope, le garçon se mit à monter l'objet tandis qu'Henry restait inutilement debout à le regarder. Penelope adressa un sourire magnanime à Henry et au petit garçon vêtu d'un costume composé d'une veste et d'un pantalon pardessus une chemise blanche de soirée. Il devait suffoquer.

— Merci, Henry, dit Penelope quand le parasol fut installé, et que son éblouissante pâleur fut voilée par son ombre. (Puis, se tournant vers Diana et Grayson, elle leur adressa un signe de la main.) Eh bien, bonjour, fit-elle sans même feindre la surprise. Regarde, mon frère et Miss Holland !

Henry venait juste de glisser un pourboire au garçon, mais il releva les yeux comme s'il avait été pris en flagrant délit de vider une flasque de whisky dans une église.

Diana prit soudain conscience de tout ce qui clochait dans son apparence. Elle était bien plus petite que Penelope, ses cheveux étaient complètement ébouriffés, et le costume de bain qu'elle portait, bleu marine avec une bordure blanche et des ancres brodées sur son grand col marin, n'avait pas la moindre élégance. Elle avait pourtant été reconnaissante à Claire de lui avoir cousu un nouveau maillot à partir de l'ancien qu'on lui avait acheté il y avait fort longtemps, probablement avant la mort de son père. Son corps avait changé depuis, et elle savait que le maillot, même dans sa nouvelle version ressemblait à celui d'une petite fille. Néanmoins, elle répondit au signe de Penelope.

— Quelle charmante petite colonie, dit flegmatiquement Diana en s'approchant, accompagnée de Grayson.

Elle n'était pas sûre de devoir donner à sa voix un ton d'enthousiasme ou de légère ironie, mais quoi qu'il en fût les mots sortirent mornes et sourds de sa bouche, aussi sourds que les battements de son cœur. Elle ne savait pas, non plus, ce qu'Henry voulait lui signifier par ce visage qu'il lui montrait, mais ce dont elle était sûre, c'est que la scène qu'elle avait surprise sous les rayons éblouissants du soleil ne correspondait pas tout à fait à ce qu'il lui avait laissé entendre quand il avait voulu l'attirer en Floride.

— Une colonie de deux personnes, ajouta-t-elle, et cette fois son amertume était perceptible.

— Et maintenant nous voilà quatre !

Penelope se redressa brusquement sur ses longs bras blancs, et un large sourire à l'intention de Diana et de son frère s'épanouit sur son visage. Sa peau, sous ses manches noires volantées, rayonnait de manière presque indécente. Toute la féminité et la gracilité de son corps, remarqua douloureusement Diana, étaient mises en valeur par son impeccable costume de bain noir nervuré.

— Il n'y a que deux chaises longues et un parasol.

Diana parlait à Penelope tout en regardant Henry, dont l'expression, vaguement penaude, était surtout indéchiffrable.

— Oui, oui, un parasol. C'est *Henry* qui nous l'a loué. *Henry* sait que ma peau brûle vite, et il ne pourrait le supporter. (Penelope rit en rejetant la tête en arrière, puis pressa puérilement son épaule contre son visage.) Bien sûr, ta peau est moins fragile, Di. Tu n'as sûrement pas besoin de la protéger autant que moi.

— En fait, je suis très sensible à tout ce qui est agressif dans la nature.

D'ordinaire, Diana ne se serait jamais comparée à l'ex-Miss Hayes, mais elle fut soudain convaincue que Penelope obtenait toujours ce qu'elle voulait, quelle que soit cette chose. Elle se tourna alors vers Grayson, qu'elle se félicitait de plus en plus d'avoir à ses côtés :

– Mr Hayes, seriez-vous assez gentil pour faire en sorte de me louer une chaise longue et un parasol ? Exactement comme celui-ci, avec des rayures rouges et blanches.

– Bien sûr, Miss Di, répondit-il avec une familiarité qui, il y a une heure, l'aurait horripilée, mais qu'elle trouva maintenant fort à propos.

À ce moment-là, à cause du sentiment obsédant et désespéré que lui procurait le jeune couple Schoonmaker, elle aurait accepté même la compagnie de Percival Coddington, un ignoble spécimen de vieux garçon dont la fortune héritée avait fait de lui, à un certain moment, un parti possible pour les deux filles Holland – du moins selon l'avis de leur mère – et qui serait, disait-on, présent dans l'hôtel.

Un petit vent se leva, arrangeant différemment les boucles de Diana autour de son visage en forme de cœur. Pendant un moment elle ne pensa plus à rien et se sentit presque bien dans l'air chaud de l'océan, les pieds dans le sable moelleux. Puis son regard se porta à nouveau sur le couple, et elle remarqua qu'Henry était en train d'articuler quelques mots. Il avait cette même beauté d'éphèbe doré par le soleil qui l'avait toujours éblouie, ses joues creuses, ses lèvres fines et aristocratiques. Mais un instant plus tard, elle haussait les sourcils d'un air moqueur : Penelope, qui avait remarqué le changement d'expression sur les traits d'Henry, venait d'approcher son visage de celui de Diana, de sorte qu'Henry se trouva obligé d'adresser un sourire insipide à toutes deux.

Comme pour répondre à ce sourire, Penelope, toujours étendue sur la chaise longue, commença à rouler un bas le long de l'une de ses jambes, dénudant ainsi une partie de sa cuisse, cette partie précise de l'anatomie féminine qu'Henry appréciait tout particulièrement – ce dont, Diana le réalisa alors, elle et Penelope étaient toutes deux probablement conscientes.

– Et voilà ! fit Grayson en revenant avec la chaise longue.

Diana lui adressa un pâle sourire ; était-elle capable d'exprimer quelque chose de plus enthousiaste ? Toujours est-il que le frère de sa rivale ne lui inspirait rien. Elle s'allongea sans manière dans la chaise longue, mais ne put s'empêcher de jeter un coup d'œil à la cuisse blanche et parfaite que Penelope exhibait dans la chaise voisine.

Apparemment elle n'était pas la seule à l'avoir remarquée.

– Mesdames ! cria le surveillant de plage.

Tous plissèrent les yeux vers cet homme à casquette, mince et prématurément vieilli. Bien qu'il s'adressât aux deux jeunes femmes, Diana vit nettement qu'il regardait Penelope.

– Le règlement, c'est le règlement !

– Qu'est-ce qu'il y a ? chuchota Penelope, l'air d'un agneau qui se serait un peu trop éloigné du troupeau, mais incapable de rougir de honte, même sous le soleil à son zénith.

– Les bas doivent monter jusqu'au maillot, la peau des cuisses ne doit pas être exposée ! éructa le surveillant, comme s'il récitait par cœur le règlement de l'hôtel.

Penelope lança à Henry un regard consterné. Diana pensa qu'il allait peut-être saisir cette occasion pour dire à sa femme qu'elle avait tout simplement l'air de la vulgaire traînée qu'elle était, et que son cœur appartenait à une autre. Mais non. Il se contenta de glisser un billet au surveillant.

– C'est ma femme, dit-il.

Sa voix était méconnaissable, néanmoins Diana ne put faire autrement que de reconnaître que c'étaient bien les mots qu'il avait prononcés.

– Alors dites-lui de se couvrir ! marmonna le surveillant de la plage avant d'empocher le pourboire.

Diana devina ce qui allait se passer, et comme elle n'était pas du genre à rester à la traîne, elle se pencha en avant, défit ses jarretières et roula ses bas, dévoilant une partie de ses cuisses légèrement plus rondes et carrément plus roses que celles de sa rivale. Le surveillant écarquilla des yeux horrifiés et excités tout à la fois, et marcha vers elle dans l'intention évidente de la semoncer. Diana regarda alors Grayson. Avant que le surveillant ait pu dire quoi que ce soit, il recevait un second pot-de-vin et continuait son chemin sur la plage.

– Je meurs de soif, tout d'un coup, dit Penelope en s'adossant à la chaise les bras derrière la tête, les paupières closes. On ne vend pas de limonade, ici, Mr Schoonmaker ?

– Probablement...

Penelope tendit un bras et, le posant doucement sur celui d'Henry :

– Tu veux bien aller m'en chercher une ?

Diana fut stupéfaite de s'apercevoir que le seul homme qu'elle ait jamais aimé, physiquement et sentimentalement, était aux ordres de sa femme. La seconde suivante, elle demandait à Grayson :

– Finalement moi aussi, j'ai très soif.

Quand les deux hommes furent partis, Penelope posa un regard inquiétant sur sa rivale, si long que Diana se sentit mal à l'aise et se pelotonna dans sa chaise longue. Elle avait envie d'être dans sa chambre, à l'hôtel, et plus encore, à New York. Que de matières à roman elle devait rater ! Quand les hommes revinrent, ce fut comme si des heures avaient passé. Les deux jeunes femmes burent rageusement leur limonade, les yeux fixés sur l'océan ponctué de baigneurs en costumes de bain noirs.

– Henry, j'ai envie de nager, annonça Penelope après avoir bu sa limonade.

Le ton était léger, mais le regard qu'elle jeta à Diana trahissait une colère grandissante.

Diana vit à son attitude que Penelope pensait qu'elle allait l'imiter, mais elle fut déçue, car, avec un sourire, Diana se rallongea langoureusement dans sa chaise.

– Je me chauffe un peu au soleil.

Un silence s'ensuivit, avec en fond sonore les cris des baigneurs et le déferlement des vagues. Les dames qui d'ordinaire auraient laissé leur visage trahir un léger dégoût pour ces femmes moins couvertes qu'elles, hurlaient maintenant, accrochées à la corde tendue dans l'eau quand les vagues s'écrasaient sur elles. Penelope se pavanait, mais Diana avait l'avantage, car tout en se sentant moins bien vêtue et moins mince que Penelope, elle avait maintenant la position la plus sûre : elle avait décontenancé sa rivale en restant à sa place.

— Viens, Mr Schoonmaker.

Penelope se tourna impatiemment vers lui et commença à marcher vers la mer. Henry hésita quelques secondes avant de la suivre. C'en fut trop pour Diana. Elle ne comprenait plus rien. Que cherchait-il, et pourquoi l'avait-il attirée jusqu'ici ? Elle regarda le couple Henry Schoonmaker approcher de l'eau et commencer à faire quelques pas hésitants dans les vagues.

Elle se redressa sur la chaise longue et, d'une voix vibrante d'émotion, sur le ton d'une débutante obsédée par le mariage :

— Ils ont l'air tellement heureux !

— Comment ? Eux ?

Grayson, étendu sur la chaise longue voisine, se redressa soudain, enlevant le journal qu'il avait posé sur son visage.

— Vous ne trouvez pas ?

Diana replia ses jambes contre sa poitrine et les entoura de ses bras.

Grayson haussa les épaules. Elle comprit que non seulement il ne s'était jamais posé la question, mais que la nuit qu'il venait de passer l'avait épuisé.

— Si si, fit-il en fronçant les sourcils. Sauf que je crois qu'elle redoute l'opinion des domestiques, et vous imaginez bien que je ne serais pas là si elle était sûre d'être aimée.

— Ah !

Un vrai sourire se dessina alors sur les lèvres de Diana. Le ciel était traversé de nuages, mais dans quelques heures, peut-être, il serait d'un bleu limpide.

Dix-Neuf

« Quelle bonne nouvelle que Miss Elizabeth Holland se promène à nouveau. Une bonne nouvelle certes, cependant elle a subi de nombreux chocs l'an dernier, et tout nous laisse supposer que sa présence à Palm Beach cette semaine est le signe que sa mère cherche désespérément un bon parti pour sa fille. Ce qui pourrait par ailleurs expliquer l'amitié indéfectible de la jeune dame pour Mrs Henry Schoonmaker, qui lui aurait, ne l'oublions pas, volé son fiancé... »

EXTRAIT DE LA RUBRIQUE MONDAINE
DE *THE NEW YORK NEWS OF THE WORLD
GAZETTE*, VENDREDI 16 FÉVRIER 1900.

Vers cinq heures de l'après-midi, le jour avait décliné à Palm Beach, mais une chaleur humide stagnait. Les invités du Royal Poinciana avaient changé de tenue pour la quatrième fois de la journée, et s'étaient rassemblés dans la Cocoteraie pour y prendre le thé avec des biscuits à la noix de coco.

C'était une heure tranquille, et, dans les jardins de l'hôtel, deux personnes aux vêtements presque identiques et ayant la même idée en tête se promenaient sous les palmes des cocotiers qui se balançaient paresseusement dans l'air telles les grandes ailes d'oiseaux préhistoriques. Le chant des canaris ponctuait leur silence. Sous leurs pieds le gravier crissait doucement, mais seulement de temps à autre, car ils marchaient d'un pas tranquille.

– Je suis heureux que vous vous sentiez suffisamment bien pour marcher un peu, dit finalement Teddy Cutting.

Comme sa compagne, il était vêtu de lin blanc. Sa chemise boutonnée était rentrée dans son pantalon, et des boutons de manchette en or à ses poignets composaient sa seule parure. Elizabeth portait un chemisier et une jupe blancs également, avec, seule touche d'or, une chaîne et une croix autour du cou.

– Je vais bien, répondit-elle poliment.

Elle n'avait pas été de très bonne compagnie jusque-là, et avait espéré aider sa sœur bien plus qu'elle n'avait pu le faire. Le mal au cœur qu'elle avait enduré dans le train ne l'avait pas quittée à son arrivée, ce qui l'avait surprise, car la proximité de la mer l'avait toujours calmée. Mais la douce brise qui soufflait maintenant avait sur elle un effet apaisant.

– Je ne suis pas très drôle ! dit-elle en s'efforçant de rire un peu. Cela fait longtemps que je n'ai pas été moi-même.

– J'imagine que ce fut une année terrible, se risqua poliment Teddy qui se sentit invité à évoquer le sujet.

Il posa sur Elizabeth son regard gris et profond ; elle comprit qu'il voulait lui en dire plus, et se demandait comment s'y prendre.

– Je suis désolé, continua-t-il, que nous n'ayons pas pu nous parler comme nous le faisions avant. Je n'ai pas été un très bon ami pour vous.

– Oh, Teddy !

Elizabeth fut surprise de s'entendre éclater de rire avec naturel. Que pouvait-elle faire d'autre devant un tel commentaire, face à ce qu'elle avait traversé ?

– Ce fut une année terrible. Mais vous vous êtes comporté en parfait gentleman, comme toujours.

Teddy secoua la tête et leva les yeux vers la voûte végétale.

– Ce qui n'a jamais adouci la douleur de personne, n'est-ce pas ?

Ils firent quelques pas durant lesquels aucun des deux ne parla. Elizabeth s'interrogeait sur ce qu'il avait voulu signifier par cette phrase.

– Que voulez-vous dire ? lui demanda-t-elle.

– À l'époque de vos fiançailles avec Henry… commença-t-il sans pouvoir terminer.

Son visage sensible exprimait une certaine anxiété. En l'observant, Elizabeth s'émerveilla de sa ressemblance avec Henry, à ceci près que ce qui se dégageait de leur physionomie était tout à fait différent. Teddy était aussi grand que son ami, et avait les traits fins et énergiques communs à la noblesse américaine. Mais tandis que l'ironie se lisait sur le visage d'Henry, celui de Teddy exprimait la constance. Elle se souvenait maintenant quel bon ami il avait été pour elle ; certes, il lui avait fait la cour et l'avait complimentée sur sa beauté, mais il avait aussi évoqué des thèmes philosophiques auxquels il avait longuement réfléchi au cours de ses études à Columbia, et avait toujours été curieux de ses opinions à elle. À la mort de son père il l'avait emmenée se promener en calèche dans le parc et était resté patiemment assis près d'elle, respectueux de son silence.

– Je savais que ce n'était pas un bon mariage, finit-il par dire. J'aurais dû faire quelque chose.

– Qu'auriez-vous pu faire ? J'ai accepté sa proposition, après tout, et je savais mieux que personne ce que je faisais.

Teddy marchait les mains croisées derrière le dos, et la regardait quand elle parlait.

– Vous ne l'avez jamais aimé ? lui demanda-t-il avec une gravité soudaine.

– Ce n'est plus un secret pour personne que ma famille a traversé des moments difficiles. (Elizabeth parlait prudemment, pesant chaque mot avant de le prononcer.) Ce que j'ai fait, du moins ce que j'aurais dû faire, c'était pour ma famille.

– Henry est mon ami, mais je suis heureux que vous ne l'ayez pas épousé. Je craignais pour vous que ce mariage ne fût un mariage sans amour. Non que j'insinue que votre... épreuve ait eu le moindre avantage. Mais si on peut en tirer quelque chose de bon...

La voix de Teddy avait baissé et ses mots se précipitaient, comme s'il n'avait jamais abordé ce genre de conversation et s'étonnait du nouveau paysage qui s'offrait soudain à lui. Quand il revint à son habituelle solennité, Elizabeth se sentit un peu triste.

– J'espère que vous ne me trouvez pas trop indiscret...

– Oh non. En fait...

Elizabeth s'étonnait elle-même du besoin qu'elle ressentait de tout lui avouer. Bien entendu, elle savait que Teddy l'avait aimée et qu'il avait cru ce qu'il avait lu dans les journaux à propos de son prétendu sauvetage, il n'empêche qu'elle sentit qu'il pourrait comprendre son amour pour Will et le chemin qu'elle avait dû parcourir pour le rejoindre.

– L'automne dernier, quand j'ai été... kidnappée..., eh bien, ce n'était pas exactement comme cela que...

Elizabeth regarda Teddy, et son expression de bonté et de gravité l'arrêta. Elle avait voulu se montrer à lui sous son vrai visage, mais l'idée de son imposture lui fut alors insupportable, et son éducation, les convenances reprirent le dessus.

– Un jour j'aimerais bien vous raconter cette histoire, Teddy. Tout cela est en partie ma faute, parce que je savais que je ne pourrais jamais faire un mariage sans amour.

Elle eut un petit rire et, au souvenir des mains calleuses de Will et de sa peau brûlée par le soleil de Californie, elle ajouta :

– Même avant cette épreuve, je savais qu'Henry n'était pas l'homme de ma vie. Il est finalement beaucoup plus honnête que moi !

Elle s'était arrêtée. Teddy avança encore de quelques pas, se rendit compte qu'elle n'était pas à côté de lui, et se retourna pour la regarder. Les palmes jetaient des ombres sur leurs visages, et le reflet de l'eau intensifiait le flamboiement du soleil couchant. Ses yeux gris s'agrandirent, il fit un pas vers elle, comme s'il avait l'intention de l'embrasser. Plus étrange encore, elle se surprit à imaginer la douce pression de ses lèvres sur les siennes, mais alors ses yeux se fermèrent et elle souhaita que Will ne les voie pas de là où il était. Elle se souvint de sa jalousie, des tourments qu'il avait traversés et détourna pudiquement son visage. Puis elle se força à prendre un ton enjoué et changea de sujet :

– Au fait, comment va Henry ?

Teddy émit un petit rire qui ressemblait à un soupir.

– Je sais qu'il est votre ami, mais je ne le comprends pas, dit-il, guettant l'expression d'Elizabeth pour s'assurer qu'il ne l'avait pas offensée. C'est comme s'il avait vendu son âme lors d'une nuit d'orgie et de beuverie, et que maintenant le diable habitait son corps. Je sais, je suis presque sûr qu'il n'est pas amoureux de Penelope ! Elle n'arrêtait pas de lui faire des avances quand nous croyions que vous étiez… partie, et il n'était pas du tout intéressé par elle. Je pourrais même dire qu'elle le dégoûtait, si ce qui s'est produit par la suite ne me contredisait.

— Je pense que c'est elle qui a dû vendre son âme à un prix exorbitant, répliqua calmement Elizabeth.

Elle songeait à ce que Diana lui avait raconté, au chantage que Penelope avait fait à Henry pour le forcer à la conduire jusqu'à l'autel. Ainsi, s'attrista Elizabeth, il ne l'avait même pas avoué à son meilleur ami.

— Elle avait vraiment très envie de l'épouser ? demanda Teddy.

— Oh oui, avant même que…

Elizabeth s'interrompit et sourit à Teddy. Elle n'aimait pas les cancans, même à propos de Penelope ; de plus, elle savait que cette conversation ne pouvait aboutir qu'à l'aveu de sa propre duperie. Toutefois elle fut heureuse d'entendre que, de l'avis de Teddy, Henry n'aimait pas sa femme. L'idée que sa sœur et Henry puissent encore vivre une grande histoire d'amour lui rendait sa joie de vivre.

Ils se remirent à marcher, plus près l'un de l'autre à présent, comme un couple. Ils se regardaient, puis détournaient timidement la tête. La lumière du soleil jouait sur leurs visages. Les yeux plissés, elle le regarda à nouveau, et Teddy lui renvoya son sourire, un sourire naturel qui semblait ne rien vouloir dire de particulier, et à la fois tout. Pour la première fois depuis des mois, elle imagina que sa vie pourrait ne pas être courte, triste et sombre.

— Ne vous inquiétez pas, Liz. Je ne vous demanderai plus de me parler de cela, ni de rien qui puisse vous mettre mal à l'aise.

Il lui prit le bras, et ils continuèrent à marcher sous les palmes gorgées d'humidité. Elizabeth éprouva une sensation de bien-être. Peut-être, songea-t-elle, que l'air dense et pur de la Floride lui avait fait du bien, après tout.

Vingt

« INQUIÉTUDE POUR UNE JEUNE MARIÉE DE LA HAUTE SOCIÉTÉ ! UNE BELLE HÉRITIÈRE CRAINT QUE SON MARI NE S'INTÉRESSE PLUS À ELLE ET QUE LES DOMESTIQUES NE LE REMARQUENT. »
ENQUÊTE SPÉCIALE « LE JOYEUX DANDY »
PALM BEACH, FLORIDE. Ici en Floride, nous avons été témoins de faits nouveaux surprenants : même Mrs Henry Schoonmaker souffre de la paranoïa qui ronge toutes les femmes mariées, à savoir que leurs maris puissent ne plus s'intéresser à elles. Il semblerait que la jeune lady s'accroche à son frère, Mr Grayson Hayes, au cas où son nouveau mari l'abandonnerait sur la piste de danse. Elle est si inquiète à ce sujet qu'elle ne voyagera pas sans ce jeune homme...

THE NEW YORK IMPERIAL,
SAMEDI 17 FÉVRIER 1900.

Pour Penelope, la deuxième journée à Palm Beach commença sous d'assez bons auspices. Quand elle releva sur son front son loup de nuit en soie noir, elle vit que la femme de chambre était déjà entrée et avait ouvert les portes-fenêtres. Un parfum d'océan se répandait dans toute sa suite. Ses cheveux, qu'elle avait lavés la veille au soir, se tordaient maintenant en point d'interrogation sur son épaule blanche. Les draps couleur champagne, beaucoup plus fins que ceux des Schoonmaker, étaient doux à sa peau ; elle se dit qu'elle allait s'enquérir de leur provenance. Mais le plus important était que son mari fût à côté d'elle, et bien qu'il soit en train de ronfler tranquillement, la tête enfoncée dans son oreiller, c'était le moment le plus intime qu'ils avaient vécu depuis leur mariage. Elle hésitait à le réveiller.

Elle ferma les yeux et se lova tout près de lui, dans la douceur et la chaleur de son corps enroulé dans les draps, prenant garde de ne pas s'approcher trop près. Elle sentait la vie battre en lui. Elle voulait qu'il reste là, juste comme cela, encore un peu. Si elle faisait des mouvements trop brusques, elle pourrait l'effrayer.

– Mrs Schoonmaker ?

Elle ouvrit un œil et regarda la fille qui était entrée. C'était sa femme de chambre, dans son uniforme blanc et noir amidonné, qui, malgré son sourire un peu forcé, avait l'air très inquiète. Penelope enleva son loup et le jeta sur le plancher, si bien que la fille dut se courber pour le ramasser. Ce fut à ce moment-là que Penelope remarqua les journaux pliés sous le bras de la domestique et qu'elle se souvint de lui avoir ordonné de lui remettre tous les matins à son lever les pages qui la concernaient. Penelope savait que la distance était le vrai moteur du désir, et espérait qu'en son absence le Tout-New York serait jaloux de sa vie luxueuse et riche sur tous les plans.

– Tu peux les laisser là, dit Penelope en montrant la table chargée de jus de fruits, de café et de viennoiseries.

La fille s'exécuta avec hâte, quoiqu'un peu trop peut-être : il y avait quelque chose d'inquiétant dans la façon dont elle quitta la pièce en se sauvant presque.

Penelope sortit complètement de son engourdissement et se redressa. Elle s'attarda une seconde de plus sur le dos bronzé d'Henry, puis posa les pieds par terre. Elle enfila sa robe de chambre et s'approcha de la table du petit déjeuner ; elle but une gorgée de café, prit une profonde inspiration et éprouva, pour la dernière fois ce matin-là, un sentiment de bonheur. Car la seconde suivante elle apercevait le gros titre du journal, et les pires aspects de sa personnalité mis à nu, étalés sur le papier.

Elle lut quelques lignes et s'arrêta dès qu'elle eut compris l'idée générale de l'article. Elle se précipita vers le grand lit défait et lança le journal à la tête d'Henry.

— Oh là, qu'est-ce qui se passe ? cria-t-il, brusquement tiré du sommeil, en rejetant ses draps.

Pour faire bonne mesure, Penelope s'agenouilla et saisit un oreiller qu'elle lança sur Henry. Il l'attrapa au vol, en même temps qu'il saisit le poignet de sa femme.

— Bon sang, qu'est-ce qui te prend ? fit-il, emprisonnant ses bras.

— Qu'est-ce qui te prend à toi ? éructa-t-elle.

Henry ramassa le journal et laissa retomber sa tête sur l'oreiller. Il lut quelques lignes avant de jeter le journal sur les couvertures qui le séparaient de sa femme. Puis, lissant ses cheveux pour les remettre en place :

— Je n'ai rien à faire de ça.

La rage de Penelope grandit : il ne pouvait même pas la regarder dans les yeux.

— Que veux-tu dire, Henry ? En quel sens tu n'as rien à faire de *ça* ?

Elle serra son peignoir contre son corps qui tremblait de colère et enfonça sa joue dans l'oreiller, sans quitter Henry des yeux. Elle fulminait.

— Tu veux dire que tu n'as pas écrit personnellement cet article ? Ou bien que tu n'y es pour rien dans tout ça, et que tu n'as rien fait pour donner l'impression que tout ça est vrai ? Je ne suis pas complètement stupide, et si tu imagines que je suis dupe, tu te trompes.

— Je voulais seulement dire...

— Tais-toi ! hurla Penelope. Même après m'avoir promis d'être gentil, tu as essayé, je t'ai vu, de parler avec elle hier sur la plage. J'ai vu comment tu la regardais, j'ai vu ton regard pitoyable et brûlant. Espèce de salaud !

Elle s'agenouilla encore et, folle de rage, à peine consciente de ce qu'elle faisait, elle se mit à déchirer le journal. Les morceaux volèrent autour d'eux, et l'encre déteignit sur les draps où elle se prélassait tout à l'heure. Quand elle eut fini, Henry la regardait, les yeux ronds.

– Pourquoi je passerais pour une idiote ? J'ai le beau rôle dans l'histoire. Ce que je devrais faire, continua-t-elle en marchant furieusement vers la table pour reprendre son café, c'est appeler le journal et leur donner ma version. Je leur dirai combien j'aimais mon mari, que je lui étais fidèle, et que je préparais ses bagages pour ses voyages, mais qu'il n'avait d'yeux que pour Diana Holland, dont il a pris la virginité une nuit où il neigeait…

– Ne fais pas ça.

Henry sauta du lit et marcha vers elle, enveloppé d'un drap. Penelope lui tourna le dos et but son café.

– Tu me laisses une porte de sortie ?

Elle savait qu'elle l'avait récupéré maintenant, aussi ne ressentit-elle nullement le besoin de lui répondre ou de tourner autour du pot.

– Nous retournerons à la plage aujourd'hui, conclut Henry.

– Et alors ? Qu'est-ce que je fais de ça ?

– Eh bien, nous montrerons à tout le monde que cet article est une pure fiction, continua-t-il avec réticence. (Il s'était approché : elle le sentait derrière son dos.) Ce qui inspirera probablement un papier qui contredira celui que tu viens juste de déchirer.

– Il le méritait, lui rétorqua Penelope.

Après un silence, Henry acquiesça :

– Oui, c'est vrai.

– Tu m'emmèneras à la plage ?

– Si c'est ce que tu veux.

– Et tu t'assoiras à côté de moi au dîner, tu danseras toutes les danses avec moi ?

À présent Henry était juste derrière elle ; il posa gauchement une main sur son épaule.

– Oui.

Penelope continuait à ne pas regarder son mari en lui parlant, de sorte qu'il ne put voir le sourire de triomphe qui se dessinait sur son visage.

– Oh... Henry ?

– Oui ?

Elle ferma les yeux, pour profiter encore du contact de sa main posée sur son épaule. Elle inspira profondément, gonflant le torse :

– Tu ne me feras plus jamais passer pour une gourde, n'est-ce pas ?

– Non. Plus jamais.

Vingt et Un

« Un homme se construit dans le tumulte du monde ; une dame sort des arrière-salles feutrées de sa propre imagination. »

MAEVE DE JONG, *AMOURS ET AUTRES FOLIES DES VIEILLES FAMILLES NEW-YORKAISES.*

– Et maintenant, qu'est-ce qu'on fait ? demanda Carolina quand elle eut cessé de rire.

L'automobile de Leland Bouchard, qu'il avait fait transporter à grands frais par bateau de New York, s'était soudain arrêtée après une course cahotante. Ils avaient traversé maints chemins boueux ; quand elle était enfant Carolina avait connu les montagnes russes à Coney Island, mais elle n'avait jamais participé à une telle équipée en voiture. Elle avait eu un peu peur, mais c'était une peur qui l'avait rendue heureuse, et elle débordait d'une inexplicable allégresse. Leland s'était débarrassé de sa veste et avait roulé ses manches de chemise jusqu'aux coudes, montrant ainsi ses avant-bras qui, par leur musculature, ressemblaient plus à ceux d'un fermier qu'à ceux d'un homme du monde. Il lui adressa un sourire spontané, plutôt lascif. La route était mauvaise, envahie par la jungle, et quelque part dans l'ombre, on entendait le croassement des corbeaux.

– Vous n'avez pas faim ?

Il n'y avait rien de drôle dans ce qu'il venait de dire, cependant elle ne put étouffer un rire en répondant :

– Eh bien… si.

En vérité elle n'avait pas mangé de la journée, et à plusieurs reprises elle avait craint que Leland n'entende les gargouillements de son estomac, même si son attention semblait absorbée par mille autres choses.

– Vous êtes sûre ? Vous n'êtes pas fatiguée ? Je ne vous ennuie pas ? dit-il en se penchant vers elle et en la regardant intensément.

Carolina rejeta la tête en arrière et éclata de rire.

– M'ennuyer ? Il n'y a aucune place pour l'ennui dans votre monde.

Elle ne savait pas encore manier les inflexions de sa voix pour charmer, ce qui aurait été inutile, car ce qu'elle disait était absolument vrai. En dehors du fait d'avoir roulé sur des routes non carrossables, elle avait vu des alligators, des tortues de mer géantes et toutes sortes de flore et de faune insolites. Elle pensait, nostalgique, à la robe bleu ciel bordée de dentelle qu'elle avait fait préparer par sa femme de chambre ce matin et qu'elle avait décidé de porter pour le déjeuner. Mais qu'importe. Il était au moins deux heures de l'après-midi, et le déjeuner avait déjà été servi à l'hôtel ; en plus, l'occasion de montrer une nouvelle robe ne pesait pas lourd en comparaison du temps qu'elle allait encore passer avec Leland. Son seul souci était qu'elle avait un peu transpiré dans sa veste jaune, et que sa jupe assortie en vichy n'était plus très fraîche d'avoir été portée toute la journée dans cette chaleur humide.

– Ça tombe bien, dit-il. Je meurs de faim.

Il contourna la voiture pour ouvrir la portière et l'aida à sortir. Ils avancèrent sur des planches en équilibre jetées sur le sol boueux qui conduisaient à une petite cabane construite contre le tronc d'un grand banian. Elle tenait son chapeau de paille dans une main et la main de Leland dans l'autre et, comme elle avait enlevé ses gants, elle fut agréablement surprise de sentir pour la première fois le contact de sa peau. Peu lui importait que la boue salisse sa jupe si jamais elle faisait un faux pas.

Quand ils furent entrés dans la cabane et que ses yeux se furent adaptés à l'obscurité, elle vit que les racines du banian avaient traversé une fenêtre, et que des planches avaient été clouées pour freiner leur poussée. Un jeune garçon éventait la pièce avec des palmes, mais le lieu était loin d'être luxueux. Les quelques dîneurs en manches de chemise qui s'attardaient à cette heure avancée levèrent à peine les yeux à l'arrivée de ces élégants New-Yorkais. Une femme corpulente qui semblait connaître Leland leur dit de s'asseoir à l'une des tables recouvertes de nappes à carreaux rouges et noirs, et demanda à Leland combien de temps il allait rester cette fois.

– Pas très longtemps, répondit-il gaiement. Voici mon amie Carolina, ajouta-t-il.

– Enchantée.

Le sourire de la femme découvrit deux incisives brunes. La peau de son visage était épaisse et fripée par le soleil.

– Enchantée de même, répondit Carolina.

Mr Longhorn avait une ou deux fois essayé de l'emmener dans des endroits peu luxueux pour écouter de la musique ou assister à d'autres réjouissances, et elle avait chaque fois renâclé. À New York, elle ne supportait pas de manquer la moindre occasion de montrer ses nouvelles tenues et de se faire admirer.

Mais avec Leland, rien de cela ne lui importait plus. Tout au long de la journée, elle avait de plus en plus apprécié de se trouver seule avec lui.

– Nous prendrons deux soupes aux gombos et aux crevettes, dit Leland.

– Épicées ?

– Épicées.

Il regarda Carolina : elle le fixait stupidement, et il surprit son regard. Comment pouvait-elle se comporter aussi maladroitement ? se reprocha-t-elle. C'était peut-être à cause de la faim et de la légère sensation de vertige qui l'accompagnait.

– Que regardez-vous ? Mon nez, je le sais. J'ai pris un coup de soleil. Et il est très grand.

Elle ne remarqua la brûlure de son nez que parce qu'il avait attiré son attention dessus ; il ne s'était pas, comme elle, protégé par un chapeau. Elle ne put se retenir de tendre son bras pour toucher la peau de sa joue. Il devait avoir un peu mal, toujours est-il que cette couleur faisait ressortir le bleu magnifique de ses yeux.

– Votre nez est parfait, le rassura-t-elle.

Son nez était grand mais bien fait, comme toute sa personne.

– Vous êtes trop gentille ! Ma mère tient notre ancêtre français pour responsable de cette disgrâce.

La femme édentée apparut alors pour poser du pain sur leur table. Carolina tendit spontanément la main vers le panier, rompit un morceau et le mit dans sa bouche. Elle mâchait avec enthousiasme ; elle jeta un regard vers Leland assis à ses côtés, et vit qu'il l'observait. Elle pensa alors à ses propres aisselles humides qui avaient dû tacher son chemisier en soie ivoire. Elle déglutit bruyamment, attrapa sa petite veste suspendue au dossier de sa chaise qu'elle avait eu tort d'enlever.

— Que se passe-t-il ?

Leland la saisit par le poignet avant qu'elle ait pu attraper sa veste.

— Rien, je…

— Votre visage exprime… Quelque chose ne va pas. Vous vous ennuyez, n'est-ce pas ? Vous n'aimez pas cet endroit, c'est cela ?

— Non ! Je l'adore.

Carolina se mit à rire de l'absurdité de ce qu'elle allait dire :

— C'est que je suis dans un tel état. Je crains de ne pas être très fraîche, et de me gaver comme une sauvage tant j'ai faim…

— J'aime les femmes qui ont de l'appétit ! (Leland lui sourit, puis approcha son beau nez de l'épaule de la jeune fille.) Et j'aime votre odeur.

Elle regarda Leland et il la regarda comme s'il n'y avait rien d'anormal ni de bizarre à ce qu'ils se contemplent dans une cabane au fond des bois sur un chemin poussiéreux et peu fréquenté de la Floride. Ils auraient pu continuer ainsi Dieu sait combien de temps, mais leur repas arrivait, et la vapeur qui s'élevait de leurs bols était tellement chargée d'épices qu'elle leur fit monter les larmes aux yeux.

Elle avait dû montrer une hésitation, car il dit :

— Vous n'aimez pas la nourriture épicée ?

Elle approcha son visage du bol et respira son parfum.

Les Holland, comme toutes les vieilles familles hollandaises, aimaient la modération en tout et détestaient les saveurs prononcées. Elle s'était souvent demandé ce que cela lui ferait de manger de la nourriture qui ne correspondait pas à leurs petits goûts bourgeois, mais le vieil homme du monde qui l'avait prise sous son aile et dont l'estomac ne pouvait rien supporter de très fort ne lui en avait jamais donné l'occasion.

– Mais dans l'Ouest ? J'aurais cru qu'à la ferme, vous mangiez mille choses terribles pour nous, les gens de New York.

Carolina leva ses grands yeux vers les poutres du plafond.

Soudain la signification de tout ce qu'elle avait dit au long de la journée commença à s'éclaircir – car jusque-là elle ne s'était pas privée de lui raconter, emportée par son inspiration, son enfance à cheval, ses nuits sous les étoiles, les mines et les filons. Elle avait largement emprunté aux histoires que Will lui racontait, qui lisait tous les livres se rapportant aux États de l'Ouest. Elle avait deviné, à juste titre, que cela amuserait un homme comme Leland, mais n'avait pas pensé qu'il pourrait se souvenir de tout et lui poserait des questions. Elle avait aussi oublié que sa vie au ranch était un pur produit de son imagination.

– Dans l'Ouest ?

Elle essayait de gagner du temps. L'odeur épicée lui était montée à la tête et elle mit son poignet sous ses narines qui commençaient à couler.

– Oui, dans l'Ouest. Les cow-boys n'aiment donc pas les épices et le tabasco ?

Il y eut un silence.

– Oh, ai-je encore dit quelque chose qui vous aurait blessée ?

Leland prit sa serviette et essuya les larmes qui coulaient des yeux de Carolina. Elle essaya de penser vite, et déjà une explication lui venait sur les lèvres :

– Père aimait les plats épicés. Même les pancakes ! C'était un sujet de plaisanterie dans la famille. Aucun de ses ouvriers agricoles, aucun de ses employés ne le surpassait dans ce goût qu'il avait pour les épices. Ce souvenir m'a rendue un peu triste, c'est tout. Je n'ai rien mangé d'autre que de la nourriture insipide depuis sa disparition.

– Oh, ma chère petite ! Je suis désolé de vous avoir rappelé ce souvenir.

Elle secoua la tête et essaya d'arrêter ses larmes, qui coulaient maintenant franchement le long de ses joues.

– Non non, tout va bien, fit-elle avec un sourire courageux.

– Peut-être allez-vous aimer les mets épicés, maintenant ? (Leland fronça les sourcils, manifestant une sincère inquiétude.) Peut-être vont-ils réveiller de meilleurs moments.

– Alors je crois que je devrais essayer, répondit Carolina, un peu hésitante.

Leland plongea sa cuiller dans la marmite et l'approcha des lèvres de Carolina. Il l'observait pour s'assurer qu'elle supportait l'intensité du parfum. Comme elle faisait oui de la tête, il porta la cuillerée à sa bouche. Le gombo était encore plus fort qu'elle ne l'avait imaginé. Un pur délice. Il enflamma son palais, puis son corps. Cette première bouchée décupla sa faim, et quand elle l'eut avalée, elle en redemanda.

Leland reposa alors la cuiller et lui prit la main. Il avait eu ces gestes dans le passé, mais chaque fois, c'était pour la tranquilliser ou pour la protéger ; là, il n'avait plus ce genre d'excuse. De plus, il manifestait une douceur particulière.

— Miss Broad... commença-t-il. (Il leva son poing vers sa bouche, toussant d'une façon embarrassée.) Vous n'êtes pas comme les autres femmes.

— Vraiment ? chuchota-t-elle.

Il avait dit ces mots avec chaleur, pourtant elle s'inquiéta de leur signification.

— Oui, vous n'avez rien à voir avec les autres. (Il secoua la tête en souriant, comme si une chance incroyable lui était tombée du ciel.) Je me sens tellement bien avec vous. Sans doute est-ce parce que vous n'êtes pas de New York et que vous n'êtes ni stupide ni frivole. En tout cas je me sens plus heureux avec vous que je ne l'ai jamais été.

Des rayons dorés traversèrent la fenêtre, et un sourire apaisé s'épanouit sur le visage de Carolina parsemé de taches de rousseur.

— Oh, moi aussi, je me sens bien avec vous ! s'écria-t-elle surprise, en lui serrant plus fort la main. Je me sens exactement dans le même état que vous.

Vingt-Deux

LA WESTERN UNION TELEGRAPH COMPANY

À : *Diana Holland*
ARRIVÉE À : *Royal Poinciana,*
Palm Beach,
Floride samedi 17 février 1900, 16 h

Grande nouvelle – Gros succès pour votre article – votre paiement vous attend à NY – Poursuivez votre excellent travail.

D. B.

— À nos invités, les Schoonmaker, qui forment un si joli couple !

La foule, vêtue de smokings et de dentelles, les cheveux gominés étincelant sous les lumières électriques suspendues au plafond de la grande salle de l'hôtel telles des plantes grimpantes à une pergola, gloussait sottement et applaudissait, mais Diana Holland ne put en entendre davantage. Henry avait essayé de croiser son regard au dîner, mais en était-elle sûre ? Aujourd'hui elle l'avait vu à la plage, au salon de thé, et dans le jardin en train de jouer aux cartes avec Penelope. Il ne la quittait pas. Diana était exaspérée voire indignée de l'indifférence quasi totale d'Henry à son égard depuis leur arrivée en Floride. Pour autant, elle avait fait exprès ce jour-là de rester en permanence dans son champ de vision.

C'était lui qui l'avait encouragée à faire ce voyage, après tout, et il n'était pas dans la nature de la jeune fille de se laisser oublier si facilement.

Elle s'était même servie de Grayson, qui ne la quittait pas d'une semelle, pour exciter la jalousie d'Henry. Elle n'était pas allée jusqu'à mettre le frère de Penelope au courant de son plan, mais quand il avait flirté avec elle, elle avait reculé. Elle lui avait seulement permis de lui donner quelques bouchées de cake à l'heure du thé, et l'avait complimenté à voix haute sur son adresse au croquet, ce qui lui avait valu quelques coups d'œil de la part d'Henry. Mais il y avait quelques heures de cela, et pour elle les heures commençaient à ressembler à des années. Maintenant elle était seule. Sa sœur et Teddy semblaient engagés dans une conversation interminable, et même Grayson l'avait abandonnée un moment entre le dessert et la danse.

À travers une multitude d'épaules habillées de smokings noirs, Diana aperçut le couple qui était ce soir la vedette de Palm Beach. Ils étaient tous deux grands, bruns et minces, et même si Diana ne pouvait discerner l'expression de leurs visages, elle vit que le petit article qu'elle avait écrit n'avait pas terni leur image. Peut-être ne l'avaient-ils pas lu ; peut-être échapperait-il à jamais à leur attention. Un peu nerveuse et épuisée par toutes ces questions, désorientée par le doute, elle chiffonna le télégramme de Barnard dans la poche de sa robe en soie pêche avant de filer à toute vitesse sur la pelouse, ni vue ni connue, souillant dans l'herbe humide une paire de chaussures à talons hauts qu'elle s'était offerte grâce à sa plume, et que sa famille n'avait plus les moyens d'acheter.

Si ce matin-là, alors qu'elle tenait son article de l'*Imperial* dans les mains, l'idée d'avoir fait mouche lui avait remonté le moral, elle éprouvait à présent la dépression des joueurs après la fête. Elle marcha sur la pelouse, puis se mit à courir. Sa robe, qu'elle avait soigneusement choisie pour son élégant et discret décolleté, traînait dans la boue, et le tissu alourdi venait frapper contre ses jambes. Quant à la coiffure élaborée que sa sœur (qui semblait, chose rare depuis les tristes événements, de bonne humeur) lui avait faite sur sa demande, elle ne ressemblait plus à rien. Dans sa course échevelée, les rubans qui retenaient ses cheveux flottaient derrière elle.

Elle s'enfuyait loin d'Henry. Il était un mystère pour elle, mystère qui, chaque fois qu'elle essayait de le résoudre, lui était un peu plus douloureux. Mais quand elle s'efforçait de l'oublier, il hantait ses pensées de plus en plus intensément. C'était une assez bonne raison pour courir éperdument, et si elle avait été moins impulsive, elle se serait rendu compte que ce n'était pas la première fois ces jours-ci qu'elle était aussi bouleversée. Mais déjà elle avait parcouru une certaine distance, et perdu ses souliers ; elle sentit le sable sous ses pieds, puis l'eau.

La pleine lune dessinait une traînée d'argent sur l'eau noire et ondoyante. Un instant, elle lui sembla si tentante qu'elle eut l'impression qu'elle pourrait y marcher. Puis une vague arriva, s'écrasa contre ses jambes, trempa sa robe et l'éclaboussa des pieds à la tête. La mer n'était ni froide ni particulièrement mauvaise, mais elle fut si surprise qu'elle fondit en larmes. Dans le reflux, elle faillit perdre l'équilibre, et l'idée la traversa qu'elle allait peut-être se noyer. C'est alors qu'elle sentit des bras familiers s'enrouler autour de sa poitrine, et la tirer en arrière sur le sable sec.

– Oh, gémit-elle.

Elle cacha son visage dans ses mains, essayant de détendre ses traits. Les larmes brillaient encore sur ses joues, sa jupe était trempée, mais qu'importe, qu'est-ce que cela changeait si Henry la voyait pleurer maintenant ? Il était là debout, en smoking noir et en chemise blanche, et il la regardait d'un air inquiet qu'elle aurait pu croire sincère si elle ne doutait pas tant de lui.

– Qu'est-ce que tu veux ?
– Être avec toi. Juste une minute.

Diana soupira. Sa jupe en soie et ses jupons en coton collaient à ses cuisses. Henry était là devant elle, en chair et en os, sur une plage abandonnée, dans les ombres de la nuit, mais tous les bouleversements de la journée avaient creusé un abîme entre eux. La lune était claire, et elle discernait parfaitement les contours de sa silhouette.

– Une minute ? Tu voulais que je fasse tout ce chemin pour me voir une minute ?

Henry serra les mâchoires et détourna son regard. En tout cas, il avait su échapper à la vague et éviter de se faire tremper jusqu'aux os, et sa tenue était impeccable. Elle en fut agacée.

– Impossible de rester plus longtemps. Si ma détestable épouse découvrait que je suis avec toi maintenant, si elle savait que je t'ai avoué la raison de notre mariage, et à quel point je meurs d'envie de t'embrasser…

Il avança vers elle, lui prit la nuque d'une main et posa ses lèvres sur les siennes. L'instant d'avant cela aurait semblé une très mauvaise idée à Diana, mais elle ferma les yeux et lui rendit ses baisers, encore et encore, comme s'ils pouvaient lui fournir un oxygène dont elle avait été cruellement privée. De son autre main il entoura sa taille et pressa son corps contre le sien, ruinant ainsi leurs tenues de soirée.

– Oh, fit-elle, plus doucement cette fois, quand il se détacha.

Les lèvres d'Henry étaient encore entrouvertes, et le disque blanc de la lune se réfléchissait dans ses yeux.

Elle ouvrit davantage la bouche, presque en extase. Elle jouissait de l'attente d'un autre baiser, comme on sent la pluie juste avant qu'elle tombe. Mais les secondes passèrent, leurs souffles se mêlèrent dans l'air marin, et rien ne vint.

Henry fit un pas en arrière.

– On va remarquer notre absence.

– Quoi ?

Il y avait de la colère dans la voix de Diana, mais sa déception était plus forte.

– Ta sœur, et Penelope. Elles vont se demander où nous sommes passés.

Derrière Henry les lumières de l'hôtel scintillaient, et les palmiers découpaient leurs branches dans le ciel pourpre. Quelques nuages filaient ; ils allaient bientôt voiler la lune.

– Ainsi tu préférerais me voir quelques minutes par-ci, par-là ? Dans les arrière-salles et les couloirs de train ? C'était ce que tu espérais quand tu m'as priée de trouver le moyen de venir en Floride ?

Henry fit non de la tête, mais elle savait qu'elle avait dit la vérité. Elle essaya de calmer son ardeur.

– Tu imaginais que je deviendrais ta maîtresse.

– Ce n'est pas ça…

– Bonne nuit.

Diana rassembla toute la dignité dont elle était capable dans l'état où elle était et commença à remonter la plage en direction de l'hôtel. Sa robe était trempée et ses bas pleins de sable ; quant à son cœur, il en avait trop supporté. Elle mourait d'envie de se retourner, mais elle savait que cela signifierait aux yeux d'Henry qu'elle lui pardonnait son comportement.

— Diana ! cria-t-il.

Son cri angoissé mourut, et pendant un temps elle n'entendit plus que le doux clapotis des vagues sur le rivage.

— Diana, j'ai besoin de toi…

À la façon dont sa voix se brisa en prononçant son nom, elle le crut. Mais elle ferma les yeux et continua à marcher vers l'hôtel, là-bas où les lumières brillaient et d'où montait une musique sourde.

— Diana, poursuivit-il de la même voix désespérée tout en la suivant sur la plage, Diana, je vais la quitter.

En entendant ces mots, elle s'arrêta et le regarda. Le visage d'Henry avait toujours été parfaitement civilisé, mais là il la fixait avec une passion désespérée, presque sauvage.

— C'est vrai ? chuchota-t-elle.
— Je ne peux pas me passer de toi.
— Vraiment ?

Diana savait qu'elle était en danger de perdre à nouveau la tête, mais l'espoir renaissait en elle.

Henry s'approcha encore et la contempla avec une conviction plus forte que jamais. Il lissa ses boucles en arrière, puis caressa ses yeux et ses lèvres du bout des doigts.

— Viens, il vaut mieux que tu te changes, lui dit-il en passant son bras sur son épaule.

Ils marchèrent ainsi en direction de l'hôtel illuminé de l'autre côté de la pelouse, jusqu'au moment où ils s'aperçurent qu'ils s'en étaient trop approchés. Ils se séparèrent pour qu'elle puisse retourner dans sa chambre pendant qu'il endosserait à nouveau son rôle de mari. Elle garda l'image de son visage dans son esprit. Il lui avait fait la plus belle des promesses, belle comme toutes celles qu'il lui avait faites jusque-là.

Vingt-Trois

« On a vu hier soir les jeunes fiancés Reginald Newbold et Adelaide Wetmore à une petite soirée musicale chez Mr Newbold dans Madison Avenue. Sa sœur Gemma était là également. Elle attendait, dit-on, une proposition de Teddy Cutting. Avait-elle l'air si triste parce que Mr Cutting est en Floride, et cette absence prolongée devrait-elle nous laisser penser qu'il n'y aura pas de mariage en juin ? »

EXTRAIT DE LA RUBRIQUE MONDAINE
DE *THE NEW YORK NEWS OF THE WORLD
GAZETTE*, SAMEDI 17 FÉVRIER 1900.

– Vous vous sentez bien ?

Elizabeth ouvrit lentement les paupières, et la salle de bal du *Poinciana* s'offrit à elle : les corps qui valsaient, les lambris blancs du plafond, et le doux son des violons cachés derrière un paravent. Elle se rendit alors compte qu'elle avait posé la tête sur l'épaule de Teddy pendant la danse.

– Oui, je me sens bien, lui répondit-elle sincèrement.

– Vous me direz quand vous aurez envie de vous asseoir, n'est-ce pas ?

Jamais jusque-là elle n'avait remarqué les rides soucieuses qui barraient le front de son vieil ami. Sa peau était par ailleurs si douce et si nette qu'elle se demanda comment et quand il avait attrapé ces rides.

Comme les autres femmes dans la salle de bal, Elizabeth portait des couleurs claires, des couleurs du soir : une robe ivoire aux broderies rose pâle. Depuis le dîner, elle avait oublié la présence de quiconque hormis celle de son cavalier. Elle savait que la salle était peuplée du genre de personnes avec qui elle parlait toujours facilement : c'étaient ceux que sa mère voulait qu'elle fréquente à nouveau, et elle était contente de se sentir assez sûre et légère pour pouvoir le faire maintenant. Son cou, fin et gracieux comme celui d'un cygne, était paré des bijoux de son aïeule que sa mère avait soigneusement emballés pour le voyage, et ses cheveux étaient rassemblés en un chignon haut. Le vent frais du soir entrait par les fenêtres ouvertes, et un bref instant elle se sentit parfaitement à l'aise.

— Ai-je l'air fatiguée ? dit-elle les yeux presque mi-clos.

— Non. (Teddy sourit imperceptiblement et l'emmena, en douces glissades sur le plancher, loin du centre de la pièce.) Vous êtes superbe.

Elle eut un pâle sourire.

— J'ai beaucoup apprécié d'être avec vous ces jours derniers, continua-t-il.

— Moi aussi.

— Les heures passées ensemble sont si agréables. J'ai peur de ne plus jamais vivre ce bonheur...

Dans son champ de vision, Elizabeth remarqua Henry qui rentrait. Il s'approcha de Mrs Schoonmaker, dont les cheveux étaient arrangés en boucles chatoyantes et agrémentés de plumes sur le sommet de la tête, et dont la robe en mousseline de soie à pois présentait un profond décolleté en V. Penelope le regarda des pieds à la tête, en arrondissant les yeux. Elizabeth connaissait bien ce regard – elle avait déjà vu son ancienne amie furieuse contre les servantes et les membres de sa famille et, lors d'une occasion particulière, contre elle-même, Elizabeth.

Le couple était à l'autre bout de la salle et il lui était impossible de deviner les mots qu'ils échangeaient ; mais à la fin de leur brève conversation, Henry ôta de son épaule la main de Penelope gainée d'un long gant de satin noir, et quitta la pièce. Sans raison précise, Elizabeth eut un curieux pressentiment à la vue de cette scène, et elle se tourna vers Teddy dans l'intention de lui demander ce qu'il en pensait.

– Elizabeth ? dit-il avant qu'elle n'ait eu le temps de le questionner.

Elle l'encouragea à parler d'un signe de tête, mais il hésitait, maladroit, et dut se détourner. Il l'entraîna dans quelques tourbillons avant de se reprendre et de continuer à parler :

– Je voulais seulement vous demander si, quand je vous ai fait ma proposition, il y a quelques années maintenant je crois...

– À peine deux, la dernière fois.

L'ombre d'un sourire apparut sur le visage d'Elizabeth, cependant le souvenir qu'il avait éveillé en elle était triste. C'était à Newport, où elle avait résidé tout un mois et était tombée malade d'amour d'être loin de Will. Il avait réussi à lui envoyer des lettres – elle ne se souvenait plus comment ils s'étaient débrouillés – qui lui témoignaient sa peur qu'elle ne cesse de l'aimer. Elle ferma les yeux.

– Oui, c'est vrai, pas même deux ans. Le soir où vous étiez invités chez les Hayes.

Elizabeth se sentait encore incapable de rouvrir les yeux, mais elle comprit, au ton fébrile de Teddy, qu'il était inquiet.

– De toute façon, ce que je voulais dire, ce que je *veux* dire, c'est que j'étais sincère, et que mon offre tient toujours. (Elle n'avait jamais entendu sa voix trembler ainsi.) Je voudrais encore...

– Oh, Teddy ! fut tout ce qu'Elizabeth parvint à articuler.

Elle craignait, si elle ne l'arrêtait pas, de se mettre à pleurer en pleine danse et là, comment ne pas dévoiler ses émotions et ne pas livrer ses secrets ? Mais peut-être s'était-il mépris sur sa tristesse, car il continua :

– Pensez-vous que vous pourriez m'aimer ? M'épouser, peut-être ? Enfin, pas maintenant, mais quand le moment sera venu…

Elizabeth s'arrêta brusquement de valser. Elle pensa à Will le jour de leur mariage, dans le costume brun qu'il avait acheté pour l'occasion. Il le portait encore quand elle s'était arrachée à lui, et c'était dans ce même costume qu'il avait été abattu sur le quai de Grand Central Station.

– Peut-être le moment venu, Teddy, dit-elle, même si l'idée des fleurs blanches vaporeuses, des trousseaux et des garçons d'honneur en rang d'oignons la révulsait.

Mais Teddy la contemplait de son regard gris si bon, si attentif. Elle savait, même l'été où elle était encore une innocente jeune fille, que si elle n'avait jamais connu un homme comme Will, Teddy aurait pu lui offrir une vie très heureuse.

– Quand le moment sera venu, répéta-t-elle d'une voix mécanique.

Mais elle n'était pas prête. En temps voulu, il n'y aurait rien de plus doux pour elle que des mots tels que ceux-là. Elle essaya de sourire, mais elle sentit que son sourire était loin d'être rayonnant, et que ses lèvres étaient décolorées.

– Vous savez, si je n'avais vécu ce que j'ai vécu l'automne dernier et avant… commença-t-elle pour lui donner un semblant d'explication. (Elle s'arrêta, réalisant que ce n'était ni le moment ni le lieu.) Maintenant je me sens très fatiguée. Voulez-vous m'excuser ?

Ses jupes et ses bijoux, ses gants et ses dentelles, les épingles qui retenaient ses cheveux et les lacets qui enserraient son buste, tout cela lui pesa alors terriblement. Les supporterait-elle seulement jusqu'à la sortie ? Elle ne pouvait plus continuer à rester au milieu de la foule, dans ces atours. Incapable de regarder Teddy lorsqu'ils se séparèrent, elle ne sut pas s'il l'avait comprise.

Vingt-Quatre

« Les robes portées par les femmes dans les stations balnéaires sont toujours somptueuses. Miss Carolina Broad ne fait pas exception, et mes espions de Palm Beach rapportent qu'elle est arrivée avec une garde-robe toute neuve, et qu'elle apparaît dans des tenues à paillettes scintillantes, couverte de diamants. J'espère que Mr Carey Lewis Longhorn reçoit au moins des comptes rendus de ce que tout son argent a rendu possible. »

EXTRAIT DE LA RUBRIQUE « LE JOYEUX DANDY »,
THE NEW YORK IMPERIAL,
SAMEDI 17 FÉVRIER 1900.

De nombreuses jeunes et belles femmes valsaient dans la salle de bal du *Royal Poinciana*, avec ses grandes fenêtres ouvertes aux éléments, sous la voûte en bois blanc du plafond. Carolina avait l'impression d'être la plus belle de toutes. Ses cheveux bruns séparés par une raie étaient relevés en coque sur son front et ses boucles étaient retenues par des rubans. Autour de son cou, une double rangée de perles et de grenats mettait en valeur le vert de ses yeux, et ses bras étaient revêtus de dentelle ancienne cannelée. Elle savait que son grand front était illuminé par les lumières multicolores, et que, dans le Sud, son visage semé de taches de rousseur était une marque de distinction. Le seul élément déplacé était son partenaire, Percival Coddington, dont l'haleine empestait la fricassée de poulet qu'il venait d'avaler au dîner.

– Quel plaisir de danser avec vous, disait-il.

Carolina savait ce que c'était que de se sentir mal à l'aise dans le grand monde, et elle comprenait la signification de la sueur qui perlait sur le front du pauvre homme. Il était nerveux, et elle se sentait mal à l'aise pour lui. Cependant, elle savait qu'elle perdait avec lui des minutes précieuses de sa nouvelle vie prometteuse, et de sa beauté nouvellement éclose.

Les narines caverneuses de Percival s'ouvraient juste au niveau de ses yeux, et ses mains moites s'envolaient maladroitement et trop familièrement sur la musique du Bailey's Orchestra, qui jouait derrière le paravent décoré de créatures sous-marines et de sirènes. Des centaines d'invités entouraient la nuée des jeunes couples qui dansaient au centre de la salle. Dans les coins, il y avait des gens encore plus brillants, encore plus riches et encore mieux habillés cachés par l'armée des serviteurs, et elle dansait avec un rien du tout moyennement fortuné et qui n'avait pas encore appris à respirer la bouche fermée !

À un autre moment, elle n'aurait pas manqué de relever cette ironie : quelques mois auparavant, la chance de captiver l'attention d'un Percival Coddington lui aurait semblé une aubaine, en vérité. Mais elle n'était plus la même, aujourd'hui. Elle n'avait pas de temps à perdre pour ce genre de remarque sentimentale. Sa gorge se serra, car où qu'elle tournât la tête, chose très impolie par ailleurs, elle n'apercevait nulle part Leland.

Il est vrai que la journée qu'elle venait de passer avec lui avait été longue, et proche de la perfection. Mais elle avait insisté bêtement pour qu'il la dépose à l'hôtel à temps pour qu'elle puisse prendre un bain, se maquiller, se faire coiffer, et passer la dernière heure à se faire corseter par sa femme de chambre et attacher les minuscules boutons de perles de sa suggestive robe blanche. Il avait acquiescé presque trop aimablement, puis était parti jouer au golf avec Grayson Hayes. Elle s'était inquiétée qu'il ne revienne pas à temps pour l'accompagner au dîner, peut-être trop – quoi qu'il en soit son retard maintenant était bien réel. Et elle s'était retrouvée coincée avec Mr Coddington, qui l'avait longuement entretenue, pendant les trois premiers services, du système des castes des habitants des îles Fidji. Elle avait vu Leland arriver en retard, et elle s'était dit qu'il s'était peut-être désintéressé d'elle le temps qu'elle avait passé avec sa femme de chambre au lieu de l'accompagner au golf, auquel par ailleurs elle n'avait jamais joué.

– Je n'ai jamais vraiment compris ce que les gens trouvent à ce vieux Carey Longhorn, déclara Mr Coddington.

– Je ne vois pas comment vous pouvez vous permettre, réagit-elle, perdant toute patience devant cette observation cruelle.

Elle ne continua pas, car elle aperçut son compagnon de l'après-midi par-dessus l'épaule de son partenaire, et voulut éviter de provoquer une scène. Leland souriait, de sa bouche joliment trop grande pour son visage, et ses yeux bleus brillaient dans la lumière. Carolina cessa de danser et Percival la lâcha à regret.

– Mr Bouchard.
– Miss Broad.

Il fit un signe de tête puis, pivotant sur ses talons :
– Mr Coddington, puis-je me permettre ?

Les narines de Percival palpitèrent, il eut l'air froissé. Puis il acquiesça, et Carolina sentit que la main de Leland prenait la sienne avec force et l'entraînait dans la foule en valsant.

– Je crois que je dois m'excuser, dit-il.

Mais Carolina l'écoutait à peine. L'éclat des dents blanches et solides de son partenaire, sa carrure et sa silhouette athlétique étaient irrésistibles.

– Si j'avais remarqué que vous étiez accaparée par ce triste sire, pardonnez-moi l'expression, je vous aurais enlevée depuis longtemps.

Soudain la musique s'éleva plus forte, comme si les cors et les violons répercutaient ses sensations. Elle aurait aimé continuer à regarder Leland, mais elle se rappela qu'Elizabeth ne semblait jamais rien attendre de ses soupirants, ni même s'intéresser spécialement à eux. Elle se tourna de sorte qu'il pût apprécier son profil, et observa la foule ; elle était heureuse d'être exactement là où elle se trouvait.

Car il y avait lady Dagmall-Lister, qui dansait avec son jeune partenaire, et le célèbre architecte Webster Youngham valsant joue contre joue avec l'une des jeunes Mrs Astor. Elles étaient toutes sur leur trente et un, comme si la vie n'était qu'une scène de théâtre féerique où chaque moment était éclairé de sa propre lumière. Tout le monde s'était extasié sur Mrs Henry Schoonmaker en train de danser avec son mari qui l'adorait, son mari au regard sombre et mystérieux, qui tenait sa femme dans ses bras. Maintenant elle ne le voyait plus, mais remarqua Diana Holland avec une robe différente que celle qu'elle portait au dîner ; elle ne vit pas non plus Grayson Hayes.

Carolina fut un peu déçue qu'Elizabeth soit déjà allée se coucher, laissant Teddy Cutting sans partenaire, car cela voulait dire qu'elle ne pourrait plus être témoin de l'entrée de son ancienne femme de chambre dans le monde sophistiqué dont elle avait été autrefois la princesse incontestée. Un moment, Carolina se demanda peu charitablement si celle qui fut un jour sa maîtresse avait trouvé un autre de ses domestiques pour ses rendez-vous de minuit. Mais quelle importance, en fait. Il ne manquait pas de témoins pour constater que Carolina était pleinement acceptée au sein de la haute société, et certains pourraient même le télégraphier à leurs contacts dans la presse dès le lendemain. Ils étaient tous ses amis, ou quasiment : ils devraient être gentils avec elle, et l'emmener dans leurs petits voyages, maintenant. Elle avait désormais une haute idée de sa position sociale, et aucune des mesquineries, jalousies et petits jeux de ces dames ne pourraient ternir son nouvel éclat.

– Miss Carolina Broad ?

Quand le petit homme au nœud papillon appela son nom, Leland s'arrêta. Elle réalisa qu'elle n'était plus en train de danser avec celui qui cet après-midi lui avait laissé espérer une proposition de mariage, et elle ressentit une haine irraisonnée pour ce messager quel que fût son message, qui attendait patiemment à l'écart.

– Oui ?

– Vous avez reçu un télégramme.

– Eh bien, donnez-le à ma femme de chambre, répondit-elle brusquement, comme si elle était habituée à recevoir des télégrammes en pleine nuit, avant de se retourner vers Leland.

L'homme l'attendait de l'autre côté de la salle de bal près du treillis blanc qui protégeait les invités de la vue de ce qui se passait dans les cuisines. Une vraie vigne y grimpait, Carolina l'avait discrètement vérifié plus tôt dans la soirée.

– C'est fait. (L'homme fit une pause, et il y eut quelque chose de terrible dans la façon dont il hésita à prononcer les mots suivants.) Elle a dit qu'il fallait vous appeler tout de suite, que vous voudriez y répondre immédiatement. Notre salon de correspondance, où vous pourrez prendre connaissance de votre télégramme, est au rez-de-chaussée, juste après le…

Elle l'aurait presque injurié. Mais aucun mot ne sortit de sa bouche. Elle savait que sa déception d'être emmenée loin de là où tout se passait se lisait d'une façon humiliante sur ses traits et, quand elle regarda Leland, elle tenta un sourire courageux.

– Je suis sûre que ce n'est rien, réussit-elle à dire.
– Je l'espère.

Le visage de Leland respirait une telle gentillesse qu'elle ne put le regarder.

– Voulez-vous que je vous accompagne ? proposa-t-il.

Quelle que soit la nouvelle, son instinct lui dit que Leland ne devait rien en savoir. Elle fit non de la tête et se tourna vers l'homme au nœud papillon, qui la conduisit loin de la salle de bal où toute personne digne d'être connue et toute chose digne d'être vue continueraient à briller sans elle. Comme elle regagnait le hall principal de l'hôtel, elle baissa les yeux vers le savant dessin du tapis et ressentit douloureusement l'étroitesse de ses mules à talons décolletées sur les orteils et bordées d'une passementerie dorée et dentelée.

Le salon de correspondance était tapissé de boiseries en chêne ciré festonné d'or. Il était presque trop éclairé, et Carolina se sentit mal à l'aise à côté du fastidieux petit homme. Il lui tendit le télégramme, et un moment elle souhaita pouvoir le lui rendre en lui disant que c'était une erreur. Elle espérait encore retourner dans la salle de bal, et danser sans fin avec

Leland. Or rien ne pouvait changer l'irrévocabilité de ce qu'elle lut :

**LA WESTERN UNION
TELEGRAPH COMPANY**

À : *Carolina Broad*
ARRIVÉ À : *Royal Poinciana, chambre 25,
Palm Beach, Floride.*
2 heures, dimanche 18 février 1900

Carey Lewis Longhorn est mort ce soir, emporté par un mal foudroyant. Sa dernière requête a été votre présence à ses funérailles. Revenez sans attendre à New York. J'ai pris des billets pour vous et votre femme de chambre pour le train de demain, qui part à douze heures. À votre arrivée, la domestique pourra disposer.
Sincèrement vôtre, Mr Morris James, Exécuteur testamentaire de la succession Longhorn.

Carolina ferma les yeux et plia le télégramme. Un long frisson glacé la traversa. Les événements de la journée, dans toute leur perfection lumineuse, semblaient très loin maintenant, mais elle imagina malgré elle la chose terrible qui s'était produite pendant qu'elle se pavanait et roulait dans des voitures sans chevaux. L'image de Longhorn sur les docks la submergea, Longhorn qui tenait tant à ce qu'elle reste à ses côtés.

Puis sa tristesse céda la place à une autre émotion : il lui sembla impossible que Longhorn soit mort si vite, et un bref instant elle se révolta à l'idée que personne ne l'ait prévenue de cette éventualité. Mais personne n'était à blâmer, et même si elle le voulait de tout son cœur, Leland ne pourrait rien faire pour lui épargner cette épreuve. Elle essaya de paraître aussi hautaine qu'avant, et signifia à l'homme au nœud papillon qu'on lui porte un thé dans sa chambre, car elle devrait préparer ses bagages.

Vingt-Cinq

« Les hommes provoquent toutes sortes de troubles aux tables de jeu. C'est la raison pour laquelle les vraies dames ne fréquentent jamais de tels lieux. »

MRS L. A. M. BRECKINRIDGE,
L'ART DU SAVOIR-VIVRE DANS LE GRAND MONDE.

On entendait encore jouer la musique de l'orchestre dans le petit casino adjacent à la salle de bal, et malgré les élégantes tables de jeu tapissées de vert, les hommes en costumes sombres qui y étaient assis lui donnaient un aspect tout à fait différent. Ils avaient tous au moins une chose en commun : ils étaient fatigués de danser. Mais danser, pour Henry qui balayait de la main le sable resté sur son pantalon, n'était pas la raison la plus importante pour laquelle il avait voulu s'échapper.

— Mon cher beau-frère !

Henry haussa les sourcils, puis se leva aussitôt : Grayson Hayes était assis à une table. Depuis plus de deux heures, il avait défait son nœud papillon et enlevé sa veste. Cet après-midi, il n'avait rien détesté plus au monde que Grayson, qui ne cessait de flirter avec Diana (Diana, sa Diana !), laquelle semblait par moments retourner ses attentions à ce malotru. Mais ce soir, il détestait moins cet homme dans la situation où il était, loin de toute femme, avec son cœur qui ne battait plus que pour son jeu.

Henry demanda un autre verre à un serveur qui passait, puis il s'assit.

— Tu pourrais me prêter vingt dollars ? lui demanda Grayson.

Henry ne put retenir un sourire amusé. Puis il jeta un billet au donneur.

— Je les ferai mettre sur ma note.

On leur apporta des chips. Les yeux de Grayson étaient légèrement cernés de fatigue, mais la tension de ses épaules un peu voûtées suggérait qu'il était loin d'aller se coucher. Henry croisa les jambes et alluma une cigarette.

— Où est Penny ? demanda Grayson.

— Je l'ignore.

Henry l'avait laissée sur la piste de danse ; il était rempli de l'image de Diana ruisselante, son cou et sa gorge luisant sous le clair de lune, ses manches en soie collées à ses bras qui s'étaient accrochés autour de son cou. L'attitude d'Henry était, comme toujours, à la fois flegmatique, pleine de grâce et de distinction tandis qu'il soufflait la fumée de sa cigarette d'un air contemplatif. Mais en réalité, il brûlait intérieurement.

— Elle est toute souriante, en ce moment, en train d'expliquer ton absence, mais elle aura bientôt ta tête, le prévint Grayson. Allez, mon vieux, bois. Je n'aimerais pas être à ta place, demain.

Le verre d'Henry arriva et, conscient que la dernière phrase de Grayson était vraie et pour se donner du courage, il but une bonne gorgée.

— Et alors ? marmonna-t-il. J'en ai rien à faire.

À sa grande surprise, Grayson éclata de rire :

— C'est une si gentille fille.

— Oh, je voulais seulement dire…

– T'en fais pas, Schoonmaker. Et ne pense pas que je ne sais pas qu'elle aime parfois tirer les ficelles comme une diablesse. (Le jeu se terminait, mais ses yeux n'avaient rien perdu de leur éclat sauvage.) Tu peux me prêter encore vingt dollars ?

Henry agita la main qui tenait sa cigarette à l'adresse du donneur en signe d'acquiescement, et termina son verre. Il essaya d'apercevoir le serveur parmi les joueurs en smoking pour en demander un autre. Mais le garçon l'avait vu et était déjà en chemin. Après une gorgée de whisky, Henry se sentit assez détendu pour pouvoir pousser plus loin la conversation.

– Tu sembles terriblement amoureux de Diana Holland.

Grayson fut distrait par son jeu, et Henry vécut quelques secondes terribles au cours du silence qui s'ensuivit. Enfin son beau-frère le regarda, une étincelle dans les yeux.

– Elle incarne la beauté féminine, dit-il. (Il prit une cigarette dans la boîte qu'Henry avait laissée sur le bord de la table, et la tint un moment entre ses solides incisives.) Elle est la perfection faite femme.

Henry imagina en un éclair le chaos qui allait s'ensuivre s'il assénait un coup de poing dans la mâchoire de son beau-frère.

Grayson continua :

– Mais sa mère a dû lui donner une éducation très ferme. Elle est hostile à toute tentative de flirt venant d'un homme. Elle est très jeune, encore naïve, et encore plus sur la défensive que sa sœur. Je ne peux rien espérer de plus de sa part qu'un baiser sur la joue.

Henry se détendit et, pour célébrer la nouvelle, il termina son verre. Il fit signe au serveur d'apporter deux autres whiskys, un pour son ami, un autre pour lui. Il savait qu'il vaudrait mieux laisser là cette conversation, mais Diana obsédait ses pensées, et il avait du mal à retenir son enthousiasme.

— Elle est vraiment ravissante… continua-t-il, presque pour lui-même.

— Ah ! (Grayson leva les yeux vers les ventilateurs plafonniers et sourit, songeur.) Ce teint de rose. Ces cils de rêve.

Henry ferma les yeux et pensa au visage de Diana, à la douce colère qu'il avait lue dans son regard blessé, sur la plage. Il se sentit fier d'être aimé par elle.

— Et elle bouge si joliment, ajouta-t-il.

— Je te le dis, Schoonmaker, elle ne sait pas ce qu'elle possède. Tout est là. Elle est comme un animal sauvage qui n'a pas conscience de la beauté de sa fourrure.

Grayson s'arrêta pour abattre son jeu puis, sur un ton de philosophe :

— Celui qui parviendra à faire sa conquête sera un homme heureux.

D'autres whiskys arrivèrent, et Henry commença à voir les contours se troubler et les couleurs se ternir. Quant à Grayson, il s'absorba à nouveau dans son jeu et emprunta encore de l'argent. Mais Henry songeait à la dernière phrase qu'il avait dite à Diana, qui l'obsédait. Il alluma une autre cigarette pour y penser, et réfléchir à la façon dont il allait s'y prendre pour tenir la promesse qu'il lui avait faite.

La disposition des meubles dans la plus belle suite du *Royal Poinciana* ne lui avait jamais semblé si sournoise. Ce n'étaient que formes floues et basses, malgré son sol en carreaux de faïence éclairé par la lune. Henry suivit des yeux son reflet chatoyant sur les fenêtres grandes ouvertes de la terrasse. Le rayon argenté semblait prolongé par la jupe en mousseline de soie blanche cannelée à pois noirs de sa femme, à la taille marquée, au buste ajusté et aux rubans noirs noués sur les épaules. Elle portait encore ses longs gants qui avaient glissé jusqu'à ses coudes, et s'appuyait contre la balustrade en bois sculptée.

Le ciel avait viré du violet au bleu marine, et en arrière-plan les palmiers se déployaient, pareils à des têtes de géants ébouriffées. La lune, voilée par les nuages, faisait néanmoins briller ses cheveux et ses bracelets. Il ressentait de la haine pour Penelope, non seulement pour ce qu'elle lui avait coûté, non seulement pour l'hypocrisie, la vanité et la stupide avidité qu'elle incarnait, mais parce qu'il était revenu à elle, maintenant, alors qu'il désirait de toute son âme être ailleurs. Il la regardait de dos – car elle ne manifestait pas l'intention de se retourner vers lui – et imagina toutes les façons de lui dire qu'il allait la quitter. Mais sa langue était comme une roue enlisée dans la boue.

Sur la terrasse, Penelope semblait calme, si ce n'est qu'elle pencha la tête vers son épaule – et il songea alors qu'aucun geste n'avait jamais exprimé autant d'arrogance. Il entrouvrit une ou deux fois les lèvres, mais sa colère était telle que pas un mot ne put sortir de sa bouche.

Alors il avança machinalement, d'un pas lourd, dans l'inconscience de l'ivresse. Comme ce serait facile ! Sans aucune parole, il allait pouvoir esquiver tous les imbroglios de la loi, et les jugements infamants de la société. Sa femme était nonchalamment penchée, au troisième étage, au-dessus de l'allée de gravier, et si elle se penchait un peu plus, pour apercevoir par exemple la coiffure parée de bijoux de Lady Dagmall-Lister, ou le vol d'un perroquet d'une branche à l'autre, alors elle pourrait perdre l'équilibre, et chuter. Elle se briserait la nuque, cela durerait quelques secondes, elle n'aurait pas le temps de souffrir, et terminé pour elle, elle ne pourrait plus empêcher son mari de vivre avec la jeune fille qu'il aimait – la jeune fille qui se trouvait quelque part dans cet immense édifice, et qui croyait en sa promesse...

Henry avait traversé la chambre d'un pas énergique et laissé tomber sa veste sur le sol. Mais l'épais double rideau, lourd de l'air chaud et humide du dehors, l'arrêta au seuil de la terrasse. Penelope se retourna pour le regarder. Sa lèvre inférieure tremblait et ses paupières tombaient, comme si elle avait du chagrin. Ils se regardèrent, et là, il comprit que le danger était passé. Elle avait deviné l'idée qui lui avait traversé l'esprit, et maintenant il en voyait toute l'horreur reflétée dans les yeux de la jeune femme.

Henry s'agrippa au chambranle, chancelant, haletant, choqué de découvrir ce qu'il avait été capable d'imaginer. La mousseline de soie de la robe de Penelope s'enroulait autour de son corps de liane, et même dans l'obscurité elle avait l'air de quelqu'un qui en avait trop vu.

Le temps passa, puis elle dit :

– Je ne t'en veux pas de vouloir me tuer.

Sa tête bascula lourdement en arrière comme un fruit trop mûr. Quelques petites mèches de cheveux noirs échappées de sa coiffure flottaient sur sa nuque autour du fermoir en diamant et onyx du collier qu'elle s'était acheté elle-même en cadeau de mariage. En bas, des femmes en robes du soir et savamment coiffées traversaient, vacillantes, la Cocoteraie, un peu éméchées par les vins qu'elles avaient bus, riant un peu trop fort aux pieux mensonges des soupirants qui s'autorisaient des manières plus relâchées à la lune croissante. Quelque chose s'effondra en elle, elle lui adressa un regard implorant, comme le priant de continuer d'avancer pour accomplir son geste.

– Penelope (sa voix se brisa en prononçant son nom), je n'aurais jamais pu…

– Oh, Henry, soupira-t-elle. Et quand bien même…

Un moment plus tôt, il aurait été d'accord avec elle, mais sa haine avait été si forte et l'avait emporté si loin qu'il fut totalement désemparé.

– Je suis désolé…

Elle ne sembla pas l'entendre. Elle se pencha dangereusement sur la balustrade comme pour mieux entendre la musique lointaine de l'orchestre. Il eut peur qu'elle ne se jette en bas et se dit qu'il avait le temps de l'arrêter ; dans un vertige, il fit un pas vers elle et sentit le sol chanceler sous ses pieds. Mais rien de dramatique ne survint. Elle regardait Henry de ce même regard las et brisé, puis elle reprit son souffle en tremblant et essaya de sourire courageusement sans y parvenir tout à fait.

– Bon, fit-elle calmement.

Elle rentra dans la suite avec sa grâce naturelle qui avait cette fois quelque chose de désespéré, laissant Henry seul sur la terrasse. Il ferma les yeux et éprouva un immense soulagement de ne pas avoir cédé à son horrible impulsion. Encore bouleversé, il prit conscience qu'il avait beaucoup bu et que son souvenir déjà peu fiable remiserait bientôt l'incident dans les greniers de l'oubli.

Il suivit Penelope d'un pas plus lent et moins sûr cette fois, toutes sortes d'explications pitoyables s'emmêlant dans sa tête. Au bord du lit, elle lui tournait le dos, les épaules penchées en avant d'une manière émouvante. Il s'approcha et s'assit à côté d'elle, et comme elle ne manifesta aucune réaction à sa présence, il posa maladroitement sa main dans son dos. Alors il se rendit compte qu'elle pleurait ; tout son corps était secoué de larmes silencieuses. Il ne voulut rien tant à ce moment-là que la regarder en face.

– Ne pleure pas, lui dit-il.

Il avait toujours été décontenancé quand quelqu'un pleurait devant lui, et depuis qu'il était enfant, c'était une chose connue, il promettait n'importe quoi, rien que pour qu'on cesse de pleurer. Elle tourna son visage vers lui, et il vit les larmes perler au bord de ses cils.

Il lui fut alors insupportable de voir Penelope si abattue, et pour que cesse son désespoir, il pressa sa bouche – qui empestait l'alcool – contre la sienne. Rien ne se produisit pendant un long moment, puis elle prit la lèvre inférieure d'Henry, très doucement, entre ses dents. Il se sentit vaciller, et l'émotion le déborda. Il l'attira alors contre lui, tout comme il l'avait fait au cours de l'été qu'ils avaient passé ensemble. Il lui caressa le visage, les épaules, le dos, et entreprit de défaire son corset.

Il avait vu, durant sa vie de jeune homme, se défaire sous ses yeux plusieurs corsets, mais il n'avait jamais fait le travail lui-même. Tous ces crochets, tous ces rubans étaient un vrai casse-tête, mais malgré son ivresse – ou peut-être à cause de celle-ci –, il effectua l'opération avec un soin laborieux. Quand le corset tomba sur la taille de Penelope, elle lui sourit mystérieusement. Était-ce de la timidité, de la gratitude, ou une disposition d'esprit qu'il ne lui avait jamais connue ? La chambre était scintillante d'étoiles et Henry se demanda si elle n'avait pas décollé de l'hôtel et n'était pas partie faire un petit tour dans le firmament. Puis il se dit qu'il devait répondre au sourire de Penelope, ce qu'il fit plutôt maladroitement en passant les doigts dans ses propres cheveux. Après quoi il l'allongea sur les draps.

Vingt-Six

« Nombreuses sont nos clientes qui aiment danser jusqu'à l'aube, et notre cordonnier reste ouvert toute la nuit pour leur convenance. Il est installé dans le hall, juste après le kiosque, et nous encourageons toutes les dames à y déposer leurs souliers avant de regagner leur chambre. »

La direction du *Royal Poinciana*,
Palm Beach.

Les vagues se brisaient contre le rivage, et sur la rive opposée du lac Worth, à Palm Beach Ouest – la ville construite par Henry Flagler –, tout était sombre. Mais les lumières de la salle de bal du Royal Poinciana éclairaient encore les pelouses. Les invités de l'hôtel prenaient leur second souper, s'esclaffaient ou dansaient bien plus près de leur partenaire qu'ils n'auraient rêvé le faire à New York, à Philadelphie ou à Washington, partenaire qu'ils n'auraient même pas daigné regarder dans leurs vies ordinaires. La musique battait son plein, et certains hommes mariés s'éclipsaient pour aller jouer aux cartes au casino voisin, pendant que leurs épouses paradaient avec les serveurs et commandaient des bouteilles de vin. Lorsque Diana Holland cherchait l'homme de son cœur, une aube rose pointait à l'horizon.

– Mrs Schoonmaker est-elle partie ? demanda-t-elle au garçon au beau visage et aux lèvres charnues avec qui elle avait dansé les dernières danses.

Elle était de trop bonne humeur pour ne pas danser, car elle avait vu toute sa vie avec Henry se déployer devant elle, une vie heureuse, belle et intense.

– Est-ce que cela a de l'importance ?

Le garçon lui prit la main et la retourna face à lui.

Elle eut un petit rire, puis se tut. Peut-être son attitude envers le serveur n'avait-elle pas été assez nette, toujours est-il qu'il fixa sur elle un regard interrogateur comme sur une déesse descendue du ciel pour son propre plaisir.

– Je crois qu'elle est partie seule, il y a un petit moment, avec une expression amère sur le visage… répondit le garçon en lui adressant un clin d'œil effronté.

Diana devina ses intentions et esquiva le baiser qu'il voulut lui donner. Puis elle bâilla spectaculairement et lâcha sa main.

– Je suis tout d'un coup très fatiguée, mentit-elle.

De nombreux danseurs se retiraient maintenant sur les côtés non éclairés de la pièce, et seuls quelques passionnés continuaient à s'agiter. C'est un peu inconvenant, la gronda une petite voix en elle, d'être encore là si tard sans chaperon, et bien qu'elle fût fière d'être capable de tels actes de rébellion, elle se demanda si la prudence était la meilleure solution en ces circonstances, mais elle portait une nouvelle robe, sa peau était fraîche et son cœur débordait d'amour. Elle n'avait toujours pas envie d'aller se coucher.

– Ne partez pas.

Il la regardait. Elle reconnut à son corps défendant que les quelques heures passées avec lui avaient été amusantes, et elle lui en fut reconnaissante. Mais les sourires qu'elle lui avait adressés étaient en fait pour quelqu'un d'autre, et après lui avoir lancé un regard indifférent, elle s'échappa.

Elle imagina qu'il dut rester là plusieurs minutes en se demandant quelle bourde il avait faite. Aucune, le pauvre. Sa seule erreur (inévitable) était de ne pas être Henry. Elle se sentit pleine d'une étrange énergie en pensant à la soirée qu'elle avait passée à danser, et à ce qu'elle avait vu. Quand le matin serait plus avancé, elle télégraphierait à Barnard et lui rapporterait comment Lady Dagmall-Lister avait dansé toute la soirée avec un homme qui avait la moitié de son âge et dont personne n'avait jamais entendu parler, mais qui néanmoins connaissait tous les pas, et comment Henry Schoonmaker avait subitement abandonné sa femme après le dîner.

Et voilà, il l'a fait ! pensa Diana en traversant le portique de l'hôtel, vide à cette heure, jusqu'à la grande pelouse humide de rosée.

Elle avait laissé une seconde paire de chaussures sur le plancher de la salle de bal, aussi cette fois sentit-elle le contact de l'herbe mouillée sous ses pieds. Quelque part dans ce grand édifice, Henry était probablement en train de réfléchir à la façon dont il allait s'y prendre pour annuler son mariage, peut-être avait-il déjà loué une chambre séparée, et peut-être la chance la conduirait-elle dans les heures à venir vers cette même chambre...

Pendant ce temps, le ciel s'illuminait, et bientôt elle allait devoir prendre un bain et se vêtir pour une autre journée de loisirs soigneusement orchestrés. L'air était lourd, immobile, même à cette heure, et son parfum à nul autre pareil. À chaque pas qu'elle faisait, elle sentait que sa vie allait désormais être différente. Chaque détail qu'offrait le paysage était surréel, nouveau pour elle ; c'était comme si, dans le théâtre de son existence, elle se préparait pour une nouvelle scène. Elle erra un long moment sous les palmiers, seule, et ce ne fut que lorsque le soleil apparut sur la ligne d'horizon et jeta des étincelles d'or sur les vagues qu'elle fit demi-tour.

À cette heure les employés de l'hôtel, en chemises blanches empesées et pantalons noirs, faisaient la relève et sortaient de leurs dortoirs dérobés à la vue du bâtiment principal par une forêt de banians. Ils évitaient respectueusement de rencontrer le regard de Diana, alors même qu'elle avait envie de leur sourire. Elle fut troublée de voir un si grand nombre de Noirs servir un si petit nombre de Blancs, et même si le temps de l'esclavage était révolu, cela lui sembla presque tout aussi choquant. Elle avait même entendu dire qu'en certains autres endroits, les clients se promenaient dans des voitures tirées par un serviteur qui pédalait. L'idée la révoltait.

Diana était tellement perdue dans ses pensées qu'elle n'avait pas remarqué où elle allait, et qu'elle se retrouva de nouveau devant le vaste édifice jaune citron, avec ses petites tours et ses ornements pain d'épice, ses volets ouverts et ses terrasses. *C'est un beau bâtiment*, ne manqua-t-elle pas de remarquer. Puis elle tourna la tête et leva les yeux. Au-dessus d'elle, un homme était sur sa terrasse, torse nu, et regardait le paysage. Diana cligna plusieurs fois : sa poitrine était dorée et ses cheveux bruns. Mais il était au troisième étage et elle mit un petit moment à réaliser que cet homme était Henry.

Mon Henry, pensa-t-elle en s'avançant, écrasant l'herbe de ses pieds. Il y avait quelque chose d'ébloui et de lointain dans son regard, et comment n'aurait-elle pas pu imaginer qu'il pensait à elle. Elle sentit ses poumons se gonfler de bonheur ; elle leva un bras pour lui faire signe, oubliant un instant les femmes de ménage, les serveurs, les chasseurs et les chefs de cuisine qui arrivaient en file indienne derrière elle pour leur journée de travail. Puis son bras retomba, et à ce moment-là tous ses espoirs se brisèrent.

Car là, à côté d'Henry, se trouvait Penelope. Diana ferma les yeux et se retint de pleurer. Quand elle les rouvrit, Penelope était toujours là. Elle était arrivée derrière Henry et avait enroulé ses bras autour de son torse d'une façon très intime. Elle était en chemise de nuit et ses cheveux bruns et soyeux tombaient sur ses épaules. Cela faisait de nombreuses années que Diana n'avait pas vu Penelope les cheveux libres, sans une coiffure savamment arrangée, et l'aspect désordonné de sa silhouette, dans ce lieu et à ce moment précis, était à la fois beau et terrible. Les deux personnes qui se tenaient sur cette terrasse étaient bien plus averties et rusées qu'elle ne le serait jamais, mais ce qu'elle était assez grande pour voir en eux à ce moment, malgré toutes les protestations d'Henry, c'était qu'ils étaient un couple marié en toute intimité. Cela crevait les yeux. Autour des pelouses du *Royal Poinciana* tout était calme, mais le cœur de Diana Holland saignait.

Il n'y avait pourtant pas de quoi pleurer pour une histoire stupide qui se prolongeait. Diana savait bien dès le début à quel homme elle avait affaire. Comment avait-elle pu croire ce qu'il lui avait dit sur son mariage prétendu sans amour avec Penelope, et que tout serait différent avec elle, Diana, malgré les nombreuses femmes qu'il avait connues ? Il lui avait raconté toutes ces histoires sur la plage, mais en réalité il ne voulait qu'une chose : faire d'elle sa maîtresse. Si elle était allée gentiment se coucher à l'heure où toutes les jeunes filles comme il faut le faisaient, elle n'aurait toujours rien compris. À la minute présente en tout cas, elle savait une chose : elle avait été une idiote de premier ordre.

Diana se mit alors à courir et se prit les pieds dans sa longue jupe. Les employés du *Poinciana* durent sans doute regarder d'un œil perplexe cette jeune fille s'élancer dans les jardins de l'hôtel, à l'aube et en robe du soir, à la recherche d'un endroit caché pour s'y s'effondrer.

Vingt-Sept

« Le mariage est un mystère qu'il serait sage de ne pas éclaircir trop hâtivement. »

MAEVE DE JONG, *AMOURS ET AUTRES FOLIES DES VIEILLES FAMILLES NEW-YORKAISES*.

La lumière du jour naissant entrait par les portes-fenêtres de ce que chaque client croyait et chaque groom affirmait être la plus belle suite du *Royal Poinciana*. Penelope cala sa tête dans la petite montagne d'oreillers couleur champagne, et se sentit une femme nouvelle. Elle étira ses longs bras au-dessus de sa tête et croisa ses fines chevilles. Qui aurait cru que le chemin du cœur d'Henry devait passer par ses instincts meurtriers ? Elle le savait, maintenant, et escomptait exploiter autant que possible sa culpabilité. Il ne lui avait pas fait peur, en tout cas pas longtemps, et peu après, elle avait su qu'elle l'avait gagné. Elle ne se souciait plus que les autres invités les voient ou non ensemble. Que les Holland, que Miss Broad et compagnie spéculent plutôt sur l'absence flagrante du couple Henry Schoonmaker ! C'était tellement mieux.

– Henry ? appela-t-elle.

Il n'y eut d'autre réponse que le souffle de la brise qui plaqua les rideaux en dentelle irlandaise contre la porte-fenêtre ouverte. Penelope se leva, s'enveloppa dans son peignoir, enleva les dernières épingles de ses cheveux et les posa négligemment sur la table de nuit en noyer. Elle soupira d'aise et traversa la grande pièce. Sa démarche était légère, ses gestes, ceux d'une femme comblée : il avait suffi d'une seule soirée pour que des mois et des mois d'intrigues, d'efforts et d'élans d'affection sans retour trouvent enfin leur récompense. Henry et elle étaient maintenant mari et femme pour de bon.

— Henry, répéta-t-elle en arrivant sur la terrasse.

Il lui tournait le dos, et pendant un moment elle contempla sa silhouette, ses larges épaules qui se découpaient sur la palmeraie, les pelouses soigneusement taillées, et l'océan où brillait la lumière du soleil levant. Il était tôt, ce jour merveilleux ne faisait que commencer, pensa-t-elle. Puis elle s'avança et posa un bras puis l'autre sur les épaules d'Henry.

— Qu'est-ce qu'on va faire, dis, aujourd'hui ?

Il n'y eut rien de brusque dans sa réaction. Il prit ses poignets, d'abord l'un, ensuite l'autre, et les détacha de ses épaules dans un geste extrêmement doux et lent. Quelques secondes plus tard il se retournait, et son expression disait qu'il était à mille lieues de là.

— C'était une erreur, dit-il en lâchant ses poignets.

Penelope essaya de reprendre l'air fragile qui avait produit un si merveilleux effet la nuit qui venait de s'écouler. Le bonheur qu'elle avait ressenti il y a peu commençait de s'estomper, pas assez vite cependant pour qu'elle ait l'air dévastée et en mal d'affection.

— Tu veux dire ?

– Tout ça.

Il serra les lèvres, comme pour mettre un terme au reste de compassion qui s'attarderait encore en lui.

– Mais Henry…

– Cette nuit. Le mariage.

– Pense quel plaisir nous avons eu cette nuit. Reste encore avec moi, et nous en prendrons encore plus !

Henry secoua tristement la tête.

– Tu sais très bien pourquoi je t'ai épousée, puisque c'était ton idée, ton idée fixe, et que tu m'y as sauvagement forcé. Tu ne peux pas t'étonner maintenant que je ne veuille rien construire avec toi.

Il détourna son regard d'elle, et elle sentit que c'était avec difficulté qu'Henry prononça ces mots, en levant les yeux vers le ciel rose :

– J'ai besoin de réfléchir. Je suis désolé, vraiment désolé, mais je ne peux plus rester avec toi.

Quand il revint dans la pièce, Penelope sentit la rage et la peur monter en elle, telle une vague monstrueuse qui pourrait tous les noyer. Henry marqua un temps et se retourna vers elle. Il la regarda furtivement des pieds à la tête, puis déclara d'un ton peiné :

– Je suis vraiment désolé, vraiment.

D'une certaine façon, cette gentillesse attentionnée et distanciée était pire que n'importe quelle gifle. Penelope posa pitoyablement sa main sur sa poitrine, mais déjà Henry était parti et traversait à toute vitesse le sol à carreaux de faïence. Elle le suivit, piquée dans son orgueil mais la tête encore relativement froide. Si elle pouvait gagner du temps, recueillir quelque information, peut-être pourrait-elle éviter que le pire n'arrive.

— Qu'est-ce que tu vas faire ?
— Je vais dans la chambre de Teddy pour m'y habiller. Nous allons pêcher, c'était le but premier de ce voyage.

Henry ramassa ses vêtements de la nuit. Il repassa du plat de la main les manches froissées de sa chemise et enfila ses chaussures. Il fut parfaitement clair pour Penelope qu'il évitait de rencontrer son regard, et elle se demanda ce qu'il avait peur d'y voir.

— Ensuite nous reviendrons à New York, et je trouverai le moyen de te quitter. Je ne sais pas encore comment, en tout cas pour moi, cette farce conjugale est terminée.
— Et ta petite Di ? cria Penelope en s'approchant de lui.

Elle savait que sa voix était haut perchée et pleine d'agressivité, mais c'était plus fort qu'elle, quand tout ce pour quoi elle s'était battue lui glissait entre les mains.

— Oui, que lui veux-tu ?

Maintenant il la regardait dans les yeux, et elle y lut de la fatigue et de la tristesse, ainsi qu'une nouvelle maturité qui rendait son regard plus perçant.

— Si tu l'aimes tant, je m'étonne que tu ne t'inquiètes pas de ce qu'il arrivera quand tout le monde saura qu'elle a fait la traînée avec toi. (Elle hurlait maintenant, et ses lèvres se tordaient d'une façon peu séduisante.) Je me ferai un plaisir de tout leur raconter, Henry.

La veste de smoking d'Henry lui tomba des mains, mais il ne quitta pas Penelope des yeux.

– J'en doute.

Sa voix, hésitante au début, vibrait à présent d'une colère inébranlable.

– Je doute que quand tu te verras mise à la porte de la maison des Schoonmaker, tu veuilles en rajouter dans l'humiliation en faisant savoir à tout le monde que ton mari ne t'a jamais aimée, et qu'il pensait déjà à une autre femme avant ton mariage.

Henry se tut pour porter son poing à sa bouche, car il avait postillonné en parlant. Les yeux de Penelope n'avaient jamais été d'un bleu aussi terne : ce qu'il venait de dire était vrai. Elle avait tressailli, et savait que cela n'avait pas échappé à Henry.

– Tu ne voudrais pas prendre ce risque et me mettre à l'épreuve, Henry.

Un silence qui lui parut interminable lui répondit. Après quoi, Henry se baissa pour ramasser sa veste. Il lui jeta un dernier regard indifférent, puis se retourna et commença à s'éloigner. Elle avança d'un pas vacillant, mais il se dirigeait déjà vers la porte.

Il partit, la laissant seule dans sa somptueuse robe de nuit, les cheveux défaits, devant l'effondrement du minutieux château de cartes qu'elle avait construit pour eux deux. Elle eut envie de tout casser, mais se l'interdit, chose rare, quand elle pensa qu'aucun des objets de cette vaste et luxueuse chambre ne lui appartenait.

Avant que la colère ne l'emporte sur sa raison, elle se dit qu'elle était née pour gagner et que les crises de nerfs ne menaient à rien, en tout cas quand on n'était pas chez soi ; cela pourrait en effet provoquer de fausses rumeurs, donner lieu à des médisances. Mais à quel point elle mourait d'envie de tout casser, alors que tous ses projets volaient en éclats !

Vingt-Huit

« Qu'en est-il de la célèbre amitié entre Miss Elizabeth Holland et la jeune femme qui a épousé son ancien fiancé, l'ex-Miss Penelope Hayes ? Toutes deux se sont réconciliées à Palm Beach, mais aucun d'entre nous ne sait ce qui s'y passe... »

EXTRAIT DE *RUMEURS DE LA VILLE*,
DIMANCHE 18 FÉVRIER 1900.

La jeune femme qui se reflétait dans le miroir était pâle et avait les yeux gonflés, mais Elizabeth essaya de ressentir à nouveau les sentiments positifs qu'elle avait éprouvés le jour précédent. Elle aurait aimé retrouver Teddy pour prendre le petit déjeuner avec lui, mais après la quasi-proposition de mariage qu'il lui avait faite la veille au soir, elle se disait qu'elle aurait mieux fait de ne pas venir. La chaleur aurait dû pourtant lui faire du bien, tout comme le changement de décor. Mais un air glacé stagnait à l'intérieur d'elle-même, une amertume lui nouait la gorge, et bien qu'elle ait très envie de se sentir sereine avant de sortir de la salle de bains de sa chambre, une autre partie d'elle-même pensait qu'elle méritait de se sentir mal, et était prête à tout quitter de nouveau.

Elle rattacha quelques mèches blondes qui s'étaient échappées de sa coiffure et ferma les yeux. Quand elle les rouvrit, elle se retrouva devant le même visage triste en forme de cœur, et face à toute une journée de soleil qu'elle ne se sentait pas l'énergie de vivre. Elle marcha d'un pas vacillant dans sa petite chambre au sol de faïence blanche, et ressentit immédiatement une présence hostile.

Penelope leva les yeux du canapé où elle était assise, aux accoudoirs en volutes et aux coussins blancs. Elle lança un regard dur à son ancienne amie, puis un sourire de défi étira ses lèvres rouges. Elle se sentait grande, trop grande pour cette chambre que la famille Schoonmaker avait réservée pour les Holland, bien plus petite que leur suite à eux – c'était évident à la façon dont Penelope s'était étendue longuement et amoureusement sur la description des pièces qu'elle occupait avec son mari ; c'était là qu'elle était à sa place, pensa Elizabeth, pas dans les appartements exigus du premier étage où dormaient les sœurs Holland.

– Bonjour, ma chère Liz, lança gaiement Penelope.

Elizabeth jeta un regard à Diana, couchée maintenant en lieu sûr entre les draps blancs d'un des lits jumeaux capitonnés de soie. Revenue du bal quand sa sœur dormait déjà, elle s'était retournée dans ses draps toute la nuit, mais n'avait pas encore ouvert les yeux. La moustiquaire était à moitié baissée, et sa robe lavande, qu'elle avait jetée par terre une heure avant, était à présent accrochée dans la penderie. Elizabeth, entre deux vomissements, l'y avait rangée avant de faire son propre lit.

– Bonjour, dit-elle à Penelope. (Elle ferma les yeux pour calmer les nausées qui la submergeaient.) Tu as bien dormi ?

– Oh, plutôt bien. Qu'est-ce que tu fais aujourd'hui ? Tu aimerais faire une promenade à cheval avec moi ? (Après ces quelques mots martelés, Penelope leva les yeux et poussa un soupir à faire voler la poussière.) J'en ai assez de cet endroit, ajouta-t-elle d'un ton haineux.

– Déjà ?

Elizabeth essayait de gagner du temps pour trouver une excuse polie.

– Tout le monde est tellement limité ici, et il y a tellement peu de choses à faire. On est comme un animal dans un zoo, avec les heures de repas à respecter et la honte constante de s'exhiber. Tout le monde me regarde, *nous* regarde, tout le temps ! Nous n'aurions jamais dû quitter New York. Mais en attendant de partir, on pourrait faire de l'exercice ?

– Je ne sais pas…

– Oh, allez, Liz. Tu es ma plus vieille amie. (Penelope se pencha, les coudes enfoncés dans sa volumineuse jupe lie-de-vin.) Ma *meilleure* amie. Distrais-moi, je t'en supplie.

Elizabeth observa Penelope, parfaite dans son chemisier en mousseline blanche, sa jupe en soie vieux rose, une ceinture noire marquant sa taille étroite. Ses cheveux relevés au-dessus de son front, brillants et sombres, lui faisaient comme une couronne. Quel orage menaçait derrière ce vernis impeccable ? se demanda Elizabeth. Puis elle acquiesça. Elle ne trouvait pas l'énergie de contrarier son hôtesse.

– Oh, c'est fabuleux ! s'exclama Penelope en se levant du canapé et en battant des mains. Mais tu ne vas pas porter ça, n'est-ce pas ?

– Non, je…

Elizabeth était au supplice. Elle s'appuya d'une main au mur et, l'autre pressant le corset en coton blanc de sa robe, elle ferma les yeux. Elle s'apprêtait à dire à Penelope qu'elle n'avait besoin que de quelques minutes, mais elle réalisa qu'elle ne pouvait plus se retenir. Elle se précipita à la salle de bains, les jambes molles. Ses genoux heurtèrent le plancher ; elle agrippa le mur pour essayer de se relever, et se vida du peu qu'elle avait dans l'estomac. Ce fut bref.

— Ça ne va pas ?

Elizabeth se retourna et vit la mince silhouette de Penelope s'encadrer dans la porte.

— Mon Dieu ! s'écria inutilement Penelope.

Elizabeth mit sa main devant la bouche et essaya de paraître digne.

— Rien de grave, j'en ai pour une minute. J'ai… enfin, j'ai mal supporté le voyage, c'est tout. Le mal de mer… Et voilà le résultat.

Sa voix s'estompa, et elle demeura un moment effondrée sur le plancher. Elle aurait mis de la bonne volonté à se relever et s'en serait fait un point d'honneur si elle avait pensé pouvoir y réussir, mais ses jambes ne la portaient plus. Alors sa vieille amie lui tendit une main pour la soutenir. Devant ce geste improbable, Elizabeth hésita, puis accepta son aide.

Quand Elizabeth fut debout, Penelope recula et croisa les bras sur sa poitrine. Elle observa la jeune femme sans animosité, sans froideur, mais sans la moindre compassion.

— Je ne crois pas que ce soit le mal de mer, dit-elle enfin.

— Que veux-tu dire ?

Elizabeth, qui se sentait à peu près stable maintenant, parvint finalement à lui adresser un sourire de remerciement. Elles étaient face à face, debout sur les minuscules carreaux de faïence hexagonaux. Mrs Schoonmaker la regardait des pieds à la tête.

– Eh bien, répondit Penelope d'un ton léger, appelle cela comme il te plaît. Mais si tu veux mon avis – et je pense qu'il te serait utile –, je dirais que tu es enceinte.

Un vent doux souffla par la petite fenêtre, caressant la nuque d'Elizabeth. La peur se cramponna à elle comme une treille.

– Ce n'est pas possible, murmura-t-elle d'une voix rauque.

Penelope leva ses sourcils parfaitement dessinés. Elle soutint le regard d'Elizabeth, puis sur un haussement d'épaules elle se retourna et sortit de la salle de bains.

– Peut-être qu'une promenade à cheval n'est pas la meilleure idée pour le moment. Que dirais-tu d'une partie de croquet ?

Dans la chambre, Diana commença à bouger sous les couvertures, et à travers les mèches qui barraient son visage ensommeillé, elle aperçut, abasourdie, leur visiteuse en train de quitter la pièce.

Elizabeth ne pensait alors qu'à une chose : montrer à Penelope que tout était normal, et qu'elle se trompait sur les causes de son malaise. Elle présenta alors un sourire rassurant à sa sœur.

– Mrs Schoonmaker et moi allons faire une partie de croquet, dit-elle comme si c'était la chose la plus normale du monde.

Sur ces mots, elle prit un verre d'eau sur le plateau roulant près de la porte pour en boire une gorgée. Du couloir lui parvinrent les bruits du petit déjeuner qu'on servait dans les chambres.

– Fais attention ! la prévint Diana avant de s'enfouir sous les couvertures.

Si Elizabeth ne s'était pas sentie elle-même si misérable, elle aurait remarqué que sa sœur était pâle comme la mort.
— Bien sûr, lui répondit-elle en souriant.
C'est précisément ce que je suis en train de faire, pensa-t-elle en son for intérieur. Elle se sentait à nouveau maîtresse d'elle-même, réglant à chaque seconde son comportement sur les réactions de Penelope, montrant juste ce qu'il fallait de vivacité et d'enthousiasme. Elle allait en avoir besoin pour empêcher Penelope de vérifier que ce qu'elle semblait déjà penser était vrai.

Les deux jeunes femmes arrivèrent sur le terrain de croquet, feignant l'entente et la complicité qu'elles partageaient autrefois, parlant dans le menu détail de mille petites choses. La blonde souriait, la brune aussi, et elles enfoncèrent élégamment leurs chapeaux sur leur tête et arrangèrent leurs jupes quand le vent de la mer s'empara du paysage et fit pencher les arbres. Elizabeth s'efforça de bien jouer, en évitant toutefois de gagner, et quand la partie fut finie, elle insista avec empressement pour en refaire une autre. Pendant tout ce temps elle se tint droite et prit une attitude décontractée, sans pouvoir se retenir cependant de porter la main à son ventre, étonnée de ce qu'elle ressentait.

Vingt-Neuf

« Longhorn Carey Lewis a succombé samedi soir à une maladie déclarée quelques jours auparavant. Dernier membre d'une grande famille et notable de la ville, il n'a pas de descendance et laisse une importante fortune. La cérémonie sera célébrée aujourd'hui dans sa résidence de l'hôtel *New Netherland*. Ni fleurs ni couronnes. Des dons peuvent être faits à la Société protectrice des jeunes orphelines du feu. »

ANNONCES NÉCROLOGIQUES
DE *THE NEW YORK IMPERIAL*,
MERCREDI 21 FÉVRIER 1900.

La vue des fenêtres du New Netherland était austère et n'avait rien de réconfortant. Carolina se rappelait les nombreuses soirées où elle avait contemplé cette partie luxuriante du parc, imaginant que c'était le jardin de son bienfaiteur, donc un peu le sien. Quand elle fermait les yeux, elle pensait que si elle tombait, le jardin l'accueillerait doucement, comme un lit de plumes. Mais la vérité était aussi simple que ces branches dénudées qui s'étendaient sous ses yeux, aussi simple et nue que ce ciel glacial et gris. Rien de cela ne lui appartenait, et que cela ait ou non appartenu à Mr Longhorn n'y changeait rien à présent. Il était parti, et ne pouvait plus l'aider. Sur ces sombres pensées, elle se détourna de la fenêtre.

– Miss… Broad.

Son nom fut prononcé avec une pointe de scepticisme, comme un libertaire parlerait des « bungalows » de Newport pour désigner les somptueuses et immenses demeures qui bordent le rivage de Rhode Island. Carolina plissa les yeux, furieuse. Mr James avait de grosses rouflaquettes, une veste noire à larges revers, et une silhouette en forme de poire. Il avait une façon d'être qui aurait dérouté le plus exercé des généraux ; en tout cas, il la déstabilisait, elle.

— Oui ?

— Un mot sur les bijoux.

Par-dessus les épaules massives de l'homme, elle vit les derniers amis du défunt s'en aller. Robert restait tristement debout, sans se départir de sa réserve près de la table de cocktail dressée depuis plusieurs heures, encore presque intacte. Il n'y avait pas eu foule, à part quelques femmes qui avaient autrefois espéré que Mr Longhorn leur passe la bague au doigt, chose qui ne fit qu'augmenter le chagrin de Carolina. Il lui avait demandé d'un ton si plaintif de rester avec lui, et elle s'en était débarrassée, elle l'avait laissé mourir seul.

— Les bijoux, Miss Broad.

Carolina s'essuya discrètement les yeux et essaya de prendre un air affligé. Elle l'était au fond d'elle-même, mais il était indispensable qu'elle affiche sa douleur.

— Quels bijoux ?

Mr James brandit une pile de factures devant ses yeux.

— Il semble que Longhorn ait acheté de nombreux bijoux les six derniers mois de sa vie. (Ses yeux s'élargirent d'une façon menaçante.) Ils appartiennent à l'État.

— Mr Longhorn a acheté beaucoup de bijoux dans sa vie, rétorqua Carolina. (La peur commençait à s'emparer d'elle, mais sa voix resta ferme.) Vous ne pouvez pas me tenir pour responsable de la totalité de ces achats, et de toute façon, ceux qu'il a achetés pour moi sont des cadeaux.

— Ils vous ont été prêtés, répliqua sèchement Mr James.

Il brandit les reçus sous son nez. La lumière bleue de l'après-midi se déversait dans la pièce, jouant sur les fleurons et les armoiries des meubles anciens et pâlissant les fils d'or des tapisseries.

— Ils sont notre propriété.

— Je me demande comment vous allez me les prendre, puisqu'il me les a donnés.

Carolina ne pouvait se retenir d'être insolente. Sa colère montait, comme chaque fois qu'on allait injustement lui retirer quelque chose et qu'elle ne pouvait rien faire pour l'empêcher. L'arrogance et la colère ne l'avaient jamais aidée quand elle était enfant ou femme de chambre, et il était improbable qu'elles lui soient d'un quelconque secours maintenant ; mais c'était un réflexe qu'elle ne pouvait pas contrôler.

— Ou peut-être avez-vous l'intention de traîner devant les tribunaux toutes les femmes auxquelles Longhorn a porté un intérêt paternel ?

— Je doute fort que vous ayez envie que les choses en arrivent là, ma chère. (Les lèvres de Mr James étaient épaisses et luisantes, et malgré sa colère, elle fut incapable de le regarder plus longtemps.) Mes gens sont dans votre chambre en ce moment, en train d'emballer vos affaires. Ils mettront ce qui vous est nécessaire dans de vieilles malles. Quant aux bijoux dont nous allons prendre possession, votre femme de chambre nous a indiqué où ils étaient.

Le volume de son ample jupe noire, avec ses rangées de volants s'évasant à partir du genou, cacha sa réaction instinctive : elle frappa du pied, deux fois, silencieusement, contre le parquet. Les invités étaient partis maintenant, et les hommes de Mr James emballaient ses beaux vêtements pour les emporter. Bientôt toutes les fêtes, toute la vie que Mr Longhorn avait vécues là seraient balayées. Elle vit clairement ce qu'elle avait plus ou moins consciemment craint durant son voyage en train : la fête était finie. Elle vit, aussi, pourquoi Mr James avait tant insisté pour qu'elle vienne au cimetière : c'était pour que ses gens puissent fouiller dans ses affaires pendant qu'elle observait, à travers son voile noir, le cercueil de Mr Longhorn descendre en terre.

– Je ne pense pas que ce soit ce qu'il aurait voulu, dit-elle, imperturbable.

C'était la vérité, mais une vérité qui, elle le savait, ne comptait pas le moins du monde pour l'homme de loi.

– Qu'à cela ne tienne, vous pourrez, si vous voulez, venir entendre la lecture du testament la semaine prochaine. Peut-être y aura-t-il une compensation pour vous. Mais si vous me posez la question, et je suis payé fort généreusement pour ce genre de conseils, je dirais que vous vous en sortez pour l'instant plutôt bien.

Carolina quitta le *New Netherland* avec beaucoup moins de bagages que lorsqu'elle y était arrivée, et un besoin terrible de se confier à quelqu'un. Ni Penelope ni Leland ne feraient l'affaire, et pas seulement parce qu'ils se trouvaient encore en Floride. La première s'était engagée à l'aider, cependant elle n'était pas le genre d'amie devant laquelle on pouvait se permettre d'étaler sa faiblesse ; quant au second, il ne fallait pas qu'il sache qu'elle avait été dépendante de Longhorn – elle ne pouvait y songer. Il n'ignorait pas, certes, que le vieil homme s'était occupé d'elle, mais elle lui avait expliqué que c'était parce que lui et son père avaient été bons amis, et qu'elle vivait des revenus de son héritage. Quand elle quitta l'hôtel et vit qu'on chargeait les deux malles noires cabossées dans un fiacre, elle pensa aussitôt à la seule personne de New York qui connaissait parfaitement ses origines.

Elle donna une adresse au cocher et détourna la tête de la vitre quand ils eurent dépassé les avenues cossues et entrèrent dans la zone défavorisée de la ville. Car elle savait que ce qu'elle verrait, c'était la ligne monotone des toits, une foule de visages mornes et un déluge de publicités essayant de convaincre les habitants de New York que leurs vies seraient différentes s'ils achetaient quelque produit bon marché pour les cheveux ou toute autre chose indigne d'elle. Aucune réponse quand elle sonna dans cette rue perdue où elle n'était venue qu'une seule fois ; elle prit dans ses réserves (qui fondaient comme neige au soleil) un peu plus d'argent pour le cocher, et resta assise, son chapeau en soie noire de lady légèrement incliné sur son front.

Ils avaient emporté presque toutes ses robes et la plupart des bijoux, mais ce qu'elle avait sur elle lui allait si bien que même le teigneux Mr James ne pensa même pas à le lui enlever. Elle avait encore sa fierté et son nom, se dit-elle en se penchant un peu vers la vitre, et bien qu'elle l'ait obtenu par un heureux hasard, c'était son nom, maintenant. Mais plus le temps passait, à attendre sur le pavé, moins ce petit cadeau du ciel lui semblait précieux. Le cocher s'impatientait, elle le sentait, et elle se demandait s'il ne serait pas temps de partir, quand un visage apparut derrière la vitre.

— Miss Carolina Broad ! dit l'homme d'un ton calme, comme s'il n'était nullement surpris de la trouver là.

Carolina tourna son visage désespéré vers le soleil couchant. Elle ne put attendre, comme, elle le savait, le ferait une vraie dame, que le conducteur contourne la voiture pour lui ouvrir la porte. Déjà ses doigts gantés appuyaient sur la poignée, et elle posait un pied sur le marchepied.

— Tristan ! s'écria-t-elle en jetant ses bras autour de son cou.

— Que me vaut cet honneur ? demanda-t-il en la contemplant des pieds à la tête.

— Oh, Tristan, c'est la chose la plus terrible... commença-t-elle.

Maintenant elle était à côté de quelqu'un qui l'avait toujours regardée avec attention, qui lui avait toujours librement donné son avis. Elle pouvait baisser la garde, à présent. Bien qu'il fît encore un froid mordant – Tristan portait une grosse écharpe marron autour du cou –, elle ressentit un peu de chaleur. Elle voulait lui montrer toute la tristesse, l'angoisse et la honte qu'elle avait endurées durant cette journée, et lui fut reconnaissante, ne serait-ce que parce qu'il connaissait son nom.

Elle bredouilla quelques phrases.

— Tu veux monter prendre un thé ? l'interrompit-il.

Carolina baissa honteusement ses yeux couleur de sauge.

— J'ai un ou deux bagages... dit-elle sur un ton hésitant.

La dernière fois qu'elle s'était trouvée sans toit, elle s'était sentie stupide et empotée. Elle fut seulement un peu surprise de pouvoir, cette fois, porter sa détresse avec grâce, et s'imagina aussi jolie qu'un pétale de rose délicatement veiné que le vent venait juste de cueillir.

Tristan, mince et robuste, agit avec assurance et détermination. Cela lui fit plaisir de l'entendre demander au cocher de l'aider à descendre ses malles de la voiture et de les monter dans l'étroit escalier de bois jusqu'au petit appartement qu'il occupait, cette fois mieux arrangé et plus accueillant. Quand elle entendit le ronflement du radiateur, elle réalisa à quel point elle avait eu froid.

Tristan remit un pourboire au cocher puis enleva le manteau de Carolina en lui décochant un sourire diabolique. Elle avait l'intention de lui préciser, parmi toutes les choses qu'elle avait à lui raconter, qu'elle avait rencontré Leland Bouchard et était tombée amoureuse de lui. Mais déjà il lui servait une tasse de thé et y ajoutait une larme de cognac pour la réchauffer. Ensuite il fut trop tard, car ce fut le plus naturellement du monde que, lorsqu'il se retourna pour jeter sur sa robe en soie noire un regard admiratif, elle se pencha vers lui, passa sa main dans ses cheveux blonds indisciplinés, et pressa ses lèvres contre les siennes.

TRENTE

« *Ma Diana,*
Je pense tout le temps à toi, et au jour
où nous serons ensemble, qui viendra
bientôt. Mais en attendant sois prudente,
fais comme si rien ne se passait.
Je t'aime,

H. »

L'eau était bonne, mais Diana était triste. Elle nageait sans regarder derrière elle. Les femmes en chapeau et en bas, accrochées à la corde tendue dans la mer, ne faisaient pas attention à elle, et ne cessaient de pousser des cris comme si l'océan réservait de perpétuelles surprises. Mais pour Diana, il n'y avait pas de surprise : l'océan montait et descendait, et il vous portait. Elle se sentit un peu apaisée par le bercement continu des vagues – bien que son besoin de consolation fût alors impossible à rassasier, du moins les éléments ne pouvaient y suffire. Trois jours avaient passé depuis qu'elle avait surpris Henry sur le balcon de sa suite avec sa femme, et elle n'avait pas eu de réaction, hormis celle de jeter tous les billets d'Henry dans la mer. Perdre une première fois Henry quand il s'était marié avait été affreux, mais découvrir de quelle fourberie il était capable avait été une gifle plus cuisante encore, et elle était restée pétrifiée, sans voix. Puis elle avait ressenti de la colère contre elle-même ; en effet elle connaissait, elle avait découvert la nature de l'amour d'Henry, et malgré cela elle n'était revenue se livrer à lui que pour souffrir davantage.

Elle flottait sur le dos, remuant un peu les bras, sans but, et les cris du rivage lui parvenaient maintenant indistinctement. Les cabines et les parasols étaient loin, et l'hôtel, avec ses tables dressées, ses tapis, ses jeux de pelouse et ses bicyclettes, encore plus loin. Grayson était assis sur le sable, l'attendant à côté de son fauteuil en osier, et il n'avait pas non plus l'air de très bonne humeur. Il continuait consciencieusement à la suivre, mais sa fougue du début avait disparu, et il paraissait être à court de conversation. Quand elle se tournait vers lui, elle rencontrait ses grands yeux tristes et concupiscents. Henry pour sa part semblait penser que tout était comme avant entre Diana et lui, et elle entrait dans son jeu. Elle avait imaginé chaque scène dans sa tête, la confrontation avec Henry, et les insultes piquantes et dévastatrices qu'elle lui jetterait à la figure. Mais une autre partie d'elle-même se demandait si elle en aurait la possibilité. Peut-être allait-il continuer à lui envoyer ses petits billets, sans remarquer combien elle s'était refroidie à son égard, et la seule différence serait qu'au lieu de les emporter avec elle à New York, elle les jetterait au feu.

Pendant ce temps, elle continuait à évoluer à la merci des vagues ; au milieu de ses pensées, l'une d'elles la souleva et la submergea. Elle dut nager pour revenir à la surface et secoua la tête pour chasser l'eau de ses yeux éblouis par le soleil. Elle battit des pieds pour garder la tête hors de l'eau, repoussa ses cheveux de son visage, puis cligna des yeux, essayant de regarder à nouveau dans la lumière ; et là elle le vit à quelques mètres d'elle, ses épaules bien dessinées émergeant de l'eau, et les yeux fixés sur elle.

– Ça va ? dit Henry en nageant vers elle. (Elle sentit un sourire derrière son interrogation inquiète, et elle comprit qu'il n'était pas mécontent de l'avoir trouvée dans cette situation de vulnérabilité.) Quel bel endroit tu as déniché !

– Tout va bien.

Elle lui jeta un regard insistant mais peu aimable, et commença à s'éloigner.

– Diana, je crois que j'ai compris quelque chose à propos de... Qu'est-ce qui ne va pas ?

– Tu me demandes ce qui ne va pas ?

– Oui... (Il nagea vers elle.) Tu as l'air...

Un instant, l'émotion la submergea et elle ne put trouver de mots. Mais une autre vague arriva, qui la sauva d'un silence ou d'un éclat. Elle plongea sous la vague en retenant sa respiration, et quand elle émergea, elle chercha Henry du regard, tournant sur elle-même, plissant les yeux. Elle avait l'intention de sortir de l'eau, mais pas avant de lui avoir dit ce qu'il en était.

– Je t'ai vu, dit-elle.

– Tu m'as vu nager pour venir te retrouver ?

Il regarda par-dessus son épaule, comme s'il craignait d'être vu. Diana remuait bras et jambes pour rester à la surface ; elle reprit sa respiration :

– Je t'ai vu avec Penelope sur la terrasse de votre suite, et là j'ai compris que toutes ces histoires que tu m'as racontées – qu'il n'y a pas d'amour entre vous, que tu vas la quitter – sont aussi fausses que tes mots d'amour.

Quelques secondes passèrent avant qu'Henry parût comprendre ce qu'elle avait dit.

– Non ! s'écria-t-il. (Il s'approcha et essaya de lui saisir les bras, mais elle s'échappa. Les ongles d'Henry, dans un geste de désespoir, éraflèrent sa peau.) Tu as mal compris. Tu ne pouvais pas comprendre. Tu te trompes sur ce que tu as vu. Je vais la quitter, je te l'ai dit…

— Il n'y a plus rien entre nous, Henry.

Cette phrase avait traversé l'esprit de Diana dans l'heure qui avait suivi sa déception, elle se l'était dite et répétée et même murmuré dans le miroir des centaines de fois. Elle n'avait aucune idée de ce qui se passerait en elle ou de ce qu'elle trahirait quand elle la lui dirait enfin, aussi fut-elle soulagée de sentir une vague la soulever et l'emporter.

— Tout est fini, ajouta-t-elle comme pour mettre un point final à la discussion.

L'instant suivant, une autre vague s'écrasa sur eux et la fit basculer vers le rivage. Elle ne lutta pas, mais au contraire se laissa porter. Quand elle sentit le sable sous ses pieds, elle commença à sortir de l'eau. Vacillante au début, elle continua à marcher fièrement sans un regard en arrière.

Trente et Un

« Mon espion du *Royal Poinciana*, où nombre de nos plus distingués New-Yorkais profitent du soleil, est devenu très silencieux. Son dernier billet nous informe que le frère de la nouvelle femme de l'ex-fiancé de la sœur de Diana Holland prêtait une grande attention à cette dernière, et que la jeune lady semblerait lui rendre timidement son affection... »

EXTRAIT DE LA RUBRIQUE « LE JOYEUX DANDY »,
THE NEW YORK IMPERIAL,
MERCREDI 21 FÉVRIER 1900.

C'était l'heure où les femmes montaient dans leur chambre pour s'habiller pour le dîner, et où le ciel passait d'un bleu monotone à un rouge incendiaire. Le long de la vaste véranda de l'hôtel, les pères, les maris et les frères buvaient des cocktails de fin d'après-midi, allongés dans de grands fauteuils en rotin, dans la lumière pourpre du jour déclinant. Ils pliaient des journaux sur leurs genoux, ouvraient des télégrammes qu'on leur présentait sur des plateaux d'argent, fumaient des cigares et parlaient de golf, de chasse et des promenades en voiture qu'ils avaient faites dans la journée, et, à voix basse, du cours des marchés en ville. Tout au fond, appuyé à la balustrade en bois blanc pour être le moins en vue possible, Henry buvait verre sur verre pour s'enivrer tout seul.

Qu'avait-il d'autre à faire pour se distraire ? Pour lui, en Floride, les jours passaient les uns après les autres, identiques. Il gardait un comportement protocolaire avec sa femme en public, et évitait de se retrouver avec elle en privé. Il voyait Diana rire avec Grayson Hayes et partir à la plage avec lui après le petit déjeuner. Maintenant il savait qu'elle n'espérait plus rien de lui, et il avait pris conscience de tous ses faux pas, de sa stupidité. Il savait ce matin, après son petit écart avec Penelope, qu'il avait fait une bêtise, mais il avait cru, jusqu'à tout à l'heure, que Diana n'en saurait jamais rien. De plus, il avait vu le visage de Penelope quand il l'avait mise au pied du mur : elle ne pouvait plus causer la ruine de Diana à présent, comme elle l'en avait menacé ; sa propre réputation était en jeu. C'était une idée judicieuse, mais elle ne lui servait plus à rien maintenant. Vaine et inutile, tout comme toute chose futile dans ce monde futile.

Il était tellement sûr de son aisance et de son goût, de sa capacité à choisir. Il venait de prendre douloureusement conscience que quand quelque chose d'important lui arrivait, il se comportait comme un imbécile et se nuisait à lui-même en détruisant tout sur son chemin. Ce matin-là, avant que Diana lui ait dit que tout avait changé pour elle, il l'avait vue en compagnie de Grayson et ne s'était pas inquiété outre mesure. Mais il avait commis l'erreur de lire les colonnes mondaines par-dessus l'épaule d'un dandy quelconque, et ses craintes s'étaient confirmées.

— Henry !

Même le son de son nom l'irritait ; il jeta cependant un coup d'œil scrupuleux et vit Teddy approcher avec son verre de menthe à l'eau. Il avait déjà revêtu sa tenue de soirée, et son nœud papillon, contrairement à celui d'Henry, était parfaitement droit. Henry portait une chemise en lin italien fin, mais il n'avait pas fermé les deux premiers boutons et avait oublié ses boutons de manchette. Il fit la grimace. Mais enfin, c'était Teddy. Il n'aurait supporté l'intrusion de personne d'autre en ce moment.

– Henry, répéta Teddy après avoir franchi le portique jusqu'à son ami. Où t'étais-tu caché ?

Henry détourna ses yeux noirs de la Cocoteraie, où quelques femmes qui avaient achevé leur transformation après leur thé déambulaient avec des hommes censés être, selon elles, amoureux d'elles. Volants et ombrelles virevoltaient ; minauderies, vains plaisirs de l'oisiveté : il ne pouvait plus supporter ce spectacle.

– Je ne me cachais pas. Je n'avais simplement pas le courage d'endurer une autre soirée.

– Je vois ce que tu veux dire, répondit Teddy.

– J'en doute, répliqua Henry d'un ton sinistre.

Il était ridicule, il en était conscient, mais Teddy connaissait depuis longtemps le comportement stupide d'Henry, et il savait que ce n'était pas aujourd'hui qu'il allait changer du tout au tout. De toute façon, Teddy ne semblait pas trop s'en plaindre.

Un serveur apparut, et Teddy lui montra le verre d'Henry.

– Deux autres, s'il vous plaît.

– Tu aurais aussi bien pu en demander quatre, marmonna Henry d'un air abattu. Cet homme met une éternité à apporter les commandes.

– J'en ai assez, et je crois que mes raisons ne sont pas très différentes des tiennes.

Henry glissa un regard vers son ami, et remarqua pour la première fois les rides qui barraient son front.

– Vraiment ? fut tout ce qu'il parvint à dire.

Il était sûr que les raisons de Teddy ne pouvaient être aussi désespérées que les siennes.

– Mais oui.

Le ton de Teddy était ferme. Il regardait la mer, et l'espace d'une seconde, la lumière orangée du couchant se refléchit dans ses yeux gris, qui prirent une expression lasse. Il sembla, brusquement, beaucoup plus vieux qu'il ne l'était.

– Je laisse tomber.

Henry, qui avait vécu sa vie comme s'il était emprisonné au fond d'un puits, fut irrité par cette phrase.

– Tu laisses tomber ? répéta-t-il ironiquement.

C'était facile pour Teddy, pensa-t-il, qui avait terminé ses études et réussi à ne pas se marier.

– Tu vivras très bien sans moi, répondit Teddy avec un sourire contrit.

– Tu es sérieux ?

– Oh oui, tout à fait sérieux.

Le serveur revint avec leurs verres, et les deux hommes, accoudés à la balustrade de la véranda, contemplèrent un moment la mer. La lumière faisait encore briller le sol et se réfléchissait sur leurs cheveux lisses. Henry serrait les mâchoires, attendant l'explication de son ami.

– Je pars à la guerre.

– À la guerre ?

De stupéfaction, Henry s'arrêta de boire.

– Oui, je m'engage dans l'armée.

Peut-être parce qu'Henry continuait à le regarder d'un air incrédule, les yeux ronds, Teddy précisa :

– J'étais élève officier en prépa.

Henry détourna les yeux. Ils avaient fréquenté la même prépa, mais il ne se souvenait pas de cela.

– Mais…

– Je souhaite devenir officier pour participer aux combats dans les Philippines. J'ai déjà écrit aux contacts de mon père à Fort Hamilton, et j'espère être enrôlé dès mon retour à New York. Je ne peux pas différer davantage mon départ. Je pars cette nuit, après le dîner.

Henry ne s'attendait pas à cela ; il était choqué. Il frissonna à cette idée. Il pensa à plusieurs réactions, du genre « Mon Dieu ! » ou « Bravo ! » Mais les seuls mots qui sortirent de sa bouche furent :

– Mais… tu peux mourir.

– Bien sûr que je peux mourir.

Teddy serra fort son verre dans sa main, s'accouda à la balustrade, et, avec un petit sourire :

– Toujours est-il que je ne peux pas m'éterniser ici, à rêvasser devant les jeunes dames qui se pavanent dans leurs nouvelles robes, et à boire de quatre heures de l'après-midi à quatre heures du matin. Non, ce ne serait pas faire un bon usage de ma vie. Je refuse de fuir le danger ; être un homme, ce n'est pas ça. Regarder la vie en face, affronter l'adversité et aller de l'avant, c'est cela le devoir d'un homme.

Ces mots ne tombèrent pas dans l'oreille d'un sourd. La vie médiocre que Teddy décrivait, c'était plus ou moins celle d'Henry. Pourtant il ne se sentit pas insulté. Ce qu'il trouvait blessant, c'était le choix des mots de Teddy, aussi n'écouta-t-il qu'à moitié la suite de son discours.

— J'ai parlé à la belle jeune fille à qui tu t'étais fiancé, Elizabeth Holland, et il se trouve qu'elle m'incite à réfléchir, à aller en profondeur. Elle est fragile, mais elle revient de loin, elle a vécu une expérience déchirante et ne supporte plus toutes ces frivolités. Comment le pourrait-elle, maintenant, quand elle sait, contrairement à nous, ce que c'est que d'être vivant ?

Teddy se tut et cacha son visage dans ses mains. Henry aurait pu, s'il n'avait pas aussi rapidement changé de sujet, se demander si, par ailleurs, son ami ne vivait pas douloureusement un amour impossible.

— En bref, ce pays est un pays jeune. Je veux agir pour ses intérêts et sa réputation dans le monde. Si je ne le fais pas, qui le fera, Henry ? Je suis un bon meneur ; je sais convaincre les hommes.

Tous deux, penchés à la balustrade, contemplèrent encore la mer. L'air était chaud, traversé de perturbations imperceptibles qui soulevaient, comme de lents soupirs, les feuilles des palmiers. Henry pensait à la cadette des Holland, à la façon dont elle pouvait passer en quelques secondes de la fougue juvénile à la sagesse d'une femme qui connaît la vie, sans que jamais ne s'éteignent les étoiles dans ses yeux ; sa vie ne lui semblait pas un gâchis, alors, quand il la croyait à lui.

Teddy hocha la tête et, d'une voix légèrement changée, il poursuivit :

— Peut-être qu'à mon retour, je mériterai la vie que je veux avoir.

Tels des poissons d'argent, des femmes en robes volantées ondoyaient de la palmeraie vers l'escalier principal de l'hôtel. Les civilités et le claquement des hauts talons sur le plancher montaient jusqu'à la véranda ; c'était l'heure du dîner, l'heure où l'on ne pouvait plus se cacher. Teddy et Henry s'écartèrent de la balustrade pour finir leurs verres. Comme ils rejoignaient la foule, Henry tapota amicalement l'épaule de son ami :

– Tu me manqueras. Ne te fais pas massacrer.
– Toi non plus.

Henry rit de bon cœur à la plaisanterie de son ami, et se dit que finalement il n'avait pas besoin de s'inquiéter. La situation ne s'était pas arrangée avec Diana, par sa faute, mais il commençait à voir briller l'espoir de pouvoir tout réparer. Teddy avait raison. La vie était courte, et il était absurde de répéter sans cesse les mêmes erreurs, même s'il n'était pas toujours facile de les éviter. Quand ils arriveraient à New York, tout serait différent pour Teddy comme pour lui, il serait attentif à aller dans le bon sens et prendrait garde à ne pas se faire détruire par sa femme ou n'importe qui d'autre, y compris lui-même. Il avait une raison de vivre, en fin de compte : elle.

Elle montait l'escalier au bras de Grayson Hayes, coiffée d'un grand chapeau et en robe de broderie anglaise écrue, et bien qu'elle ne voulût pas croiser son regard, il eut envie de tomber à genoux devant sa grâce. Peu lui importait maintenant qu'elle fût au bras de Grayson ; ce qu'il lui avait fait, il devait l'affronter. S'il le fallait, il donnerait tout ce qui lui restait de vie pour qu'elle revienne. Il n'était plus temps de l'abreuver de promesses. Tout ce qui lui restait à faire, c'était agir.

Trente-Deux

« Gardez l'esprit aiguisé lors des voyages en chemin de fer et des croisières, car les déplacements ont l'avantage de tout clarifier. »

MAEVE DE JONG, *AMOURS ET AUTRES FOLIES DES VIEILLES FAMILLES NEW-YORKAISES.*

Les invités des Schoonmaker – du moins ce qu'il en restait – reprirent le même train particulier pour rentrer à New York, à la différence près qu'ils étaient un peu moins excités qu'à l'aller. Penelope demeura immobile à sa place, imperturbable malgré les secousses et les à-coups du train. Une lumière vive traversait la vitre, mais son visage restait de marbre, et ses yeux fixés sur le tapis à ses pieds ou sur son mari assis en face d'elle, en chemise crème (offerte par elle) et pantalon noir, les jambes croisées. Il lisait un recueil de poèmes, ce qu'elle ne lui avait jamais vu faire, et pas une seule fois il ne leva les yeux de son livre. Quand il était obligé de lui parler, il ne la regardait pas en face, mais fixait ses genoux. Elle souffrait encore du rejet de son mari ; elle en était encore tout interloquée, se sentait odieusement humiliée et ne trouvait plus de goût à grand-chose. Bien qu'il se soit conduit poliment avec elle depuis leur confrontation et qu'elle ait commencé à douter de sa résolution de la quitter, elle n'arrivait pas à se sentir triomphante.

Même se vêtir ce matin-là ne lui avait procuré aucun plaisir ; sa robe en lin mauve, pourtant splendide, ne la sublimait pas, elle le savait. En vérité, elle ne souffrait pas vraiment. Elle se sentait si déconcertée, si vide, que même ce détail n'avait pas d'importance. Elle s'abandonna dans les plis de sa robe et essaya de regarder plus loin dans l'allée, là où les sœurs Holland étaient confortablement assises l'une à côté de l'autre.

Diana somnolait sur l'épaule de sa sœur, le visage aussi doux et rose que celui d'un chérubin. *Un très jeune chérubin*, pensa Penelope. *Un chérubin des plus agaçants.* Elizabeth, qu'elle ne voyait qu'en partie, regardait par la fenêtre, les yeux grands ouverts, comme si elle contemplait la fin du monde. Pour la première fois, Penelope se demanda si Liz portait vraiment l'enfant du garçon d'écurie décédé. À l'hôtel, elle avait évoqué cette possibilité, cherchant ce qu'elle pourrait trouver de plus méchant à lui dire. Mais à présent, Elizabeth paraissait si calme et si impassible que Penelope doutait que cela fût vrai.

L'autre sœur, pendant ce temps, semblait ne pas avoir le moindre souci. Ses boucles brunes ondulaient doucement sur son visage rose levé, dans l'inconscience du sommeil, vers la lumière. À n'en pas douter, se dit Penelope, Grayson n'avait réussi qu'à la fatiguer. Il avait de nouveau disparu vers le bar où il passait décidément beaucoup de temps. Chose qui avait semblé plutôt normale à Penelope, jusqu'au moment où elle s'était souvenue du commentaire qu'il avait murmuré entre ses dents, concernant la somme qu'il avait perdue en Floride et qu'Henry lui avait prêtée – et qui ne constituait que le début de sa dette.

Diana semblait toujours aussi peu intéressée par ses attentions et son empressement. C'était à l'évidence une coureuse, pensa Penelope, et quel dommage qu'elle ne puisse plus, comme Henry le lui avait fait remarquer dans leur suite en Floride, le faire savoir. Il y avait de quoi être contrariée. Quoique. Penelope leva nonchalamment un sourcil quand il lui traversa l'esprit qu'elle pourrait quand même se servir de cette information. Le monde entier n'avait pas besoin de savoir que cette fille était une putain, il n'y avait qu'un seul homme sous les yeux duquel il fallait mettre cette évidence. Alors elle posa son pâle visage ovale sur sa fine épaule, et les bercements du train l'endormirent peu à peu.

Avait-il jamais fait aussi froid à New York ?

Penelope se demandait si c'était son court séjour au soleil qui lui rendait cette fin de février glaciale aussi triste et insupportable, ou s'il en avait toujours été ainsi. L'indifférence silencieuse d'Henry dans le train l'ayant complètement démoralisée, le soir du retour elle prétendit que ses parents lui avaient manqué et se rendit seule à dîner chez eux. Sa mère avait invité quelques gens distrayants, et passa tout le temps du repas à les accabler, comme à son habitude, d'une avalanche de questions stupides qui les rendit prodigieusement ennuyeux. Au bout d'un moment Penelope ferma lentement ses belles paupières – ce qui ne présageait de sa part rien de bon – et regretta amèrement de porter cette robe seyante en satin ivoire agrémentée de dentelle noire qui soulignait à merveille sa taille fine, un soir où seuls des imbéciles pouvaient la voir. La flamme des bougies tremblotait au centre de la longue table massive de style roman. Quand son frère repoussa sa chaise et s'excusa, elle fit de même avec un demi-sourire et le suivit dans le fumoir adjacent.

– Tu as manqué à tes engagements, on ne peut vraiment pas compter sur toi !

Ce disant elle prit place dans le divan au dossier en forme de cœur près du fauteuil à oreilles où Grayson s'était installé, une cheville posée sur son genou opposé, en train de s'allumer une cigarette. Il jeta un furtif regard à Penelope. Elle remarqua les cernes qui creusaient ses yeux et montraient son épuisement. Mais il y avait autre chose qu'elle détectait dans son attitude, quelque chose comme de l'anxiété.

– Comment cela, Penny ? demanda-t-il après un silence.

– Avec Diana Holland, évidemment.

Penelope tendit la main pour prendre une cigarette dans l'étui en argent que son frère avait laissé sur l'accoudoir de son fauteuil. Tout en se penchant en avant pour la lui allumer, il posa sur elle un regard las.

– On était censés s'amuser au jeu du chat et de la souris, dit-elle.

– Je suis désolé que tu ne te sois pas amusée.

Penelope ne répondit rien et inspira délicatement la fumée. Sur ce, Rathmill, le maître d'hôtel, entra dans la pièce pour alimenter le feu. Il remplit à nouveau de cognac le verre de Grayson, et quand il fut reparti, la jeune Hayes continua avec entrain :

— Bien sûr que je me suis amusée ! Mais je trouve que tu n'es pas allé assez loin.

— C'est une phrase dangereuse, sortie de ta bouche, murmura-t-il.

— Je ne vois pas du tout ce que tu veux dire.

Des étincelles jaillirent du feu, illuminant la sombre pièce aux lambris sculptés, d'aspect vaguement moyenâgeux. C'était une pièce aveugle au cœur de la maison, et pour une fois Penelope fut heureuse d'être si loin de l'attention du public. Elle souffla la fumée, laissant pendre son long bras mince le long du sofa, et le bout de sa cigarette brûla légèrement son capitonnage pourpre et or.

— De toute façon, reprit-elle quand il fut évident que Grayson n'allait pas s'étendre sur le sujet, je veux que tu chasses un peu plus longtemps la souris.

— Oh, Penny, tu n'en as pas eu assez comme ça ?

Penelope lui décocha un sourire patient. Elle était obsédée par l'idée qui lui avait traversé l'esprit dans le train du retour, idée sur laquelle elle concentrait toute son ambition et qui lui avait permis de relancer ses plans qui s'étaient d'un coup écroulés à la fin de son désastreux voyage en Floride. Elle se sentait à nouveau presque comme à son habitude, et de toute façon, il aurait dû savoir que même au plus bas de sa forme, elle était une personne insatiable pour qui le mot « assez » ne signifiait pas grand-chose.

— Tu ne l'as même pas encore embrassée !

– J'ai essayé, répliqua-t-il, furieux, en s'allumant une autre cigarette avec le mégot incandescent de la première.

– Peut-être ne sais-tu plus t'y prendre avec le beau sexe, insinua-t-elle avec un petit sourire.

Grayson darda sur elle son regard bleu et, lançant son mégot dans le feu :

– J'en doute.

Penelope réprima un éclat de rire devant cette réaction évidente d'orgueil blessé.

– Alors, pourquoi t'arrêter maintenant ? Amusons-nous un peu.

– Je ne sais pas. (Il haussa les épaules, mal à l'aise.) Elle est charmante, mais très jeune, et de toute façon, d'autres choses me préoccupent.

Penelope pensa tout lui avouer, mais se dit que son autre moyen de persuasion serait sûrement plus efficace.

– Tu n'es pas un bon frère, Grayson, roucoula-t-elle. Si tu me donnes un coup de main là-dessus, je penserai peut-être que tu mérites…

Grayson agita la main et persista à fixer le foyer.

Penelope se leva pour que sa prochaine phrase ait le maximum d'impact.

– Je paierai tes dettes de jeu si tu continues à jouer pour moi.

Un petit sourire releva un coin de sa bouche quand elle perçut la réaction de son frère. Il leva aussitôt la tête et la suivit du regard tandis qu'elle allait vers la cheminée. Le coude posé sur son poignet opposé, elle approcha d'un geste élégant sa cigarette de ses lèvres.

– Comment sais-tu cela ? la questionna-t-il d'une voix sourde. De toute façon, où trouverais-tu l'argent ?

– Tu oublies que je suis une femme mariée. Tu sais combien père me donne d'argent de poche ? Eh bien, Mr Schoonmaker me donne le double de cette somme par mois. Je fais mettre tous mes vêtements sur le compte de ma belle-mère, ainsi tu vois, j'ai quelques économies.

Le visage de Grayson se décontracta un peu à cette perspective. Il déglutit bruyamment, puis dit :

– Que veux-tu que je fasse ?

Penelope déploya alors un large sourire et jeta sa cigarette consumée dans le feu.

– Attrape la souris, Grayson, piège-la, mais mieux cette fois, d'accord ? Fais-la tomber amoureuse de toi de sorte qu'elle te regrette toujours. Je sais que tu as déjà rendu plein de femmes folles de toi. (Voyant qu'il allait acquiescer, elle prit un ton condescendant.) Cela ne te demandera guère d'efforts.

Penelope retourna s'asseoir dans son canapé et saisit le verre de cognac de Grayson sur la desserte de style Régence pour en boire une gorgée. Il avait dû friser le désespoir, car il ignora son insinuation et leva vers elle un regard concentré.

– Quand pourras-tu avoir l'argent ?

Penelope ouvrit magnanimement ses grands yeux bleus.

– Oh… dès que tu seras d'accord pour faire disparaître l'aura d'innocence de notre petite Di. (Elle baissa voluptueusement une paupière, clin d'œil qui lui était très personnel.) Et, Grayson… ne sois pas trop discret. Ce serait tellement plus drôle si tout le monde savait qu'elle s'est compromise.

TRENTE-TROIS

« Miss Diana,
Quand je viens vers vous, vous êtes toujours absente. Quand je vous envoie des messages, vous semblez avoir disparu. Quand vous serez lasse de me torturer, passez je vous en prie à la maison nous rendre visite.

G. S. H. »

Diana regardait par la fenêtre de sa chambre la neige tomber dans le jardin. Elle s'interrogeait sur le sentiment puissant qui l'habitait encore, même après toutes les gifles qu'elle avait reçues. Il était clair qu'elle s'était leurrée pendant tous ces longs mois, et pourtant elle brûlait toujours d'amour pour Henry. Lorsqu'elle pensait à lui, elle se souvenait des vagues de Floride qui l'avaient bercée non seulement le jour mais aussi la nuit, quand elle était couchée et que le souvenir de cette sensation et du bruit du reflux lui revenait, même longtemps après. Lasse, elle ferma les yeux.

Elle se laissa aller contre la fenêtre et essaya d'imaginer que toute l'attirance qu'elle ressentait pour Henry Schoonmaker pouvait se réduire à une petite boule de papier journal tombant par hasard dans l'un de ces feux que les vagabonds allumaient au coin des rues par des temps comme celui-ci. Il brûlerait lentement et tomberait en cendres, puis les flocons de neige le recouvriraient, fondraient dessus, le réduisant à néant.

Quand elle ouvrit les yeux, elle vit que son imagination avait été inopérante. Irritée, elle s'écarta du bord de la fenêtre. Quelque part dans la maison, Elizabeth allait d'une pièce à l'autre tel un fantôme errant, et leur mère faisait du crochet. Tous les habitants du numéro 17 étaient plus ou moins dans les nuages, aussi lui fut-il facile d'enfiler le premier manteau venu et de se glisser par la porte sans se faire remarquer.

– Voulez-vous miser pour nous, Miss Diana ?

À entendre prononcer son nom tout haut, dans une obscure maison de jeu, par-dessus les bruits incessants des cartes mélangées, des dés lancés sur la table et des éclats de rire, la jeune Holland fut parcourue d'un incontrôlable frisson dans le dos. Mais elle se souvint que tous les regards étaient alors fixés sur les trèfles et les piques ou sur les cases rouges et noires de la roulette, et quand bien même ils seraient curieux d'elle, elle portait un loup en perles de jais. Grayson le lui avait tendu quand il l'avait accueillie à la porte de la demeure des Hayes, juste avant de la pousser dans l'équipage qui attendait. Il l'avait entourée d'un bras protecteur quand elle avait posé le pied sur la marche métallique, et depuis le moment où ils étaient arrivés dans la maison de jeu quelque part dans la Vingt-Troisième Rue Ouest, il ne l'avait pas lâchée et était resté en contact étroit avec elle. Au début cela l'avait agacée, mais elle avait fini par constater que, en dépit des sièges en velours rouge et du lustre suspendu au-dessus d'eux telle une grande méduse illuminée, cette pièce était très différente de toutes celles où elle était entrée jusque-là. Personne ici n'était le moins du monde choqué qu'elle soit assise sur les genoux de Grayson, ni que celui-ci lui caresse les siens.

— Mais je ne sais pas le faire, roucoula-t-elle comme l'ingénue de l'un de ses livres de chevet français.

Elle observa la roulette tourner et comprit rapidement comment on jouait. Les bras virils de Grayson autour d'elle, tandis qu'il lui expliquait à l'oreille ce qu'il fallait faire lui procuraient un certain plaisir, qu'elle fit durer. La pièce doucement éclairée se réfléchissait dans les deux grands miroirs encadrés de chrysocale qui se faisaient face, si bien que le tableau des hommes en smoking noir groupés autour des tables et, mêlées à eux, des rares femmes aux cheveux encore recouverts de la capuche de leur capeline se répétait à l'infini.

Le lieu où Grayson l'avait emmenée était à une courte distance en calèche mais loin de Gramercy ou de la Cinquième Avenue. Diana aimait l'idée de cette distance qui l'éloignait d'Henry. Et pourtant... il était encore là, en sourdine, errant dans sa tête. Mais maintenant il y avait aussi Grayson qui, bien que très différent d'Henry, était néanmoins le même genre d'homme : ils portaient les mêmes costumes taillés sur mesure, possédaient les mêmes étuis à cigarettes et semblaient couver les mêmes intentions malhonnêtes. En tout état de cause, chaque moment qu'elle passait avec Grayson éclipsait davantage le souvenir d'Henry, au point que bientôt, oubliant tout, passé et futur, elle ne fut plus que dans cet instant-là, celui où la roulette tournait et où les ventilateurs plafonniers bruissaient, dans l'épaisse et sombre fumée des cigares, dans un présent vertigineux où son corps était appuyé contre le torse puissant de Grayson.

Un serveur en gilet pourpre vint remplir son verre de champagne une énième fois. Elle ne refusa pas.

Elle n'avait jamais bu autant et d'une façon si désinvolte. Grayson murmura encore à son oreille, mais elle n'entendit pas ce qu'il dit, ce qui ne la gêna pas. Elle misa.

– Vous êtes sûre ?

Elle sentit, au léger tressaillement de sa voix, qu'il était un peu effrayé qu'elle ait placé leurs jetons à cet endroit.

Elle se contenta de hocher la tête et de faire un clin d'œil au croupier, qui demanda aux autres hommes rassemblés autour de la table de miser. Elle regarda la roulette tourner, et le sillage flou de la petite boule blanche. Elle ferma les yeux et s'imagina flotter dans l'univers, attachée à rien. Gramercy disparaissait, et l'argent n'était qu'un jeu auquel jouaient les enfants. Elle allait devoir retourner dans cette triste maison et dans sa triste chambre, mais il n'était pas encore temps. Plus tard. Quand elle rouvrit les yeux, la boule était tombée dans une case.

C'est seulement un instant après qu'elle réalisa que cette case correspondait au chiffre sur lequel elle avait placé tous leurs jetons. Autour d'eux, les joueurs étaient bouche bée. Certains tapotèrent l'épaule de Grayson. Elle sentit ses mains se resserrer autour d'elle, se croiser sur son ventre, puis ses lèvres se poser sur sa pommette.

– Je ne peux pas y croire, lui chuchota-t-il. Tu dois être ma mascotte.

Un autre moment passa avant qu'elle ne réalise vraiment ce qui venait d'arriver. Puis elle reprit son souffle. Peut-être étaient-ce les bulles du champagne, ou l'atmosphère de ce royaume qui lui était parfaitement étranger et dans laquelle elle s'était si facilement glissée, toujours est-il qu'elle sentit vraiment, à ce moment-là, que la chance lui souriait, et qu'elle était ravissante – bref, tout ce dont il la gratifiait.

Elle rejeta la tête en arrière et éclata de rire, levant ses bras gracieux en l'air, pleine d'un sentiment proche de la joie.

Trente-Quatre

« Mes lectrices connaissent mon honnêteté, et savent qu'il me tient à cœur d'apporter à chaque question sa réponse la plus complète et la plus exacte. Cependant, certaines choses doivent être tues, que toute mère sait arranger à sa façon, afin de protéger leurs jeunes et innocentes filles du regard et du jugement impitoyables du monde. Essayez de résoudre ce genre de choses en hiver, et priez pour ne pas avoir trop de secrets à garder. »

MRS HAMILTON W. BREEDFELT,
EXTRAIT DE SON *RECUEIL D'ARTICLES SUR L'ÉDUCATION DES JEUNES FEMMES DU GRAND MONDE DE BONNE FAMILLE*, 1899.

Elizabeth s'était arrêtée devant la porte lézardée du petit salon, attendant de cesser de trembler avant de frapper. Elle était là depuis quelques minutes déjà et n'était guère plus calme qu'à son arrivée. C'était dans cette pièce que les dames Holland travaillaient ces temps-ci. Sa mère aimait y manier le crochet au rythme de ses inquiétudes, son plus grand souci ce soir-là étant que ses filles parties pour la Floride étaient revenues bredouilles, c'est-à-dire sans propositions de mariage confirmées. Elizabeth toqua enfin à la porte ; il lui fallait dire à sa mère qu'elle allait avoir une nouvelle raison de s'inquiéter, et mieux valait le faire avant qu'elle n'en ait la preuve sous les yeux.

– Entrez, fit sèchement Mrs Holland.

Elizabeth entra, referma la porte et s'y appuya. Elle avait choisi une ancienne robe à taille haute et aux manches bouffantes en mousseline brun vif, trop grande pour elle à certains endroits et trop petite à d'autres, qui se fondait dans le décor en bois foncé de la pièce, si bien que son doux visage livide de peur semblait comme suspendu dans l'air. Cependant sa quasi-invisibilité n'allégea pas la lourdeur qu'elle ressentait intérieurement, chargée de tout ce qu'elle avait fait et ne pouvait défaire. Elle qui avait toujours voulu vivre pour le bien de sa famille, elle portait maintenant en elle de quoi les faire souffrir encore plus.

– Qu'y a-t-il ?

Les yeux noirs de Mrs Holland changèrent d'expression quand elle aperçut sa fille ; elle leva le menton et ses traits se durcirent, comme si elle sentait venir l'annonce d'un événement non conforme à l'ordre. Le feu, près d'elle, faisait chatoyer ses yeux inquiets. Elle posa son crochet et sa pelote de laine, et jaugea du regard son aînée avant de lui faire doucement signe d'approcher.

Elizabeth traversa la pièce et s'effondra sur un siège à côté de sa mère. Le visage de la femme était impassible comme toujours, cependant il ne masquait pas tout à fait cette fois une sorte de chaleur.

– Dis-moi, la pressa-t-elle.

Et Elizabeth lui raconta tout, ponctuant sa confession de soupirs et de petits sanglots.

– Avant la mort de Will... nous étions tous les deux... une seule et même personne, nous étions mari et femme... (Elle s'arrêta pour appuyer son front contre le genou de sa mère. Des larmes lui montaient aux yeux qu'elle ne voulait pas montrer.) Et maintenant je crois... enfin je sais... je sais que j'attends un enfant.

Quand Elizabeth leva son visage pour affronter la réaction de sa mère, l'expression de celle-ci était redevenue implacable. Si la dame fut choquée ou blessée par cette ultime frasque de sa fille jadis tant estimée, elle ne le montra pas. Il y avait des siècles de désenchantement derrière son regard de marbre, et consoler son enfant ne lui vint pas à l'esprit.

— C'est malheureux, se contenta-t-elle de dire solennellement. Quoique pas vraiment inattendu. Je blâme Will tout autant que toi. (Elle poussa un grand soupir et posa ses aiguilles et ses pelotes sur le tapis.) Je t'ai dit que je ne t'obligerais pas à d'autres fiançailles malheureuses, Elizabeth, mais je crains que ce que tu viens de m'annoncer ne change tout. Tu sais que ce sera la fin pour nous si quelqu'un le découvre, tu le sais, n'est-ce pas ?

Elizabeth hocha tristement sa tête blonde.

— Tu vas devoir te marier maintenant, ou bien, si tu n'y parviens pas, nous allons devoir régler ce problème. Je connais une maison où l'on pratique ce genre de choses.

Ce fut au tour de Mrs Holland d'être traversée par un frisson qui ne passa pas inaperçu aux yeux d'Elizabeth. Elle vit alors que sa mère ressentait une certaine répugnance vis-à-vis de ce qu'elle venait de suggérer, quand bien même elle jugeait cet acte nécessaire.

— Je parlerai à mes amis au cas où il y aurait des prétendants possibles pour toi. Peut-être que tout pourra s'arranger rapidement. Mais je crains qu'on ne soit finalement obligées de recourir à l'autre solution, et crois-moi, mon enfant, j'en suis désolée. (Elle posa une main sur la tête de sa fille et soupira.) Allez, maintenant. Va te reposer. Demain matin nous devrons commencer à agir.

Elizabeth acquiesça silencieusement ; elle se sentait curieusement comme une enfant, alors qu'un enfant grandissait en elle. Sans avoir le courage de regarder sa mère, elle se leva et se dirigea vers la porte. Elle pensait à ce qu'elle aurait voulu lui dire – sa tristesse, sa déception, son désir de tout arranger pour sa famille, et pourquoi tout avait mal tourné, mais elle ne trouva ni l'énergie ni la volonté de s'expliquer. Elle sortit dans le couloir à peine éclairé puis descendit lentement jusqu'à sa chambre, où aucun feu ne brûlait. Là au moins elle pourrait rester seule avec son secret.

Elle s'étendit sur le lit traîneau en acajou recouvert d'un dessus-de-lit matelassé et, un bras sur son visage, attendit que sa respiration se calme, en vain. Elle repensa à sa vie avec Will, lequel était toujours rassurant et trouvait toujours la bonne solution quand il y avait une décision à prendre. La vie lui avait enlevé ce précieux trésor. Elle était seule maintenant, et la solution, si tant est qu'il y en eût une, elle ne la voyait pas. Il y a un mois, elle avait imaginé plusieurs issues pour sa famille, qui avait alors tant besoin d'elle ; elle avait décidé de tout faire pour elle. Elle avait encouragé Diana à poursuivre son histoire d'amour avec Henry Schoonmaker, conseil qui lui avait fait apparemment plus de mal que de bien, et elle avait été longtemps absente auprès d'elle ; elle avait à peine parlé à Diana depuis leur retour : ses propres angoisses l'avaient tant absorbée qu'elle ne s'était pas préoccupée de savoir comment sa sœur vivait sa déception. Quant à sa mère, c'était peu de dire qu'elle n'avait pas répondu à ses attentes !

Elle posa la main sur son front et tourna nonchalamment la tête vers la fenêtre. La neige avait cessé de tomber, et une demi-lune se détachait à présent nettement dans le ciel. Elle se sentit coupable non seulement vis-à-vis de sa famille mais aussi de Will, en pensant aux jours heureux qu'ils avaient passés en Floride. À ce souvenir elle frémit, et se demanda si son dilemme actuel n'était pas une sorte de châtiment pour avoir, un moment, retrouvé les anciens et délicats plaisirs de la vie qu'elle avait connue depuis sa naissance, cette vie où la douceur, les bonnes manières et la galanterie étaient de règle.

Sa respiration commença à se calmer, et elle regarda la pièce obscure traversée par les rayons d'argent de la lune. La pensée de Teddy revint alors l'habiter, et l'idée lui traversa fugacement l'esprit que, peut-être, sa situation n'était pas aussi désespérée que cela.

Trente-Cinq

« À New York, ces derniers temps décidément, beaucoup de nouvelles ladies occupent l'attention. La dernière en date est Mrs Portia Tilt ; elle jetterait par la fenêtre et perdrait au jeu, dit-on, la fortune de son mari, fortune provenant des mines de charbon ou quelque chose d'approchant. Cher lecteur, vous connaissez mon scepticisme. Je ne quitterai pas cette dame de mes yeux suspicieux. »

EXTRAIT DE LA RUBRIQUE « LE JOYEUX DANDY »,
THE NEW YORK IMPERIAL,
MERCREDI 28 FÉVRIER 1900.

Carolina savait que c'était son destin de revoir Leland. Si on lui avait demandé quand et comment, elle aurait été bien en peine de l'expliquer logiquement. Peu importait car elle se souvenait qu'en Floride, elle en était sûre, il avait été au bord de lui faire une proposition de mariage. Elle essaya d'éviter de penser trop consciencieusement aux circonstances actuelles de sa vie qui étaient à mille lieues de la situation dans laquelle elle se trouvait une semaine auparavant. Elle portait, de nouveau, une robe noire toute simple, avec un col haut et strict et de modestes garnitures sur la poitrine. Elle venait de vivre quelques jours dans l'un de ces logements mesquins du centre-ville, et maintenant elle avait sa propre chambre – à côté des appartements des serviteurs – dans la riche maison d'une autre femme. Mais rien, dans cette nouvelle situation, n'aidait Carolina à se sentir moins avilie.

– Miss Broad.
– Oui ?

Les yeux de Carolina se levèrent innocemment, consciente que son visage avait pris cette expression dévouée et stupide qu'elle avait eue si souvent durant toutes ces années de service antérieures. Sa voix eut alors une tonalité enfantine, comme celle d'une femme qui n'avait pas encore appris à exiger ce qu'elle méritait.

– Oui, Mrs Tilt ?

– Miss Broad, n'ayez donc pas l'air si effrayée !

Portia Tilt était déjà un peu éméchée, ce qui n'arrangeait pas son visage outrageusement maquillé. Si elle souriait charitablement à Carolina, c'était seulement parce qu'elle se sentait aujourd'hui plus puissante qu'elle. Il était évident que la transplantée de l'Ouest, sur qui Carolina ne s'était pas attardée une seule minute quand elle l'avait croisée au *Sherry*, aimait avoir à son service, pour lui donner des ordres, quelqu'un dont le nom avait été cité dans les colonnes des journaux.

– Je voulais seulement vous dire que vous serez la bienvenue pour jouer au bridge avec les invités si vous le souhaitez. Vous devrez pour cela emprunter sur vos gages, mais peut-être êtes-vous une bonne joueuse et allez-vous gagner ?

Carolina hocha un peu stupidement la tête et laissa son regard errer dans l'encadrement de la porte en bois de citronnier qui ouvrait sur le salon de jeu. Autour d'anciennes petites tables à jeu à la française étaient assis des gens qui avaient été ses pairs. Ils s'étaient tous mis sur leur trente et un pour voir la nouvelle dame dont la ville parlait, Mrs Tilt, tout comme ils l'avaient fait peu de temps auparavant pour rencontrer l'héritière Broad. Elle reconnut, par exemple, le rire retentissant et chevrotant de Mrs Carr, qu'elle savait d'avance présente pour avoir rédigé elle-même son invitation. Mrs Carr n'avait jamais refusé une soirée, raison parmi d'autres pour laquelle Carolina, en tant que nouvelle secrétaire privée de Mrs Tilt, lui avait recommandé de l'inviter. Une femme qui commence sa carrière mondaine doit trouver des amis où elle peut, en prenant garde toutefois, pour sa réputation, de ne pas fréquenter exclusivement des divorcées, lui avait conseillé Carolina avec tact. Elle avait éprouvé de la répugnance à lui révéler ses recettes, mais elle n'avait alors plus grand-chose à troquer.

– Non, merci, répondit-elle. Pas ce soir.

Insensible à la souffrance de Carolina, Mrs Tilt haussa les épaules avec une indifférence soulignée par les superpositions de rubans en satin rouge qui bardaient la dentelle de ses manches. Ses boucles jaunes, sous son visage ordinaire, accrochaient la lumière du lustre. La secrétaire privée de Mrs Tilt avait obtenu ce titre depuis seulement trois jours, et déjà tout, dans cette fonction, l'irritait. Elle la détestait, en fait, et craignait que les autres n'aient vent de cette indignité, raison pour laquelle elle préférait ne pas jouer au bridge ce soir, sans compter qu'emprunter sur ses gages était des plus humiliant. Longhorn lui avait appris à jouer, elle était devenue une joueuse avisée, mais l'idée que Lucy Carr la prenne en pitié était trop pour Carolina. Appuyée contre le chambranle de la porte, elle vit Mrs Tilt entrer dans la pièce et se diriger vers Tristan.

Il jeta un bref coup d'œil à Carolina, qui recula alors dans le couloir où, invisible aux yeux des autres, elle pouvait les voir aller et venir dans le salon de jeu du premier étage.

C'était sur la suggestion de Tristan que Carolina avait accepté cette place de secrétaire privée, c'était lui aussi qui avait fait germer cette idée dans l'esprit de Mrs Tilt. Cette dernière plantait pour l'heure un baiser bien rouge sur la joue du vendeur, avant de se diriger vers un fauteuil à haut dossier tapissé d'un jacquard vert tilleul. Ce geste était censé marquer son territoire, comprit Carolina, mais elle s'en moquait, même si elle-même avait autorisé Tristan à l'embrasser deux fois. Elle le voyait à présent comme un illusionniste qui envoûtait les femmes par ses petits tours de passe-passe, et ce mécanisme, qu'elle avait rapidement compris et démonté, avait perdu tout pouvoir sur elle. Les baisers de Tristan, elle les avait acceptés au plus profond de sa solitude, se dit-elle, et il n'y avait aucune raison pour que Leland l'apprenne jamais.

Maintenant les lustres – bien plus modestes que ceux de la demeure de Leland – scintillaient de toutes leurs lumières, et une odeur douceâtre de cigarettes flottait dans l'air. Carolina ferma les yeux et se souvint du temps où elle avait été une jeune femme tant admirée dans de semblables cercles, dans des pièces qui sentaient cette même odeur. Qu'elle doive se cacher dans le couloir, dans une maison comme celle-ci – trop loin des quartiers chic pour avoir une réelle importance –, la faisait rougir de honte. La maison d'une femme, en outre, qui ne répugnait pas à flirter vulgairement avec son amant de basse extraction dans les lieux mêmes que les millions de son mari lui permettaient d'habiter. C'était le genre de comportement auquel on se serait plutôt attendu dans un ranch du Nevada.

Un serviteur passa devant elle pour entrer dans le salon, une carafe de vin blanc à la main. Elle lui tapota le bras :

– Webster Youngham préfère le rouge.

Elle avait vu, quelques minutes avant, ce même serviteur verser machinalement du blanc à ce grand architecte, et elle savait que celui-ci n'accepterait pas une prochaine invitation si les choses n'étaient pas faites avec plus de style. C'était un homme titré – *à juste titre*, se plaisait à dire Mrs Carr. Le serviteur acquiesça et se retira. Un moment plus tard, il réapparut avec une bouteille de rouge.

– Versez le vin à la droite de la personne, précisa Carolina avant que l'homme pénètre dans la pièce.

Ces mises au point lui étaient venues d'instinct, et elle se sentit aussitôt furieuse contre elle-même, contre Tristan et Portia Tilt pour l'avoir mise dans une situation où elle était encore au service de quelqu'un d'autre. Elle poussa un soupir d'amertume et se détourna d'un geste brusque de ce spectacle irritant. Mrs Tilt n'aurait plus besoin d'elle, et autant retourner dans sa chambre plutôt que de rester encore là. Carolina s'apitoyait sur son sort. Elle était pleine de colère ; si un petit oiseau lui avait suggéré que sa vie était bien plus confortable ici que chez les Holland ou que dans la rue, elle l'aurait abattu sur-le-champ.

Elle marcha, ébranlant presque le plancher en chêne sous ses hauts talons et le poids de ses pas furibonds : elle valait mieux que de surveiller des serviteurs égarés à qui on n'avait pas donné les bonnes instructions, alors pourquoi se gênerait-elle ? Elle marmonnait tout cela entre ses dents, lorsqu'elle entendit soudain son nom prononcé avec l'accent et la révérence qui lui étaient dus, pensait-elle, au temps de sa gloire.

– Miss Broad, dit Leland Bouchard.
– Oh !

Sous le choc, Carolina s'arrêta net. Elle était horriblement consciente de l'austérité de sa coiffure – raie au milieu et chignon sur la nuque – et de la sobriété de la robe que sa nouvelle maîtresse avait estimée plus appropriée que n'importe laquelle de celles que Longhorn lui avait commandées. Elle réussit quand même à lui faire une petite révérence et à le saluer.

Elle devait paraître bizarre – elle était consciente que sa mise ne la flattait pas, qu'elle avait l'air pauvre, et n'avait pu cacher sa stupéfaction. Pourtant Leland ne semblait pas s'en apercevoir : il la regardait d'un air radieux. Si elle n'avait pas trouvé désastreux qu'il la rencontre ainsi dans la gêne, elle aurait pensé qu'il était vraiment heureux de la voir.

– Nous ne nous sommes pas croisés depuis la Floride. Vous vous cachiez de moi ?

– Vous voulez dire que vous n'avez pas lu les journaux ? murmura Carolina, hébétée.

Leland se mit à rire :
– Je ne lis jamais les articles mondains.
– Ah !

Carolina hocha la tête. Forcément, se dit-elle, il n'était pas homme à lire la presse mondaine, et elle ne l'en aima que davantage.

– C'est que je ne me sentais pas d'humeur mondaine, mentit-elle.

— Je comprends. Vous êtes pâle, vous semblez un peu fatiguée. Êtes-vous malade ? Vous devriez prendre du repos. Le repos est indispensable, vous savez. Vous, les femmes, ne vous ménagez pas assez.

Les traits virils de son visage où se peignait l'inquiétude étaient devenus très doux.

— Ce fut un long voyage, ajouta-t-il doucement.

Cette voix — son timbre et ses inflexions —, elle aurait voulu l'entendre à jamais, la retenir tout entière, la noyer dans un grand lac où elle pourrait plonger.

— C'est vrai. Mais que faites-vous là ? demanda-t-elle, tout en sachant que cette question n'était ni très fine ni polie.

Elle venait de penser que c'était elle qui avait dressé la liste des invités, et qu'elle n'aurait jamais mis Leland sur la liste de Portia Tilt.

— Youngham et moi avons des affaires en commun, et il m'a proposé de le rejoindre ici. (Leland haussa les épaules et repoussa d'une main ses cheveux blonds. Sa beauté la frappa douloureusement.) Je ne l'aurais pas fait, d'ordinaire. Vous savez que je ne m'intéresse pas au jeu. Mais je vais bientôt partir pour un long voyage, et je n'ai que peu de temps.

Carolina leva vers Leland un regard triste et enfantin.

— Où allez-vous ?

— D'abord à Londres, puis à Paris. À l'Exposition universelle en avril, il y aura de nombreuses présentations d'automobiles et des courses, et vous savez, bien sûr, que je ne manque jamais une occasion pareille. (Il eut un grand sourire, puis il vit Carolina baisser les paupières.) Dites-moi, êtes-vous sûre de ne pas être malade ?

– Non, mais je…

– Miss Broad !

Le couple qui avait noué une si belle relation en Floride fut arraché à ce moment d'intimité par l'irruption de Mrs Tilt sortant de la lumière flatteuse du salon de jeu. Le pas qu'elle fit dans leur direction était hésitant, mais son ton des plus fermes. Carolina savait ce que ce ton voulait dire – c'était la façon dont une personne haut placée parlait à un subalterne – et elle était sûre qu'il n'avait pas échappé à Leland.

– Mrs Tilt, répliqua Carolina en se dressant de toute sa hauteur.

Elle serra les lèvres, mimique qui creusait légèrement ses joues et faisait ressortir la courbe délicate de ses pommettes. Sans beaucoup d'effort, elle eut bientôt un air de hautaine insouciance, et s'entendit continuer, sur sa petite musique d'avant :

– Merci mille fois pour cette charmante soirée, mais je ne me sens pas très bien et n'ai plus très envie ce soir de jouer aux cartes. Mr Bouchard a la gentillesse de me proposer de m'accompagner et d'appeler un fiacre.

Mrs Tilt en resta coite, au point qu'elle ne put prononcer un seul mot quand Carolina la salua d'une petite révérence avant de prendre le bras de Leland et de descendre l'escalier au bout du couloir. Ils s'arrêtèrent dans le vestibule, où Carolina demanda naturellement le manteau en loutre de Mrs Carr comme si c'était le sien. Puis elle se retrouva à nouveau dehors dans le froid.

Comme ils attendaient en silence qu'un fiacre arrive dans la rue, elle essayait désespérément de trouver quoi dire ou quoi faire pour s'assurer qu'elle allait revoir Leland. Mais elle n'avait pas d'adresse permanente, excepté celle qu'elle venait de quitter, et aucune invitation dans le grand monde où elle aurait pu espérer le rencontrer dans un futur proche. Finalement un fiacre apparut, et c'est dans le même silence pensif que Leland lui prit la main pour l'aider à s'installer.

— Je pars vendredi. J'ai peur de ne pas avoir le temps de vous revoir avant mon départ. Vous me donnerez des nouvelles de votre santé ?

Carolina hocha mécaniquement la tête.

— Au moins, envoyez-moi un télégramme, insista-t-il.

Il lui prit la main et la tint serrée dans la sienne.

— Je vous le promets, dit-elle tout en lâchant sa main à regret. Au revoir, Mr Bouchard.

Il y eut le claquement du fouet, et le cheval s'enfonça dans la nuit. Carolina ferma les yeux, essayant d'imaginer qu'elle était encore avec Leland au lieu de se retrouver emmitouflée dans un manteau volé, et de rouler dans un fiacre auquel elle ne pouvait donner aucune adresse.

Trente-Six

« Mr William Schoonmaker, dont les ambitions politiques sont bien connues, et qui vient de rejoindre le Family Progress Party, a résidé toute la semaine à Albany afin de rencontrer le gouverneur et des alliés politiques. Au dire de tous, le futur candidat devrait revenir aujourd'hui à Manhattan... »

EXTRAIT DE *THE NEW YORK TIMES*,
JEUDI 1ᵉʳ MARS 1900.

– Vous prenez quelque chose, monsieur ?
– Non.

Henry garda la tête baissée et le regard droit en passant devant le serveur tandis qu'il entrait dans le salon du premier étage où sa belle-mère s'amusait comme une folle. Meubles Louis XIV, cirés le matin même, arrangés avec un soin étudié sur le tapis persan aux tons grenat. Quelques femmes et hommes ayant la chance de plaire à Mrs Schoonmaker, épouse de Schoonmaker senior : des gens bien qui parlaient sur des tons impérieux à de petites gens, comme à cet instant. Nonchalamment installés sur des divans ou des bergères, buvant de temps à autre dans des tasses de porcelaine fines comme du papier. La lumière de l'après-midi finissant filtrait à travers les rideaux de dentelle, et si l'on regardait par la vitre, on verrait à coup sûr un défilé de calèches dans l'avenue.

Henry éprouva un petit regret ; il se sentit un peu déloyal d'avoir refusé la boisson que lui proposait ce serveur, qui depuis des années veillait à ce que ses verres ne restent pas longtemps vides, au mépris des objections de Schoonmaker père. Mais Henry voulait garder l'esprit clair et alerte – ce qu'il avait essayé de faire toute la semaine, en attendant le retour de son père d'Albany. Il avait tourné et retourné tous les arguments dans sa tête, et se sentait prêt à lui présenter franchement et raisonnablement son souhait de quitter Penelope, sans laisser le vieillard prendre le dessus. De toute façon, il y aurait d'autres boissons et d'autres verres, et en compagnie de Diana, espérait-il, dans un futur méconnaissable et merveilleux.

Il parcourut la pièce du regard mais ne vit son père nulle part. Ses yeux s'arrêtèrent finalement sur la brune aux yeux bleus et au long cou assise sur le canapé en velours noir au dossier ovale, dans une robe en satin vert émeraude. À côté d'elle se trouvait sa belle-mère, sa chevelure blonde relevée et ses joues roses des compliments qu'elle aimait tant recevoir de la part de ses invités. Les deux femmes regardèrent en direction d'Henry. Isabelle se mit à rire et détourna la tête.

Penelope, cependant, continua à observer Henry tandis qu'il avançait entre les petites tables et les sculptures de marbre qui emplissaient la pièce. Il passa devant Adelaide Wetmore et Lydia Vreewold, installées dans un coin en pleine conversation, et devant le peintre Lispenard Bradley, qui semblait attendre une place à côté de Mrs Schoonmaker. Lorsque Henry fut proche d'elle, Penelope lui adressa un éclatant sourire de défi.

– T'ai-je affreusement manqué ? dit-elle assez haut pour que plusieurs commères notoires puissent l'entendre.

Différentes couches de tissus s'entrelaçaient sur le corset de la robe de Penelope, ce qui créait l'effet d'une armure. Malgré l'abondance des étoffes, l'aspect n'était pas doux, mais raide. On avait l'impression qu'aucun mouvement n'était possible sous cette cuirasse de satin, et pour la première fois Henry ne se demanda pas si le sang qui coulait sous ces beaux atours était rouge ou noir, chaud ou froid. La réponse ne lui importait plus.

– Non, déclara-t-il.

Les longs cils noirs de Penelope battirent une fois. Elle serra ses lèvres charnues, et son visage à l'ovale parfait prit une expression implacable. Si elle ressentait de l'embarras, elle essayait en tout cas de toutes ses forces de s'assurer que personne ne le remarquait.

– Je cherchais mon père. Est-il là, Isabelle ?

Isabelle, qui échangeait des regards silencieux avec Bradley, montra à Henry un visage innocent qui trahissait justement qu'elle avait minutieusement arrangé l'affaire entre son beau-fils et sa belle-fille.

– Non, dit-elle. Il est allé au club, mais nous l'attendons pour dîner ce soir chez les Hayes. Tu pourras lui parler à ce moment-là. Mais reste, maintenant, Henry, on n'est jamais trop de gens de qualité ensemble, et plus on est de fous plus on rit.

La lumière qui traversait les fenêtres devenait peu à peu crépusculaire, et les couleurs que les femmes arboraient durant le jour commençaient à paraître trop vives. Déjà Isabelle, il le savait, pensait à la prochaine robe qu'elle allait porter, sans pour autant avoir envie de se séparer de ceux qui avaient partagé sa compagnie dans la journée. Elle collectionnait les meubles, mais sa première grande passion, c'était de réunir les gens.

– Je ne me sens pas d'humeur à bavarder en ce moment, répliqua Henry d'un ton brusque. Je dois absolument discuter de quelque chose avec mon père. C'est important, et tant que je ne l'aurai pas fait, je ne serai pas d'une compagnie très amusante.

Sur un signe de la main il prit congé et se dirigea vers la porte. Il en avait presque franchi le seuil quand il vit que sa femme l'avait talonné. Toutes les têtes s'étaient tournées pour les observer, et quand Henry comprit que l'attention de l'assemblée était fixée sur eux, il s'arrêta et essaya d'adopter l'expression la plus neutre possible.

— De quoi veux-tu t'entretenir avec ton père ? lui demanda-t-elle à voix basse.

Henry regarda de tous côtés : les candélabres d'albâtre, les anges en bois sculptés, les gens qui essayaient de ne pas paraître les espionner. Il regarda tout, sauf elle.

— J'aimerais mieux…
— Si c'est à mon sujet, j'espère que tu aurais le courage de me le dire en face.

Henry, gêné, toucha sa veste et soupira.

Les yeux de Penelope brillèrent, pleins d'orgueil :
— C'est le moment, continua-t-elle en tendant le cou pour approcher sa tête de la sienne.

Sous la douceur de son intonation perçait un défi.

Les invités des Schoonmaker étaient retournés à leurs petites conversations, entretenant au moins l'illusion qu'ils ne portaient aucun intérêt à ces nouveaux mariés qui dialoguaient dans l'encadrement de la porte en acajou.

Henry avait déjà tout dit à Penelope. Pourquoi lui était-il si difficile de s'exprimer à présent ? Peut-être lui inspirait-elle maintenant encore plus de pitié ?

— Serait-ce à propos de cette stupidité que tu m'as ânonnée en Floride ? fit-elle en éclatant de rire, laissant paraître qu'elle réagissait à une plaisanterie courtoise et raffinée.

Elle dut lire sur son visage une expression qui lui confirma qu'elle ne s'était pas trompée, car elle continua :

— Ce que penseraient les gens, Henry ! Ce serait tellement aberrant. (Elle porta sa main gantée à sa bouche et rit à nouveau, cette fois d'une façon plus calme, plus posée.) Tu veux savoir ce que je crois ? Je crois que tu n'auras pas le cran de le dire à ton père.

Henry fut suffoqué. Le ton de persiflage qui perçait dans sa voix lui permit d'avoir moins pitié d'elle. Il soutint son regard et prononça clairement ces mots :

— Je le lui dirai ce soir.

Alors seulement le sourire de Penelope s'éteignit, lentement, très lentement, et son visage, pourtant caressé par les dernières lueurs du jour, s'assombrit.

— Tu ne le feras pas.

Sa voix déclina, elle n'était plus qu'un sifflement. Elle avança vers lui, comme si elle cherchait à lui barrer la route pour l'empêcher de mettre en œuvre ses projets.

— Si. Je le ferai.

Une fois cela dit haut et fort, pour Henry ce fut comme si sa conversation avec son père était réglée. Pensa-t-il alors qu'un défilé dans la Cinquième Avenue devrait être organisé en l'honneur de son courage ? Sentait-il les confettis voler autour de lui ?

— Je le ferai, répéta-t-il.

Il y avait tant d'autres choses qu'il aurait pu encore lui dire – qu'elle le méritait, qu'elle était froide et vénale, que son intérêt pour elle avait toujours été minime – mais il savait que le mieux à faire pour le moment était de rester calme. Nul besoin de prolonger la guerre alors que sa stratégie de sortie était si parfaitement claire.

Il la salua poliment, tourna les talons et quitta la pièce, son sang bouillonnant dans ses veines et ses pensées triomphantes s'élançant dans le ciel.

Trente-Sept

« C'est une vérité couramment admise qu'il se trouve toujours un gentleman avec qui danser, sauf au moment où vous en avez le plus besoin. »

MAEVE DE JONG, *AMOURS ET AUTRES FOLIES DES VIEILLES FAMILLES NEW-YORKAISES*.

C'était le jour qui suivait la confession d'Elizabeth à sa mère, et cet après-midi-là elle luttait pour recouvrer un semblant de sérénité. La culpabilité et la peur étaient encore là, sans compter la nausée et la fatigue, mais elle essayait de toutes ses forces de calmer le tremblement de ses doigts en boutonnant la rangée de minuscules boutons qui courait de son coude à son poignet. Elle releva ses cheveux au-dessus de son front et les petites mèches blondes qui tombaient sur son col officier noir. Déjà son corps s'était arrondi, caché par sa large jupe lie-de-vin à la taille haute qui tombait sur ses talons. Il y avait quelque temps déjà qu'elle se voyait grossir, mais l'idée des mois qui lui restaient lui donna la nausée. Will était mort il y avait deux mois maintenant, et sa grossesse serait bientôt visible.

– Claire, appela-t-elle en descendant l'escalier principal vers le vestibule.

Dans la pièce tamisée aux murs sombres et lambrissés, la servante aux cheveux roux leva vers elle un regard fatigué, sans lâcher son balai.

– Je vais rendre visite à une vieille amie.

Si Claire remarqua quelque chose d'anormal à cela, Elizabeth n'ayant rien fait de tel depuis des mois, elle ne le montra pas. Elle posa le balai contre le mur, frotta ses mains l'une contre l'autre et marcha vers la penderie installée sous l'escalier. Pendant ce temps, Elizabeth jeta un coup d'œil à travers la vitre de la porte d'entrée. Elle perçut le léger mouvement des arbres dans le parc mais nulle âme qui vive, et en conclut qu'il devait faire très froid dehors. Ces derniers mois, à cause de la réduction du personnel de la maison, elle était allée chercher et avait enfilé elle-même ses propres manteaux ; mais ce soir-là, Claire ressortait du vestiaire avec sa pèlerine en tartan marron. Elle passa ses bras dans les manches et attendit que Claire ferme la rangée de gros boutons le long de sa poitrine. Elle rencontra un bref instant les yeux de la servante et se contenta d'un petit sourire.

Elle avait récemment pensé à la possibilité que Claire soit à l'origine de la révélation de ce qui s'était passé entre Diana et Henry Schoonmaker, et bien qu'elle ait toujours eu confiance en la jeune fille, elle se méfiait d'elle maintenant, craignant qu'elle ne relève chaque commérage qu'elle entendait sur les Holland. Elle ne voulait pas qu'elle apprenne qu'un scandale se préparait.

— Préviens tante Edith que je serai de retour pour le dîner, à moins que je ne sois invitée ailleurs, déclara-t-elle.

Elle n'était pas vraiment sûre de ce qu'elle voulait dire par cette phrase, mais fit comme si elle était évidente et avança vers la sortie. Elle hésita un moment devant la porte vitrée, ayant soudain envie de lancer à Claire un regard rassurant, ou peut-être d'en recevoir un. Mais elle se souvint alors de sa situation tragique – chaque fois qu'elle y pensait elle en était glacée d'effroi – et s'affermit. Elle avait dans le passé parfaitement su gérer une situation des plus délicates. Elle le saurait encore. Elle ne pouvait hésiter, s'arrêter à des subtilités ni succomber à l'angoisse qui la rongeait.

La ville était tranquille à cette heure, et si elle ne l'avait pas mieux connue, elle aurait pensé qu'il n'y avait rien à y faire. Mais elle la connaissait bien. Elle savait que l'heure du thé s'achevait, et qu'en ce moment même les dames de New York reposaient délicatement leurs tasses en pensant à leurs petites folies du dîner ; elles songeaient à la façon dont elles allaient distribuer quelques affronts, à comment elles allaient s'y prendre pour engager certaines aventures. Mais Elizabeth elle-même était en mission, une mission pour laquelle il valait mieux qu'elle garde la tête froide et l'esprit clair ; ce qui ne l'empêchait pas, elle en fut toute surprise, d'éprouver une chaude et agréable impatience pendant que le fiacre remontait Madison Avenue. Elle pria le cocher de ne pas l'attendre et présenta sa carte à la porte.

– Mr Cutting est-il là ? demanda-t-elle, et bien qu'elle eût préparé son sourire, celui qui lui vint fut si naturel, si éclatant sur son visage qu'elle s'en trouva gênée. Mr *Teddy* Cutting.

Elle ne put voir l'expression du majordome de Cutting derrière sa barbe, mais son silence la fit douter : peut-être s'était-elle un peu trop avancée, et peut-être son plaisir à prononcer le nom de Teddy avait-il été trop évident. Malvenu. Elle le savait, selon son point de vue.

– Je vais voir, mademoiselle, dit-il enfin avant de la conduire au salon.

Un feu brûlait sous la cheminée de marbre, et les grandes feuilles des fougères retombaient en cercle autour de leurs hauts guéridons. Les murs étaient tapissés de papier peint à rayures mauves et des objets en verre taillé étaient exposés un peu partout dans la pièce. Sur les divans ivoire, Mrs Cutting et deux de ses filles, Alice et Julia, étaient assises, très sobrement vêtues contrairement à leur habitude. Ce fut la première chose qu'Elizabeth remarqua ; la seconde, qu'il y avait moins de gens qu'elle ne l'aurait pensé dans un salon de cette dimension et à cette heure.

– Miss Elizabeth Holland, annonça le majordome.

Quand les trois femmes levèrent la tête, elle vit qu'elles étaient toutes en train de pleurer. Elizabeth voulut parler, mais aucun mot ne put sortir de ses lèvres. Le majordome se retira, et elle avança dans la chaleur de la pièce.

– Oh, Elizabeth, gémit Alice.

Elle courut vers l'amie de son frère et jeta ses bras autour de son cou. Comme sa mère et sa sœur, elle était vêtue de noir, et un petit ruban représentant le drapeau américain était accroché à sa poitrine.

– Si vous saviez ! Si vous saviez !... gémit-elle encore.

– Qu'est-il arrivé ?

Elizabeth sentit s'évanouir le petit espoir qui était né en elle. Quelque chose de grave s'était produit. Un moment elle se demanda si elle ne portait pas malheur, et si Teddy n'avait pas, comme Will, subi une mort violente.

– Pourquoi êtes-vous si tristes ?

Alice l'attira vers les canapés et lui versa une tasse de thé. Elle la passa à Elizabeth qui se contenta de la prendre poliment sans y porter les lèvres. Dans l'attente de la mauvaise nouvelle qui lui tordait déjà l'estomac, elle avait l'impression que même un thé tiède pourrait l'ébouillanter.

– À cause de Teddy, bien sûr.

Alice s'assit à côté de son invitée. Ses yeux gris étaient exactement de la même teinte que ceux de son frère, et elle avait les mêmes traits forts et légèrement émaciés.

– Il est parti.

Les paupières d'Elizabeth se fermèrent une seconde.

– Parti où ? demanda-t-elle en les rouvrant.

Sa tasse de thé vibrait dans sa soucoupe ; elle posa sa main libre dessus.

– Il est parti à la guerre.

Julia, qui était assise à côté de sa mère à l'autre bout du canapé, regarda Elizabeth comme si cela pouvait en quelque sorte être sa faute. Pour autant qu'elle le sache, c'était le cas.

– Il a dit qu'il avait rencontré des soldats dans le train qui lui avaient révélé ce que cela signifiait d'être un vrai Américain, et qu'Elizabeth Holland elle-même avait affronté plus d'épreuves et s'était battue plus bravement dans sa vie qu'il ne l'avait jamais fait…

Elizabeth posa sa tasse et porta involontairement la main à sa taille. Elle se rappela le temps qu'elle avait passé avec Teddy en Floride, et imagina son ami à bord d'un bateau en partance. Que lui avait-elle dit qui lui avait donné envie de partir à la guerre, de s'exiler si loin ? Elle aurait tant voulu lui laisser savoir qu'il avait été héroïque à ses yeux, ici même à New York. Elle aurait tout donné pour être restée un peu plus longtemps dans la salle de bal en sa compagnie le soir où il avait essayé de lui faire sa proposition.

— Parti si vite ? s'étonna-t-elle, comme si c'était la rapidité de son départ et non son absence qui la choquait dans cette nouvelle.

— Oui.

La voix de Mrs Cutting se brisa, et elle porta un mouchoir à son visage. Ses cheveux blonds étaient parsemés de fils d'argent, et tout son corps tremblait de chagrin. Sa gaieté, sa joie impressionnante avaient toujours dépendu de la présence et des succès de ses enfants. L'unique cause de ses souffrances était leurs douleurs.

— Il s'est enrôlé et a déjà embarqué pour San Francisco ! De là, il ira aux Philippines.

Elizabeth se demanda à quel point du voyage se trouvait en ce moment son ami, car, c'était le trajet qu'elle-même avait fait. Toutefois, cela ne le rendait pas plus accessible.

— Vous devez être terriblement fières de lui, dit-elle sincèrement.

Les trois dames Cutting hochèrent douloureusement la tête, puis continuèrent à discuter de leur peur et de leurs cauchemars, des prières à faire pour qu'il ait la vie sauve, et des mesures dramatiques qu'elles prendraient dans leurs propres vies si jamais quelque chose lui arrivait. Elizabeth leur communiqua sa sympathie et parla doucement, de concert avec elles, mais son esprit était déjà ailleurs. Ce matin elle avait échafaudé un plan, cet après-midi elle se sentait plus optimiste, mais en cette fin de journée, elle voyait s'envoler le peu d'espoir qui lui restait.

Trente-Huit

« Les riches et heureux époux Schoonmaker sont de retour de Floride, et ne peuvent apparemment pas se passer l'un de l'autre. Ils assisteront ce soir à un dîner en petit comité chez les Hayes, en compagnie de quelques invités triés sur le volet. En dehors de leur cercle, ils ne semblent guère avoir besoin de voir du monde pour être heureux. »

EXTRAIT DE LA RUBRIQUE MONDAINE
DE *THE NEW YORK NEWS OF THE WORLD
GAZETTE*, JEUDI 1ᴱᴿ MARS 1900.

Au retour de son séjour dans le Sud, Penelope avait insisté pour que sa mère donne un dîner pour sa belle-famille. Elle n'aurait jamais imaginé ne pas pouvoir faire évoluer positivement la situation entre Henry et elle avant leur retour. Que sa beauté et ses efforts n'aient pas eu le moindre effet pour retourner un tant soit peu la situation, elle n'en revenait pas.

Même maintenant, assise face aux miroirs biseautés du salon qui avait été peuplé, les soirs de grands bals, de toutes ces dames qui s'étaient efforcées sans succès de lui arriver à la cheville, elle trouvait cela incompréhensible. Pour qui ces minces épaules, ce front pur et ce teint lumineux ? Pour qui cette exquise et distinguée robe de mousseline en soie rose pâle à volants, qui étranglait sa taille de guêpe et sublimait son décolleté caressé par la lumière des bougies ?

– Henry va cesser de se conduire en goujat et te prêter bientôt plus d'attention, lui glissa, comme si elle avait lu dans les pensées de Penelope, Isabelle assise près d'elle dans une robe ivoire agrémentée de dentelle beige.

Ses mots étaient rassurants, mais son ton peu convaincu.

– Je ne m'inquiète pas, répliqua Penelope en s'asseyant sur un petit tabouret.

Elle se regarda dans le miroir. Ah, comme elle aimerait que son joli cou blanc soit encore plus long. Elle était rompue à dire précisément le contraire de ce qu'elle pensait, cependant elle mentait mal, ce soir. Elle ne pouvait pas croire qu'Henry aurait le courage d'annoncer à son père qu'il voulait la quitter, mais cet après-midi dans le salon d'Isabelle, son attitude témoignait d'une telle détermination ! L'inquiétude la rongeait. Qu'allait-il faire ce soir ? Aucune idée ne lui venait.

Grayson apparut alors sur le seuil, et Isabelle se leva, pleine d'espoir – ce qui fit étouffer un petit rire discret à Penelope car, elle le savait, Isabelle n'avait en fait qu'une envie, celle de se jeter dans les bras de son frère. Bien qu'il lui ait autrefois prêté une courtoise attention, Mr Hayes ne sembla pas se rendre compte de sa présence. Il était clair qu'il n'était venu que pour sa sœur.

Penelope aperçut Buck dans le vestibule, son énorme poitrine revêtue d'une chemise de soirée d'un blanc éblouissant. Elle ne savait pas vraiment pourquoi, toujours est-il qu'elle trouvait, depuis peu, sa présence insupportable. Peut-être était-ce parce qu'il n'avait pas pu faire grand-chose pour elle ces derniers temps, ou bien parce qu'il était conscient de la hauteur de ses ambitions et du peu de chances qu'elle avait de les réaliser. Pendant un très long moment, Isabelle attendit que Grayson vienne vers elle, et quand elle vit qu'il ne se décidait pas à le faire, elle laissa Buck la prendre par le bras et l'escorter dans la salle à manger pour le dîner.

Grayson, avec une expression grave, offrit son bras à sa petite sœur.

– Tu es très jolie ce soir, déclara-t-il tandis qu'ils avançaient sur le sol en marbre noir et blanc.

Buck et Isabelle étaient trop loin d'eux pour pouvoir entendre la conversation du frère et de la sœur, et le claquement de leurs talons faits sur mesure retentissait entre les deux couples. Penelope nota la gravité du ton de son frère et se demanda, habitée à cet instant par une joie mauvaise, s'il n'aurait pas déjà trouvé une façon de punir Diana. Elle pourrait jeter cela à la figure d'Henry, et peut-être alors tout ne serait-il pas perdu.

– Merci.

Penelope marchait, décontractée, au bras de son frère. Isabelle brûlait probablement de tourner sa tête blonde et bouclée dans la direction de Grayson, mais la correction et l'orgueil rendaient le moindre geste de cet ordre impossible.

– Je vais devoir te restituer l'argent.

Le petit sourire pincé de Penelope s'éteignit.

– L'argent ?
– Oui.
– Tu n'en as plus besoin ?
– C'est cela.

Il y avait quelque chose de différent dans sa voix, une sorte de solennité que Penelope trouva à la fois mystérieuse et mortellement ennuyeuse. Sans ce ton grave, elle aurait détesté ses mots.

– Mais pourquoi donc, mon cher frère ?

Ils étaient arrivés dans le hall au bord du grand salon qui jouxtait la salle à manger, avec ses fauteuils club en acajou et ses vases d'or garnis d'herbe de la pampa. Dans cet espace aux boiseries en chêne, sur le tapis en poil de chameau s'attardaient, en tripotant leurs verres, sa famille, celle d'Henry, le peintre Lispenard Bradley et quelques autres. Les hommes prirent les bras des dames et les escortèrent dans la salle à manger. À ce moment-là, tout ce petit monde parut stupide et vain à Penelope, jusqu'à ce qu'elle remarque Diana.

– Qu'est-ce qu'elle fait là ?

Diana Holland ne pouvait l'avoir entendue, pourtant elle leva les yeux du coin du feu où elle se trouvait en compagnie de sa vieille tante Edith, figure idéale du chaperon, et la regarda bien en face. Elle ne souriait pas, et dans son regard il y avait une sorte de défi voilé. Elle était vêtue d'une robe vert pâle qu'elle avait portée à plusieurs occasions durant la saison d'automne, Penelope s'en souvenait.

– Je l'ai invitée, dit Grayson.
– Mon Dieu, mais pourquoi ?
– Parce que tu me l'as demandé. (Il se tut et ses yeux se mirent à briller et à prendre une expression rêveuse.) Et parce que je commence à penser que je pourrais tomber amoureux d'elle.

Quand Penelope vit son expression, cette espèce de regard de chiot qu'il avait, elle sentit le poids écrasant de la bêtise de son frère. Qu'est-ce qu'elle avait donc, cette minable créature avec ces cheveux en bataille et ce faux air de pureté, et pourquoi tout le monde, en tout cas deux hommes, l'aimaient-ils, et pour leur perte ?

Ils ne pouvaient s'attarder sur le seuil plus longtemps, et elle se sentit tirée par le bras de son frère, qui était – même après cette dernière trahison –

encore accroché au sien. Si sa mère n'avait pas été là, à quêter des compliments sur sa grande et belle maison, ou son père en train de marmonner dans son verre, ou encore le vieux Schoonmaker qui posait un regard critique sur tous les objets de la pièce, elle aurait fait remarquer à Grayson qu'il était dans une situation désespérée, ou souligné qu'ils avaient conclu un marché qu'il ne pouvait pas rompre aussi facilement. Mais autour d'eux bruissaient les chuchotements continuels des gens qui se congratulaient et s'extasiaient sur la soirée, et Penelope afficha alors, en entrant dans la pièce, le sourire d'une fille aimable et d'une toute jeune épouse.

Elle n'avait jamais haï autant le mot « amour » qu'à ce moment-là.

Maintenant Schoonmaker père, qui venait d'arriver, disait quelque chose de gentil à Diana, et Henry, qui s'était arrêté au bras de Mrs Hayes, s'était retourné pour la regarder. Il n'était là, Penelope le vit au premier coup d'œil, que pour exécuter ses intentions, celles qu'il avait annoncées cet après-midi, et il n'attendait qu'une chose : le moment où il aurait son père pour lui. Il tourna la tête, et la lumière joua sur sa gorge soigneusement rasée. Pour une fois, ses yeux noirs n'avaient rien d'impénétrable. La façon dont il regardait Diana donna à Penelope envie de hurler, de lancer le premier objet qu'elle trouverait sous sa main. Comme elle aurait aimé se précipiter à travers la pièce pour arracher les modestes rubans de la chevelure de Diana ! Elle se retenait de crier à toute l'assemblée que les filles Holland, avec leurs airs distingués et leur pauvreté aristocratique, n'étaient finalement que deux perverses – l'une s'était donnée au mari d'une autre femme, et l'autre attendait probablement un bâtard. Mais alors qu'elle suffoquait de colère, une idée formidable lui traversa l'esprit.

Comme Grayson fendait tel un possédé l'élégante compagnie, Penelope fut assez rapide pour que sa présence soudaine au côté de son frère paraisse naturelle. Elle le talonna jusqu'à celle sur qui tous les yeux s'étaient fixés : Diana.

– Miss Diana, je suis si heureux que vous ayez pu venir, dit-il.

– Je suis très contente d'avoir été invitée, lui répondit-elle.

Penelope nota le ton amusé de sa réplique, et en déduisit qu'il y avait une complicité entre eux.

Diana adressa à Penelope un sourire enjoué qui, en privé, aurait été une invitation à une gifle. Mais Penelope pensa qu'elle n'allait pas sourire longtemps : l'idée qu'elle venait d'avoir était géniale. Bien plus efficace et cruelle qu'une simple gifle. Elle rendit donc son sourire à cette petite idiote et attendit que Rathmill, le majordome, apparaisse sur le seuil de la salle à manger et annonce que le dîner était servi.

– Puis-je vous accompagner ? demanda Grayson à Diana.

Elle lui sourit en réponse. Ils avancèrent ensemble, Grayson dans son habit noir à queue-de-pie et Diana dans sa robe à volants, laissant Penelope derrière eux.

Penelope regarda autour d'elle, affectant une expression d'impuissance, sachant que tout le monde lui avait déjà attribué son frère comme cavalier. Son regard s'arrêta alors sur Schoonmaker père. C'était un homme d'une haute stature, dont le visage ressemblait, hormis son empâtement, à celui de son fils, mais ses yeux noirs étaient encore beaux, et sa mâchoire carrée bien dessinée. Il lui offrit son bras, et ils avancèrent à la suite de Grayson et de Diana. Derrière eux venaient Henry et Isabelle, puis les autres.

— Ne sont-ils pas charmants tous les deux ? chuchota frivolement Penelope avec un signe du menton en direction de son perfide de frère et de la petite grue.

— Oui, oui, acquiesça mollement William Schoonmaker, toujours dans son rôle de contempteur.

— Vous savez, un soir comme celui-ci, vous devriez trouver que j'ai raison, et pourriez presque imaginer ce couple devant l'autel.

Schoonmaker émit un vague grognement, entre l'acquiescement et la dénégation.

— Mais ne vous inquiétez pas, père, continua-t-elle plus fort, tout en adoucissant sa voix, qui prit une inflexion très féminine. (Elle ne l'avait jamais appelé « père » jusque-là – il était assez fin, se félicita-t-elle, de le faire en la circonstance.) Je ne suis pas de ces femmes qui, une fois mariées, ne pensent à rien d'autre qu'à arranger des mariages. Ce n'est pas que je n'apprécie pas ce divertissement ! Seulement juste un peu moins que les autres dames. En vérité, père, je crains de ne pouvoir sortir beaucoup en société cet été et cet automne, car je crois bien que notre famille va s'agrandir.

Penelope prononça minutieusement et calmement ces mots, sachant que ceux qui étaient à portée d'oreille comprendraient ce qu'elle avait voulu dire. Le visage de Schoonmaker père s'éclaira comme si elle venait de lui révéler qu'elle avait trouvé une cache de fonds de la Standard Oil dans son coffre-fort, et sa réaction fut si volubile qu'elle comprit qu'il y aurait un discours suivi d'un toast. Elle aurait aimé voir le visage d'Henry à ce moment-là, mais il fallait avant tout qu'elle garde le contrôle et continue à regarder son beau-père avec cet air d'angélique beauté.

Quelle idée extraordinaire ! Bientôt tout le monde saurait à quel point Henry et elle étaient intimement et étroitement liés – et elle ne put résister à la satisfaction de jeter un ou deux coups d'œil obliques vers la petite Holland, de remarquer le haut-le-corps qui venait de la saisir et l'expression de stupeur qui s'était peinte sur son visage. Elle avait l'air d'un lapin affamé à la sortie de son terrier où l'attendait un renard. Penelope avait frappé fort et elle lui avait fait mal, elle le savait, et tout ce que Grayson aurait pu manigancer était nul en comparaison de ce coup-là.

Trente-Neuf

« Il est difficile pour les anciens pauvres de bien jouer aux riches. Or ils sont nombreux dans la ville à s'y essayer. »

MRS L. A. M. BRECKINRIDGE,
L'ART DU SAVOIR-VIVRE DANS LE GRAND MONDE.

L'obscurité tomba d'un coup sur Manhattan et sur ceux qui avaient la possibilité de se blottir devant un feu. Les petits enfants miséreux allongés devant les portes cochères ne passeraient pas la nuit, mais Carolina ne se comptait pas parmi ces infortunés, et pour plusieurs raisons : elle portait un manteau en loutre qu'elle avait emprunté pour un temps à Lucy Carr « la divorcée », et tout en avançant péniblement dans les rues sombres et anonymes, elle se persuadait qu'un destin lumineux l'attendait.

Mrs Portia Tilt, cependant, n'était pas de cet avis. La dame de l'Ouest avait imaginé un avenir plus modeste pour Carolina, un destin qui supposait qu'elle reste dans l'ombre en présence des gens beaux ou riches, ou qui portaient des noms prestigieux. Elle avait exprimé cette opinion à son ex-secrétaire privée avec une véhémence toute particulière et une fermeté qu'elle n'avait pas montrées jusque-là, tard la veille au soir, quand Carolina était revenue de son interminable traversée en fiacre à travers la ville. Grâce au fait que les domestiques des Tilt n'étaient pas bien traités, la gouvernante de la maison avait veillé à ce que l'employée congédiée ait un lit pour la nuit. Mais au matin, ils ne pouvaient plus rien faire pour elle, et Carolina avait quitté la maison et était partie en ville avec sa petite valise.

Le soleil était déjà haut dans le ciel, et Carolina pensait à Leland et à la douceur dans son regard bleu clair encore si juvénile. Son intérêt avait revalorisé Carolina à ses propres yeux, et elle ne songeait plus sérieusement à Tristan. Les baisers qu'ils avaient échangés lui semblaient fades à présent, et la façon dont il l'avait aidée était impardonnable. Un petit moment de faiblesse, se dit-elle, quelque chose qu'elle avait fait pour survivre, et elle n'y pensa plus. Toujours est-il qu'elle possédait maintenant tout ce qui allait l'aider dans sa carrière – son élégance, sa démarche, son goût, qui n'était pas inné, tout cela faisait partie des choses que Longhorn lui avait apprises et offertes avec ses autres présents. Ce dont elle avait besoin, c'était d'un gagne-pain discret, juste un temps, ensuite elle trouverait un moyen de revenir à la place qui lui était assignée. Elle venait de loin. Pourquoi cette fois ne s'en sortirait-elle pas ?

Elle avait pensé aller dans plusieurs endroits en quête d'un emploi, mais chaque fois, Carolina Broad et ses origines se dressaient sur son chemin. D'abord, il y avait eu le salon de thé pour dames, où elle s'était imaginée dans un bureau en train de réprimander les serveuses qui négligeaient leur apparence. Mais ensuite elle avait vu, à travers les grandes fenêtres, les filles en uniforme, tel un troupeau de moutons affolés, et l'idée que la propriétaire puisse lui faire porter l'une de ces tenues noir et blanc lui avait donné des haut-le-cœur. Plus tard, en passant devant un hôtel qui venait d'ouvrir ses portes, elle s'était demandé si elle ne pourrait pas faire les chambres des riches clients. Mais elle savait qu'on ne se contenterait pas de lui faire épousseter les meubles, et que si elle avait la chance d'obtenir un tel emploi, il lui serait accordé en même temps que le statut de domestique. Sa gorge se serra à cette idée.

Ce fut seulement quand le ciel perdit toutes ses couleurs et qu'elle se rendit compte qu'elle était la seule femme dans les rues qu'elle commença à se demander si un salon de thé ou un hôtel ne seraient pas un bon endroit pour elle, après tout. Juste pour un jour et une nuit. Peut-être y aurait-il un lit de camp où elle pourrait dormir, ou au moins un coin où poser sa petite valise. Peut-être Leland apparaîtrait-il là par hasard, au matin, et, à la vue de son amoureuse dans de telles difficultés, il agirait. Peut-être l'emmènerait-il même loin d'ici, comme une princesse de roman. Carolina ferma les yeux et se mordit la lèvre inférieure à cette pensée, mais quand elle souleva les paupières, son regard tomba sur la vue inquiétante des pavés et des flaques d'eau dans la nuit ; alors tous ses beaux rêves se dissipèrent, et ses pensées désespérées ressurgirent.

Elle ne pouvait s'empêcher de songer douloureusement à Longhorn, qui l'avait protégée si courtoisement et lui avait offert tant de soirées légères et agréables. Le monde extérieur était rude, et son menton trembla à la pensée de la tristesse qui saisirait son ancien protecteur s'il l'y voyait jetée ainsi en pâture. Or elle était là maintenant, sans rien d'autre à faire que de continuer à se traîner dans les rues. Elle sentit alors qu'elle marchait sur quelque chose de mou. Un cri s'ensuivit, d'abord celui du rat sous son pied, puis un autre, surgi de sa propre gorge quand elle sauta en arrière et sentit le petit animal ramper sur son autre pied pour filer dans le caniveau.

Un frisson de dégoût la parcourut tout entière. Malgré son manteau de loutre, elle se sentit glacée jusqu'aux os. Elle se dépêchait maintenant, et quand elle vit de la lumière au rez-de-chaussée d'un immeuble, elle s'approcha et colla son nez contre une fenêtre.

À l'intérieur, des jeunes femmes aux visages nets et propres étaient penchées sur des tables où s'empilaient des étoffes luxueuses. Certaines cousaient, d'autres faisaient glisser des robes, des jupes et des vestes sous l'aiguille de leur machine à coudre. Une lumière électrique baignait la pièce, et l'espace d'un instant, dehors dans le froid, Carolina pensa que tout compte fait, elle serait bien là. Une femme plantureuse aux cheveux roux tirant sur le gris et assemblés en éventail sur sa tête marchait parmi les tables. Elle se penchait pour surveiller le travail des filles les plus jeunes, s'arrêtant de temps à autre pour défaire des points. Carolina regarda l'enseigne au-dessus de la porte, qui indiquait : « Madame Fitzgerald, tailleur ». Alors elle prit son inspiration et ouvrit la porte.

Il faisait plus chaud à l'intérieur qu'elle l'avait imaginé, et l'air était saturé de fibres qui flottaient dans l'air. Les machines vrombissaient, un tissu bruissa, mais les filles étaient silencieuses et calmes. Quand la porte se referma derrière Carolina, la femme se retourna pour la regarder. Elle avait un visage large et des traits durs comme celui d'un homme. Allait-elle prononcer quelques mots de bienvenue ? Il semblait que non. Carolina comprit qu'elle n'avait pas l'intention de parler la première.

– Puis-je parler à Madame Fitzgerald ?

Plusieurs filles se retournèrent franchement pour voir ce qui se passait sans pour autant interrompre leur tâche, et sans que leurs pieds ne lâchent les pédales.

– Elle même, répondit la femme.

– Oh, je… (Carolina rougit jusqu'aux oreilles.) Bonsoir.

La femme poussa un soupir agacé et mit un poing sur sa hanche.

– Je passais par là, et votre atelier m'a paru si joli que… je pense, enfin je me demande, j'espérais que…

– Vous espériez quoi ? la pressa la femme.

Sa voix était dure et nasillarde.

– Que vous pourriez me donner du travail.

À ces mots, la femme arqua ses sourcils teints en rouge.

– Ah bon ? Et pourquoi je vous en donnerais ?

Carolina fut stupéfaite. Elle avait imaginé que le plus difficile pour elle serait de réussir à demander du travail, mais que l'obtenir soit encore plus ardu, elle reçut cela comme un choc.3

– C'est bien un atelier, n'est-ce pas ? interrogea Carolina sans conviction.

– Oui, c'est un atelier, rétorqua Madame Fitzgerald.

Son regard glissa sur le beau manteau de fourrure de Carolina, et elle la toisa des pieds à la tête.

– Ce n'est pas un abri pour le genre grande dame qui ne sait rien faire de ses dix doigts. Que feriez-vous ? Rester assise près de la fenêtre ?

– Non, non… je sais coudre.

Elle avança d'un pas hésitant. Elle serra son manteau autour d'elle, mais eut soudain envie de faire savoir quelle avait été sa condition première.

– Ce manteau est un cadeau d'un ami à moi, mais ça ne veut rien dire. J'ai travaillé pendant des années comme femme de chambre d'une lady, chez la famille… (Là, la gorge de Carolina se serra, pourtant elle se força à prononcer ce nom.) La famille Holland.

– Vraiment ?

L'irritation de Madame Fitzgerald se dissipait en même temps qu'elle savourait cette amusante révélation.

– Oui. (Carolina alla jusqu'au bout de l'humiliation.) Jusqu'à cet automne.

– Bien. (La femme haussa les épaules, puis s'approcha d'une table près de la porte.) Alors montrez-moi donc comment vous travaillez.

– Entendu.

Carolina essaya de sourire, de prendre un air enthousiaste, et posa sa valise. Elle fit un pas en avant, mais l'expression du visage de Madame Fitzgerald l'arrêta.

– Enlevez ce manteau.

Carolina porta involontairement ses mains à sa poitrine. Elle pensa d'abord faire demi-tour, mais le souvenir du rat qui avait trotté sur son pied la fit changer d'avis. Lentement, à contrecœur, elle ôta le manteau et l'accrocha à la patère. Puis elle s'arma de courage pour affronter ce qui l'attendait. Madame Fitzgerald lui fit un signe en direction des jeunes filles devant leurs machines. Il y avait à la fois de l'envie et de l'animosité dans leur regard : le manteau de l'ancienne servante devait coûter au moins une année de salaire. Dehors, à travers la vitre, elle n'avait pas remarqué leurs cernes ni leurs doigts abîmés, mais cela ne lui fit pas passer l'envie de les rejoindre. Juste une nuit.

Elle s'assit à l'endroit que Madame Fitzgerald lui indiquait, et inspira l'air chaud et sec de la pièce. La propriétaire apporta une jupe en tissu blanc ivoire et la jeta sur les genoux de Carolina. Ce tissu était horrible à la vue et rêche au toucher, elle n'avait jamais porté ni ne pouvait imaginer porter un jour un tissu pareil, qui semblait se désagréger en particules sous ses doigts.

– Ourlez-la.
– Comment ?

Carolina venait de penser à une robe très différente de couleur or pâle aux ourlets brodés et festonnés, que Longhorn avait fait confectionner spécialement pour elle. Elle l'avait portée ce fameux soir au *Sherry*, quand l'idée d'être la subalterne de Portia Tilt lui avait été insupportable…

– Ourlez-la. (Madame Fitzgerald se pencha et les coins de sa bouche se relevèrent mécaniquement.) C'est un test, mon petit.

Carolina fit oui de la tête. Elle ôta ses gants, retroussa ses manches, s'éclaircit la gorge et prit la jupe. Elle passa les doigts sur son ourlet rugueux et défait. La jupe avait été élargie, comme les habits qui lui venaient de sa sœur Claire l'avaient été pour elle. Elle grandissait trop vite et les vêtements ne lui allaient plus, il fallait toujours plus de longueur, plus de tissu, plus de ceci ou cela. Carolina leva les yeux vers la propriétaire pour s'assurer qu'elle était vraiment censée faire ce qu'on lui demandait, et qu'une machine ne ferait pas mieux l'affaire. Puis elle prit une aiguille sur la pelote posée sur la table et commença à coudre.

Après l'avoir observée faire consciencieusement quelques points, Madame Fitzgerald s'éloigna. Elle regarda par-dessus l'épaule des autres filles tout en conservant un œil sur Carolina, qui essayait de garder la tête baissée en perçant avec réticence le tissu de l'aiguille. Sa poitrine était serrée et ses épaules contractées, à l'idée de faire tant d'efforts pour si peu.

Elle pensa alors à Will – pauvre Will qui avait tant souffert, et qui n'avait eu et n'aurait jamais l'occasion d'aller au *Sherry*, ni à l'opéra, ni de porter des vêtements taillés sur mesure. Elle pensa à lui ainsi qu'à toutes les injustices de sa vie et de la sienne, à tous les événements qui l'avaient menée jusqu'ici, et elle continua à coudre, mais de moins en moins soigneusement.

Un coup de sonnette retentit, et Carolina leva les yeux de sa tâche vers la porte. Un homme entra. Les revers relevés de son manteau cachaient son visage, mais non l'éclat de ses cheveux châtain clair, qu'il portait longs. La respiration de Carolina s'arrêta et ses mains se mirent à trembler à l'idée que ce pourrait être Leland. Lui ! Il était revenu pour elle, contre toute attente il l'avait retrouvée. Elle sourit, et son sourire illumina son visage semé de taches de rousseur. Puis Madame Fitzgerald émit un son joyeux et guttural, et alla prendre le manteau de l'homme. Celui-ci tourna la tête pour regarder la pièce. Il était grand et beau, ses cheveux étaient identiquement coiffés, mais ce n'était pas Leland.

La propriétaire embrassa l'homme sur la joue ; il était clair qu'ils étaient de la même famille – il avait le même visage, c'était son fils ou son neveu, sans doute. En même temps que la déception, Carolina ressentit une vive douleur.

– Aïe ! fit-elle tout haut.

Plusieurs jeunes filles se retournèrent pour la regarder, puis Madame Fitzgerald. Carolina baissa les yeux, et vit que l'aiguille s'était plantée dans son pouce, juste sous l'ongle. La douleur la surprit, et le sang commença à couler sur sa peau et sur la jupe qu'elle cousait.

– Espèce d'idiote !

Madame Fitzgerald marcha vers elle et jeta le vêtement loin de Carolina qui demeura figée, le regard fixé sur son doigt blessé. La vieille femme saisit sa main et arracha l'aiguille d'un geste brusque.

– Regardez ce que vous avez fait, dit-elle sur un ton à peine plus doux.

En effet, la jupe était tachée de sang. Carolina aurait aimé lui rétorquer que ce chiffon était de toute façon importable, mais elle savait que cet argument ne serait d'aucun poids face à une telle femme. Elle se leva donc – avec ce qui lui restait de fierté – et enfila ses gants, d'abord l'un, puis l'autre, qui se trouva rapidement taché du sang de son doigt blessé. Elle passa entre les rangées des pauvres filles aux yeux farouches, mit son manteau sur ses épaules et jeta un dernier coup d'œil à la propriétaire et au jeune homme resté à côté d'elle. Leurs visages transpiraient le mépris. Carolina soutint leur regard, puis sortit dans la nuit.

Elle imagina comment la presse rapporterait cette aventure (« Carolina Broad erre la nuit dans les rues ») – à ceci près qu'elle ne se sentait plus vraiment digne de ce nom. Il lui sembla que tout son corps était engourdi par le froid et qu'elle n'éprouvait pratiquement plus aucune sensation. Elle ne sentait plus ses doigts ni ses orteils. Plus tard, quand elle s'effondra devant une porte cochère, recroquevillée dans son manteau, et que sa tête s'inclina sur son épaule, elle eut l'impression que tout cela lui était étranger et arrivait à une autre jeune fille. À Lina Broud, sans doute.

Quarante

« Les mères ne cessent de m'écrire pour me remercier. Nombreuses sont les femmes qui ont tiré profit de ma sagesse avant de devenir des dames. C'est l'une des grandes joies de ma vie. Cependant, certaines ne s'éduqueront jamais, et quand j'ai vent de leur inconduite, j'éprouve un chagrin qui grandit au fil des ans... »

MRS HAMILTON W. BREEDFELT,
EXTRAIT DE SON *RECUEIL D'ARTICLES
SUR L'ÉDUCATION DES FEMMES
DE BONNE FAMILLE DU GRAND MONDE*, 1899.

Au nord de la Cinquième Avenue et aux alentours du parc, une pluie fine s'était mise à tomber obliquement, poussée par le vent. Diana l'écouta tambouriner sur le trottoir. Bientôt, ce fut un déluge. Chez les Hayes, on avait ouvert une autre bouteille de champagne alors que tout le monde était déjà bien éméché. Henry Schoonmaker était vautré dans un canapé entre sa femme souriante et son père, non moins vautré, qui avait initié la bacchanale. Il avait dansé avec Edith Holland, qui de son côté n'avait pas boudé la boisson. À cette occasion lui étaient revenus les souvenirs de sa jeunesse où elle ne s'en privait pas non plus, et un épisode des années 1870 où certains membres de la haute société évoquaient alors la possibilité d'une alliance Holland-Schoonmaker. Pendant ce temps, Isabelle, la seconde épouse de Schoonmaker senior, conversait avec Abelard Gore, dont la femme s'était rendue ce soir-là à une autre soirée, et Prudie Schoonmaker, la jeune sœur d'Henry qui avait davantage parlé ce seul soir qu'elle ne l'avait fait dans toute sa vie, papotait à qui mieux mieux avec le peintre Lispenard Bradley, lequel ne lâchait pas Isabelle des yeux. La nièce d'Edith, Diana, était assise sur un divan, dans un coin reculé.

Quand le serveur s'approcha d'elle avec une bouteille, elle lui tendit négligemment sa flûte pour qu'il la lui remplisse.

Tout le monde dans la pièce était un peu éméché, mais Diana, malgré tous ses efforts pour être dans le même état, restait à l'écart. Elle voulait oublier le dernier coup qu'Henry lui avait asséné, mais le champagne n'y faisait rien. C'était comme si elle avait été prisonnière de quelque scientifique fou qui se serait livré sur elle à une expérience visant à mesurer les étendues lointaines et glacées des plus grandes douleurs. Il avait remis un couteau à Henry et lui avait dit de l'enfoncer au plus profond, et quelque part, derrière l'un de ces miroirs, le fou observait comment la douleur se manifestait sur le délicat visage de Diana. De temps en temps, il ajoutait certains éléments pour atténuer la souffrance, mais ce n'était que pour récidiver avec d'autres expériences encore plus virulentes. La dernière, qui lui avait fait découvrir le colossal mensonge d'Henry (il ne couchait soi-disant pas avec sa femme, alors que bientôt le couple allait avoir un enfant et former une famille heureuse), lui avait causé le plus grand désespoir. Quoique... songea Diana en portant la flûte de champagne à ses lèvres : elle avait pensé exactement la même chose bien des fois auparavant, et maintenant, elle se débattait à nouveau dans les eaux inexplorées de l'angoisse.

— On dit qu'il y a de belles toiles à voir, dans les galeries ? proposa-t-elle à l'homme assis près d'elle, Grayson Hayes qui, elle le savait fort bien, avait été chargé par sa sœur de la séduire ; de son côté elle s'en était servie pour éveiller la jalousie d'Henry, puis pour l'oublier, mais sans aucun résultat, à aucun moment. Pauvre Grayson, misérable pion dans ce jeu perdu d'avance. Elle lui suggéra d'aller voir les tableaux des galeries sur un ton qui n'avait rien de suggestif ni de sournois. C'était une simple suggestion, qui n'était pas tant une question qu'une prière d'être emmenée loin du fumoir où régnait une ambiance joyeuse et où flottait une épaisse fumée bleuâtre.

– Oui, répondit-il, comprenant aussitôt sa demande.

Il se leva pour lui offrir sa main. Elle la prit et se laissa conduire vers la porte. La fête battait son plein et personne ne remarqua leur absence. Ils traversèrent les couloirs d'une demeure qui aurait pu contenir dix fois celle des Holland. Si Diana avait pensé que quitter la pièce où Henry et sa femme célébraient leur bonheur l'apaiserait, elle savait à présent qu'il n'en était rien. Elle tremblait encore à l'idée de ce qu'était maintenant la vie du couple Schoonmaker – de ce qu'elle avait dû toujours être –, alors qu'elle n'avait cessé d'imaginer toutes les façons possibles de vivre son amour avec Henry dans le plus grand secret. Il avait profité d'elle, du moins avait-il essayé. Elle s'efforça de penser qu'elle avait de la chance d'avoir découvert la vérité si vite, mais sa tendance à voir le bon côté des choses avait été totalement mise à mal par ce dernier coup.

– Les tableaux de cette galerie sont particulièrement beaux.

Ils étaient entrés dans une pièce à la lumière tamisée. Grayson approcha des peintures une bougie qu'il avait prise en passant, mais Diana n'était pas le moins du monde intéressée par les toiles.

– Miss Diana, je suis heureuse que nous soyons seuls. Je voulais vous dire que j'ai souvent pensé à vous cette semaine.

Elle regarda Grayson, et trouva que son visage n'était pas seulement beau, comme toujours, mais ouvert et franc. Cela la surprit.

– Votre intérêt pour moi est-il sincère, ou bien est-ce encore une stratégie de votre sœur ? demanda-t-elle d'un ton neutre.

– Mon intérêt (ce mot, se dit-il en son for intérieur, ne lui rendait pas justice) est bien plus que sincère. En tout cas maintenant. Je vous en prie, ne me faites pas avouer comment cela a commencé, mais croyez-moi quand je vous assure que cela n'a plus d'importance.

Grayson se pencha pour glisser une boucle des cheveux de Diana derrière son oreille et plongea ses yeux dans les siens, exprimant une adoration incomparable. Elle lut la sincérité dans son regard, du moins la volonté de la lui prouver. Mais était-elle capable de faire la différence ?

– Dites-moi pourquoi.

Après le traitement que lui avait infligé Henry, elle n'était pas sûre qu'un homme puisse aimer honnêtement une femme, mais elle avait envie de le croire. Elle voulait qu'on lui dise de belles choses, pour apaiser l'effrayant martèlement de son cœur.

– Eh bien, répondit Grayson en riant doucement, parce que vous êtes belle et curieuse, et parce que vous aimez la vie. Parce que je me sens libre avec vous, délivré de toutes ces stupides et assommantes contraintes auxquelles je suis soumis.

– Oh.

Diana recula contre le mur. Elle se demanda si Henry avait ressenti ce genre de choses pour elle – peut-être au début, avant de se rendre compte qu'on pouvait facilement la manipuler ? Mais Henry était là de nouveau, il envahissait ses pensées, enfonçait son couteau, le tournait et le retournait dans son cœur, et un frisson la parcourut. Grayson la prit doucement par la taille.

– Croyez-vous que vous ressentirez toujours de telles choses ? demanda-t-elle après un moment.

– Je ne peux pas imaginer cesser de le faire.

Elle ouvrit les yeux mais ne le regarda pas avant de souffler la bougie. Puis elle tendit les bras vers lui, caressa sa chemise et ses épaules et l'attira vers elle. Le bougeoir en cuivre tomba sur le sol. Elle sentit son souffle dans son cou, et se dit que cela lui plaisait. Elle n'avait jamais imaginé être touchée par quelqu'un d'autre qu'Henry, mais elle trouva dans la proximité intime d'un autre corps un baume à ses blessures. Elle entrouvrit les lèvres et les approcha de celles de Grayson.

– Je n'ai jamais rien ressenti de tel pour une femme, dit Grayson quand, après un moment, il s'écarta d'elle. Je veux que vous soyez à moi pour toujours…

Diana fit oui de la tête, mais elle ne voulut pas en entendre davantage. Elle souhaitait être encore embrassée jusqu'à ce que ses baisers absorbent tous ses autres sentiments. Elle appuya sa tête bouclée contre le papier peint, l'invitant à embrasser sa gorge. Après une seconde d'hésitation, il se pencha pour y poser les lèvres avant de remonter jusqu'à sa bouche qu'il baisa doucement. Elle passa ses bras autour de son cou et ses mains sur sa nuque, à la racine des cheveux. Elle avait presque oublié l'heure, et les gens dans l'autre pièce.

– Pensez-vous qu'on va leur manquer ? haleta Grayson.

– Pas encore, répondit-elle en retenant son souffle.

Grayson la regarda, les yeux mi-clos. Peut-être s'étonnait-il qu'elle exprime si intensément son propre désir. Mais dans le noir, il ressemblait à Henry, en tout cas pour Diana c'était tout comme.

– Di, continua-t-il doucement. Je ne voudrais pas vous inciter à…

Il s'interrompit. Diana le regardait. Elle pensait à la façon dont Henry pouvait la contempler de l'autre bout d'une pièce, comment son regard lui donnait l'impression qu'il était tout près d'elle, en train de la caresser. Ce souvenir la fit faiblir. À ce moment précis, alors que les cris de la fête des Schoonmaker résonnaient encore faiblement dans l'aile voisine et que la pluie martelait les avant-toits, il lui sembla qu'une seule chose pouvait l'aider à oublier ce qu'Henry lui avait fait. Elle leva l'index et le pressa sur ses lèvres, lui demandant de se taire.

– S'il vous plaît, chuchota-t-elle.

Il la prit dans ses bras et la souleva contre la boiserie. Sa jupe vert pâle et sa crinoline blanche écumèrent autour d'eux comme la vague qui se brise sur la digue, et elle sentit son corps et son âme s'ouvrir comme les ailes d'un papillon. Il se pencha pour poser ses lèvres sur ses épaules, et elle trouva cela agréable. Il la tenait haut dans ses bras, et elle aima cela, aussi. Alors elle se pressa contre lui, consciente qu'elle lui donnerait tout, désireuse qu'il la prenne tout entière et qu'il l'entraîne dans un gouffre d'oubli.

Elle avait presque perdu conscience d'elle-même. Elle tourna la tête pour qu'il enfouisse encore ses lèvres dans son cou, quand elle entrevit une silhouette dans l'ombre de la porte ouverte. Était-ce Henry, ou l'imaginait-elle partout ? Puis la silhouette disparut, et elle sut qu'elle ne connaîtrait jamais quelque chose d'aussi inouï, d'aussi doux et d'aussi pur que ce qu'elle avait éprouvé avec Henry.

Quarante et Un

« La réaction des hommes à la nouvelle qu'ils vont être père pour la première fois est souvent inappropriée, sinon pleine d'inquiétude ; il serait sage qu'ils observent alors la réaction de leurs propres pères, qui ont eu le temps de s'habituer à l'idée de la paternité. »

MAEVE DE JONG, *AMOURS ET AUTRES FOLIES
DES VIEILLES FAMILLES NEW-YORKAISES.*

– Quelle joie qu'une famille qui s'agrandit, déclara le vieux Mr Schoonmaker en s'affalant dans son fauteuil.

Il n'en pouvait plus de lever son verre à la santé de son fils, de sa belle-fille et de leur pseudo-rejeton. Heureusement pour Penelope, qui devait être épuisée – supposait Henry – de s'efforcer de rougir pudiquement chaque fois que son père faisait référence à sa condition. Heureusement pour lui, aussi, qui ne savait quelle tête faire. Au bout de la table, le père de Penelope, légèrement hébété, plongeait le nez dans son verre de vin doux. À l'autre bout, sa mère, dans tous ses états, gloussait et faisait des clins d'œil à tous ceux qui regardaient dans sa direction. Les autres invités demandaient en chœur et sans modération plus de champagne, et en rajoutaient dans les félicitations et l'excitation.

– C'était délicieux, énonça Richmond Hayes presque à regret tandis que les serveurs arrivaient dans la salle à manger lambrissée pour enlever le dernier plat.

Les invités s'arrêtèrent de parler et regardèrent le maître de maison, attendant la suite des réjouissances. Henry se demanda où ils trouvaient l'énergie pour continuer, lui-même étant épuisé par tout cela. Mais c'est connu, tout le monde aime les fêtes, et les yeux brillaient d'ivresse et d'excitation.

– Mr Hayes, proposa Mrs Hayes, et si nous invitions nos hôtes à prendre les digestifs dans le fumoir ?

Les hommes et les femmes assis autour de la table de banquet murmurèrent leur approbation, et Richmond Hayes accepta sans grand enthousiasme avant de décréter finalement que c'était une excellente idée. Henry évitait de regarder Diana, assise de l'autre côté de la table, à moitié cachée dans l'ombre des bégonias roses. Tout le monde repoussa sa chaise et se leva. Les hommes prirent les bras des femmes qu'ils avaient escortées en entrant quelques heures auparavant, un peu moins éméchés qu'ils ne l'étaient à présent.

– Henry, assieds-toi à côté de ta femme, ordonna Schoonmaker père une fois qu'ils furent tous regroupés.

Penelope le regarda, du canapé où elle s'était installée, avec de grands yeux doux et innocents comme ceux d'une biche.

C'est incroyable, pensa-t-il, *toutes ces différentes émotions qu'elle est capable de feindre.*

Dans sa robe rose pâle cousue sur mesure par un grand créateur, elle avait presque l'air d'une future jeune maman qui ne pense à rien d'autre qu'à ses enfants ; mais Henry n'était pas dupe. Une femme capable de tirer parti de sa progéniture avant même qu'elle soit née ! Il alla s'asseoir à ses côtés, mais ne put se résoudre à rencontrer son regard.

Les heures passaient. Au début, Henry refusa toute boisson. Il était resté sobre toute la semaine, sachant qu'il devrait avoir le cœur bien accroché, et n'entamer ni sa force, ni sa fermeté. Mais il commençait à croire en l'éventualité que Penelope puisse dire la vérité, et cette idée lui fit demander un verre et l'avaler cul sec. Puis il en demanda un autre, et encore un autre. Quand la compagnie fut assez émoustillée et se mit à parler fort, assez fort pour noyer les paroles d'Henry, il s'adressa à sa femme.

– C'est impossible.

Il avait parlé bas, sans articuler, mais réussit à fixer ses yeux noirs sur elle.

– Que voulez-vous dire, Mr Schoonmaker ? lui demanda-t-elle d'un air ingénu.

Henry jeta un coup d'œil dans la pièce. Les femmes arrangeaient les plis de leurs jupes pour offrir une image impeccable d'elles-mêmes sous la lumière du lustre, et les serveurs allaient et venaient avec des carafes pleines. Henry aurait aimé se cacher dans un coin sombre avec une carafe dans chaque main. Un immense miroir incliné au cadre doré surplombait la cheminée, offrant le spectacle de la pièce vue d'en haut. Henry y vit son reflet, dans son smoking noir, à côté de sa femme dans sa robe sophistiquée. Une seconde, il vit ce que tout le monde voyait, à savoir deux êtres parfaitement assortis, grands, bruns, élancés, et trop amoureux pour se mêler à l'effervescence. Cette image le fit se haïr au plus haut point.

– Ça ne s'est passé qu'une fois, il y a une ou deux semaines, je ne sais plus. (Henry soupira et serra les mâchoires.) Je n'y crois pas.

– Très bien, fit Penelope en haussant ses épaules blanches d'un air insouciant.

– Tu ne peux pas être enceinte. C'est impossible.

Pour la première fois ce soir-là, la peur d'Henry reflua.

Elle leva les yeux au plafond et entrouvrit les lèvres.

– Eh bien, effectivement, je n'en suis pas tout à fait sûre. (Puis elle soutint son regard.) Mais pourquoi pas ?

Henry poussa un soupir de soulagement. Il n'y avait pas de bébé, pas de famille. Il pourrait la quitter. Cela prendrait seulement un peu plus de temps, et la conversation avec son père serait un peu plus embarrassante. Mais il pourrait encore faire comme il l'avait décidé.

– Oh, Henry, ne sois pas cruel.

Son visage s'était renfrogné. Qu'allait-elle faire ?

– Je t'ai dit ce qu'il en était, fit-il gravement.

– Mais maintenant tout est différent !

– Penny, ne sois pas stupide, tu viens de dire toi-même...

Penelope baissa les yeux vers ses mains gantées et ornées de bracelets en rubis avec lesquels elle se mit à jouer.

– Moi, stupide ? Ce ne serait pas plutôt toi ? dit-elle posément. Par exemple, tu n'as même pas réfléchi au scandale que ce serait de quitter ton épouse enceinte. Les choses sont différentes, maintenant, vois-tu. Tu ne comprends pas ça ?

– Je ne pense pas que ce mensonge passe les limites de cette pièce, ma chère. (Henry ferma brièvement les yeux et s'essuya le front.) Car enfin, que feras-tu dans neuf mois, quand il n'y aura pas de bébé ?

Penelope se rapprocha encore de lui et ferma lentement les paupières, comme si ce qu'elle voulait répondre allait de soi.

– Tu ne crois pas que ce sera pire ? chuchota-t-elle. Si tu abandonnes ta femme, elle ne pourra pas porter ton premier fils jusqu'à son terme…

Henry avala bruyamment sa salive. Il regarda autour de lui comme si les murs, les meubles et même les invités s'étaient transformés en sculptures de fer. Cela aurait pu être. Car en l'espace de quelques secondes, il réalisa qu'ils étaient tous, pour lui, une sorte de prison. Ils l'observaient, le sourire aux lèvres, inconscients de leur métamorphose. Tout rayonnants, ils contemplaient les jeunes époux Schoonmaker qu'ils croyaient en train d'échanger des secrets d'amoureux. Penelope avait dû capter cela également, parce qu'elle glissa sur les coussins moelleux pour s'approcher encore plus près de son mari, afin de renforcer l'illusion.

– De toute façon, je ne crois pas que tu gagnes grand-chose à me quitter, lui chuchota-t-elle à l'oreille. Qu'est-ce que tu crois que ta petite Di fabrique en ce moment ?

Quand elle reposa à nouveau son bras sur l'accoudoir, elle pouffa d'une façon qui ramena l'attention d'Henry sur les autres personnes, leur joyeux tapage, leurs bavardages évaporés. L'air était enfumé, à couper au couteau, et il eut l'impression de ne plus pouvoir respirer. Tout le monde parlait haut, à un degré qui empêchait d'entendre la moindre conversation. Henry chercha Diana des yeux et ne la vit nulle part.

Son chaperon était là – visiblement éméchée, en train de danser avec son père. Il regarda le divan où Diana était restée assise. Il était vide à présent.

Au-dessus du siège vide se trouvait le tableau d'un homme, à l'échelle humaine, dans un costume militaire, sur un cheval cabré sur ses postérieurs. Les sabots du cheval griffaient l'air, et ses yeux étaient pleins de feu et de peur, tandis que son cavalier avait l'air fier, calme, prêt à affronter une bataille qui semblait faire rage dans le fond de la toile. Henry aurait aimé croire qu'il était ce cavalier, or il savait qu'il jouait maintenant le rôle du cheval. Son regard tomba alors sur Penelope, qui lui lança un clin d'œil complice.

– Tu ne te demandes pas où elle a disparu ? sourit-elle en posant sagement ses mains sur ses genoux. Plutôt où *ils* ont disparu… Moi je me le demande, spécialement depuis que mon frère m'a donné une information très intéressante, juste avant le dîner : il m'a dit qu'il l'aimait.

« Ça suffit ! » eut envie de crier Henry à sa femme et à tout le monde dans la pièce.

Mais il n'en fit rien. Il se souvint de ce que Grayson avait dit au casino à propos de Diana, et quel genre d'homme excessif et désespéré il était. Peut-être pensait-il l'aimer, et Diana était probablement dans un tel état maintenant qu'elle pouvait vraiment le croire.

Henry s'excusa. Abattu, il erra lentement dans les couloirs de la maison de sa belle-famille. Il connaissait bien l'agencement et les recoins de cette maison, pour une raison à laquelle il n'avait plus envie de réfléchir. Son cœur battait fort et ses pieds le portaient machinalement en avant. Tout ce qu'il savait, c'est qu'il devait retrouver Diana — ce qui arriva finalement. Mais il comprit que c'était trop tard.

La main appuyée contre le chambranle de cette pièce obscure, il vit, durant quelques secondes insupportables, le corps de Diana emmêlé à celui de Grayson. Il aurait pu crier, mais il n'avait plus de souffle. C'était lui qui les avait entraînés jusque-là, à ce point de non-retour, alors à quoi bon hurler contre quelqu'un d'autre que lui-même ? Que pouvait-il faire sinon s'en aller en titubant, conscient que ses projets et son acte de bravoure n'étaient plus que des pensées avortées en train de mourir lentement dans son esprit ?

Quarante-Deux

« Dans notre cité vit, derrière une façade en grès brun pareille à n'importe quelle autre, une femme abominable qui vend des poudres aux jeunes filles dévergondées, et qui, quand ces poudres ne produisent pas l'effet attendu, pratique des opérations... »

RÉVÉREND NEEDLEHOUSE,
SERMONS POUR NOTRE ÉPOQUE.

Elizabeth arriva tard ce soir-là, comme sa mère le lui avait demandé. Elle avait retenu l'adresse – une adresse respectable, à côté de Washington Square, une maison de ville parmi les autres, si ce n'est la lumière au-dessus de la véranda qui brillait un peu plus fort qu'aux fenêtres des autres maisons. La pluie s'était calmée et elle portait un manteau sombre à capuche qui couvrait son visage, et elle prenait garde à ne pas se faire remarquer. Aussi s'arrêta-t-elle longtemps dans l'ombre et, quand elle fut sûre que personne ne regardait par une fenêtre ou ne flânait dans un coin, elle gravit rapidement les marches du perron. Elle emportait avec elle le reste du pécule issu des intérêts que son père avait obtenus au moment de la ruée vers l'or et que Snowden avait donné à sa famille, et les derniers mots de sa mère avant qu'elle ne quitte la maison.

– J'avais une haute opinion de toi, lui avait dit Mrs Holland avant d'annoncer qu'elle allait se coucher.

Edith était déjà partie chaperonner Diana, aussi personne n'avait vu Elizabeth s'enfoncer dans la nuit. Mrs Holland lui avait dit de prendre un fiacre, mais elle ne pouvait supporter que même un cocher soit complice de ce qu'elle allait faire.

Elle était malade d'inquiétude, et elle mit longtemps avant de pousser le heurtoir contre la porte. Elle ferma les yeux, hésita, puis leva finalement son maigre poignet. Après, tout se déroula très vite. Elle fut conduite au premier étage dans un salon éclairé par des lampes anciennes et décoré de tissus doux et de peaux d'animaux. Les femmes richement habillées qui l'avaient fait entrer disparurent derrière un paravent japonais qui cachait une antichambre. C'était un salon comme les autres, juste un peu plus joli, se dit machinalement Elizabeth en attendant.

Elle entendit un bruit sourd de voix féminines venant des pièces voisines. Elle serra les mains, les lâcha, puis les serra plus fort. Comme c'était étrange de se trouver là, elle qui avait été tant aimée, tant admirée pour son élégance et ses manières lors des soirées qu'elle aurait tant souhaité revivre ; elle aurait tout donné pour les retrouver. Elle ne savait quoi faire de ces arrêts du destin, de la pièce où elle était assise, avec ses faux airs de normalité et ses riches décors. Elle ne savait plus qui elle était, quelle femme elle était devenue, quelle femme elle n'était plus.

Un jour, elle avait été une jeune fille qui vivait pour sa famille, et pour l'idée qu'elle se faisait de l'excellence et des bienséances. Elle y avait échoué, mais avait trouvé un plus bel idéal à poursuivre, un idéal qui lui avait été enlevé en un coup de fusil. Sans Will, chacun de ses pas était un vacillement. Elle ne sentait plus les limites de son corps, qui étaient devenues vagues, incertaines, et peut-être était-ce pour le mieux, car ce qui allait se passer maintenant, elle n'avait aucune envie de l'éprouver. Elle se sentit submergée par une immense vague de tristesse, et elle ferma les yeux. Son front se plissa, et la tristesse ne passa pas ; elle pria pour que Will la voie, de là où il était, et l'aide à ne pas pleurer.

Que penserait-il de cette pièce, avec ses portraits de femmes collet monté, aux visages graves ? Combien de jeunes filles, apaisées par les ressemblances avec leurs propres maisons, avaient ici brûlé d'envie que tout soit fini pour pouvoir retourner au bal, recevoir des propositions de mariage et être vues dans le monde comme on les avait toujours vues – de bonnes, de pures jeunes filles nées pour faire de beaux mariages célébrés lors de grandes cérémonies, où elles paraissaient innocentes comme l'agneau qui vient de naître. *Tous des hypocrites, tous*, réalisa-t-elle. Les filles en robes blanches et les hommes qui les mettaient sur des piédestaux, mais qui se frottaient néanmoins contre elles en dansant. Quant à sa propre mère, qui lui avait lancé qu'elle n'aurait jamais pensé cela d'elle, elle ne répugnait pas à faire quelque chose d'aussi vénal que de marier son enfant pour de l'argent.

La seule personne qu'Elizabeth ait jamais connue qui n'était pas hypocrite était Will. Elle sentit sa gorge se nouer et porta la main à son ventre. Pourquoi devait-elle souffrir ainsi à cause de l'amour, pourquoi devait-elle être châtiée dans sa chair, pourquoi sa punition devait-elle être si humiliante, si absolue ?

– Bonjour, ma chère, dit une femme en sortant de derrière le paravent.

La lumière était faible, mais Elizabeth ouvrit si soudainement les yeux qu'elle en fut éblouie. Des larmes perlaient au bord de ses paupières. La femme, vêtue de velours noir, la poitrine opulente et le visage plein, souriait à Elizabeth comme une personne qui va bientôt demander une rémunération. Peut-être, se dit alors Elizabeth pour la première fois, n'était-elle pas obligée de souffrir. Peut-être n'était-ce pas un nouveau tour que lui jouait tragiquement le destin.

Alors elle prit conscience que ce qui grandissait en elle était la dernière chose que Will lui avait laissée, et qu'elle ne pouvait en avoir honte. Il avait été son mari, après tout.

– Je dois partir, déclara-t-elle en se levant.

Elle était fatiguée mais nullement prête à dormir, et elle se sentit alors capable de tout, comme il arrive souvent quand on est resté debout toute une nuit.

– Mais ma chère, votre condition…

Elizabeth alla vers la porte.

– Je suis désolée, dit-elle d'une voix ferme et claire. Je me suis trompée.

La maison était sombre quand elle en franchit le seuil, mais à peine eut-elle enlevé son manteau qu'elle entendit le grincement de la porte coulissante du salon et vit sa mère émerger de l'obscurité.

– Je pensais qu'on te garderait toute la nuit, s'étonna-t-elle d'une voix tendue.

– Eh bien, non.

Elizabeth essaya de retenir son souffle et attendit que ses yeux s'accommodent à l'obscurité. Il faisait bon être entre ces murs, même si l'air dehors, chargé d'humidité, était moins froid. La pluie avait commencé à tomber quand elle avait gravi les marches du perron.

– Je n'ai pas pu rester.

– Que veux-tu dire par là ?

Mrs Holland avança dans le vestibule, portant avec elle cette odeur de cendres qui imprègne les vêtements quand on est resté longtemps près de l'âtre. Elizabeth vit alors son visage, et elle reconnut dans son expression cette angoisse qu'elle-même avait éprouvée à peine une heure auparavant. Mais cette sensation avait disparu, et elle ressentait à la place une force étrange.

– J'aurai cet enfant, répondit-elle imperturbablement. L'enfant de Will.

Sa mère émit un bruit de gorge comme si on l'avait frappée à l'estomac et que tout son souffle fût sorti d'un coup de son corps.

– Nous sommes perdues, dit-elle.

Elle ne prononça pas ces mots avec rudesse et, en quelque sorte, elle avait l'air de sous-entendre que ce n'était pas un si mauvais sort.

Elizabeth se surprit à sourire. Elle embrassa la petite dame sur les deux joues et lui souhaita bonne nuit.

Sur ce, elle gravit l'escalier jusqu'à sa chambre. Elle n'avait pas la moindre idée de ce qu'elle ferait le lendemain matin, mais elle savait que, pour la première fois depuis de nombreuses nuits, elle dormirait d'une traite.

Quarante-Trois

« Les dernières volontés et le testament de Carey Lewis Longhorn seront lus aujourd'hui à l'hôtel *New Netherland*, où le défunt a résidé durant les ultimes années de sa vie. Une foule de dames pleureront ce célibataire, y compris celles, bien sûr, qui espèrent aujourd'hui que sa générosité lui survivra. »

EXTRAIT DE LA RUBRIQUE MONDAINE
DE *THE NEW YORK NEWS OF THE WORLD
GAZETTE*, VENDREDI 2 MARS 1900.

– Miss Broad, où étiez-vous passée ?

– Carolina, ou Lina – peu importait son nom maintenant que toute dignité lui avait été enlevée –, entra dans le hall du *New Netherland*, où elle avait connu la grande vie. Son manteau dégouttait sur le sol aux mosaïques étincelantes. Bien qu'elle ait décidé de paraître un peu moins dévastée et ruinée qu'elle ne l'était, en reconnaissant l'odeur familière du café et celle du parfum qui flottait, et à la vue de Mr Cullen, le petit employé qui lui avait tant de fois tendu la clé de sa chambre, les larmes lui vinrent aux yeux. Et avant qu'elle ait pu commencer à s'expliquer, elle pleurait comme une Madeleine.

– Là, là, Miss Broad, lui dit Mr Cullen en enlevant son manteau de ses épaules. Vous avez pris la pluie ? ajouta-t-il, perplexe, en examinant son manteau, qui avait effectivement essuyé l'averse toute la nuit, et maintenant dégageait une odeur qui ne trompait pas : celle de la rue.

Il fit signe à un chasseur, et quand le vêtement humiliant eut disparu, il posa une main sur l'épaule de Carolina et lui dit :

– Nous enverrons cela chez le teinturier et nous verrons ce qu'il est possible de faire. Mais ma chère, vous êtes gelée. Il faut vous réchauffer et enfiler des vêtements secs.

Carolina enfouit son visage dans ses mains et hocha énergiquement la tête tout en continuant à pleurer.

– Retenez-vous, ma chère, poursuivit Cullen en la conduisant dans l'office. Vous êtes ici pour la lecture du testament de Mr Longhorn, n'est-ce pas ? Il vous a sûrement laissé quelque chose…

Carolina essuya ses narines humides du revers de la main, essayant de croire à ce qu'elle venait d'entendre. En vérité, elle n'espérait plus grand-chose, et n'était venue à l'hôtel que parce qu'elle s'était réveillée sous un porche et n'avait aucun autre endroit où aller. Elle voyait aussi, sur le visage de Cullen, qu'il faisait tout son possible pour qu'elle se sente mieux, et elle trouva cela si gentil, c'était une chose si rare, qu'il lui fallut toute la volonté du monde pour ne pas fondre derechef en larmes. Il appela une femme de chambre et lui demanda d'aller chercher une robe pour Carolina. Ce ne fut que lorsqu'elle fut à nouveau propre et bien arrangée qu'il l'escorta jusqu'à la suite où Longhorn et elle avaient passé tant de soirées à bavarder de ce qu'avait été la jeunesse de celui-ci, et de ce que la sienne promettait.

Mr James, le notaire, était assis devant une grande table. À la façon dont il leva les yeux vers Carolina, il était évident qu'elle n'était pas la bienvenue. Heureusement, Cullen était encore à côté d'elle ; il la conduisit jusqu'à l'un des fauteuils qui avaient été placés là, et ne s'éloigna que lorsqu'il fut sûr qu'elle était bien installée dans son siège. Il y avait d'autres femmes, également assises dans les fauteuils, qui pleuraient des larmes de crocodile dans leurs petits mouchoirs. Lucy Carr se trouvait parmi elles, mais elle évita de regarder Carolina.

— Bonjour mesdames, bonjour messieurs... commença Mr James, avant de tousser dans sa main d'une façon assez désagréable.

Un préambule s'ensuivit, que l'ancienne protégée de Longhorn put à peine écouter. C'était un document que le vieux célibataire avait fait rédiger quand il avait vu sa fin approcher, et elle l'avait honteusement délaissé à ce moment-là. Elle subissait encore les conséquences de cette décision égoïste, et pressentait qu'elle les subirait encore longtemps. La plupart des beaux objets de la pièce avaient été emballés, observa-t-elle, et c'était comme s'ils étaient morts eux aussi.

— À ma petite-cousine, Mrs William Barre, énonçait Mr James (la dame en question eut un petit hoquet et se redressa brusquement sur son siège, droite comme un I), je laisse mon grand plateau de service en argent et mille dollars.

Mrs William Barre loua alors la générosité de Longhorn, l'air un peu déçue.

Une série de petits legs suivit, auxquels les personnes réagirent tièdement. Carolina ne pouvait rien attendre du vieil homme, elle ne l'avait connu que quelques mois, de plus elle l'avait abandonné quand il avait eu le plus besoin de sa présence ; cependant elle ne put s'empêcher de penser, tout en se tamponnant les yeux pour sécher ses larmes, à l'annonce du legs le plus généreux de son ancien bienfaiteur (cinq mille dollars à la Société protectrice des jeunes orphelines du feu), qu'elle aussi était une orpheline, et que cet argent aurait été une manne pour elle. Là-dessus elle entendit les mots qui laissaient présager que c'était la fin, et elle se leva pour partir.

— Et le reste de ma fortune, lisait maintenant Mr James quelque peu à contrecœur, comprenant mes biens immobiliers, mes valeurs, mes titres, mes actions et mes liquidités, je les laisse à ma chère amie qui m'a donné tant de bonheur au chapitre final de ma vie, Miss Carolina Broad.

Tout le monde dans la pièce, bouche bée, se tourna pour regarder la jeune femme déjà presque à la porte. Un instant, Carolina crut qu'elle avait été nommée pour sa mauvaise conduite ou quelque autre infraction au bon goût, et ses yeux allèrent de l'assemblée des femmes au notaire. Puis elle vit Lucy Carr lui sourire, et elle comprit que la chance et la fortune avaient tourné, cette fois encore en sa faveur. Elle avait toujours froid, et ne réaliserait pas avant quelques heures à quel point sa vie allait être transformée. Mais déjà une sensation de sécurité commençait à l'envelopper, et les femmes qui étaient venues pleines d'espoir firent cercle autour d'elle pour lui présenter leurs félicitations et lui offrir leur amitié. Longhorn avait vu que la jeunesse de Carolina était pleine de promesses, et avec quelle infinie gentillesse, quelle infinie magnanimité il s'en était allé en lui permettant de les accomplir.

Quelques heures plus tard, ayant repris possession de sa garde-robe qui lui avait été légitimement restituée, Carolina arriva à une adresse sans distinction particulière à l'ouest de la ville. Elle demanda au cocher de l'attendre dans la rue. La pluie avait enfin cessé et on sentait une douceur monter dans l'air. Elle mit son manteau sur ses épaules – son ancien manteau en karakul que Longhorn lui avait acheté au début de leur amitié – et s'approcha de la véranda.

Quand la femme de chambre lui ouvrit la porte, elle ne lui laissa pas le temps de dire quoi que ce soit.

– Ne vous inquiétez pas, la devança Carolina avec un grand sourire. Je ne suis pas venue ici pour être payée. C'est fini, tout ça.

La femme tourna les yeux en tous sens, visiblement inquiète ; elle essuya la sueur de ses mains sur sa robe.

– Je ne crois pas que Mrs Tilt sera heureuse de vous savoir ici.

– Oh, mais je m'en fiche éperdument ! éclata de rire Carolina. Et de toute façon, je ne suis pas venue pour elle. Mr Wrigley est-il là ?

– Oui, mais…

– Bien. (Carolina dépassa la femme et entra dans le vestibule, puis se retourna dans un geste qui, sous les lustres du plafond, fit briller sa longue jupe lavande.) Où sont-ils ?

– Dans le salon du rez-de-chaussée, dit la femme de chambre, la tête baissée.

– Très bien.

Carolina entra dans la pièce, sa fourrure sur ses épaules, le visage triomphant. Elle savait que la victoire lui allait bien, et se planta sur le seuil, de sorte que Mrs Tilt et son ami Tristan puissent admirer sa splendeur. À ce moment, forte du sentiment de sa gloire, elle n'eut aucun mal à user d'une ingéniosité dont les dames bien nées faisaient preuve à tout bout de champ, et qu'elle n'avait pas eu l'occasion de manifester avant ce soir. L'instant était on ne peut mieux choisi.

— Je vous avais dit de ne jamais revenir ici, éructa Mrs Tilt, et malgré ses efforts pour rester froide et impassible, la tension fit mollir son ton.

Tristan, assis à côté d'elle dans un fauteuil à oreilles rayé rouge et blanc, sembla mal à l'aise pour la première fois de leur amitié. Elle fut satisfaite de voir qu'il était déjà habillé pour la soirée, en veste et gilet noirs, ses cheveux blonds mieux coiffés que d'habitude.

— Vraiment ? Puisque je souhaite ne jamais revenir ici, je pense pouvoir faire selon votre désir. (Carolina s'appuya négligemment contre le chambranle.) Tristan, poursuivit-elle, baissant la voix et sans daigner poser les yeux sur Mrs Portia Tilt, viens avec moi.

Le fauteuil de Tristan grinça sur le parquet. Il essayait maladroitement de faire face à la situation et, sans se lever :

— Mrs Tilt et moi avions prévu de dîner au *Waldorf*. Nous prenions un cocktail pour commencer la soirée et...

— Balivernes. Vous dînez avec moi, au *Sherry*. Vous voyez (là elle s'interrompit et arbora son plus beau sourire.) je viens d'hériter d'une grande fortune, une somme plus importante que celle que votre Mrs Tilt n'a jamais pu posséder, et je veux fêter cet heureux événement.

Tristan n'hésita plus. Il se leva et rejoignit Carolina comme s'il ne connaissait plus la dame de l'Ouest. Ils quittèrent la pièce sans même lui dire au revoir. Carolina daigna lui jeter un dernier coup d'œil et, en se retirant, elle eut le temps et le plaisir d'entrevoir l'air mortifié et indigné de son ancienne patronne.

— Ce sera dans tous les journaux demain ! cria-t-elle par-dessus son épaule.

Tristan l'aida à monter dans le fiacre. Assise à côté de lui, ballottée par la circulation, elle trouva qu'elle n'avait rien à lui dire. Son histoire était trop longue pour qu'elle puisse la lui raconter, et elle n'avait envie que d'une chose, c'est de quelqu'un pour la nuit avec qui célébrer l'événement. Son ancien ami le vendeur de chez *Lord & Taylor* ferait très bien l'affaire – il ne lui servirait pas à grand-chose d'autre, avait-elle compris ces derniers mois, bien qu'il lui ait été fort utile pour remettre Mrs Tilt à sa place. Bien sûr, elle aurait préféré cent fois Leland, mais elle avait lu dans le journal cet après-midi qu'il se trouvait déjà sur un bateau à mille lieues de là sur l'Atlantique ; elle s'était donc résignée à attendre quelques mois avant de reprendre leur romance. Pour l'heure, l'air était pur de la pluie qui venait de tomber, elle était habillée comme une reine, et son partenaire, peu importe qui il était, ne manquait pas de prestance. Elle avait toute la nuit devant elle, et toute la vie.

Quarante-Quatre

« Plusieurs futures mariées de la haute société attendent déjà un enfant, mais je n'ai pas le droit de vous révéler les noms de ces dames... »

EXTRAIT DE *RUMEURS DE LA VILLE*,
VENDREDI 2 MARS 1900.

Le feu crépitait, et Elizabeth leva les yeux vers sa mère. Aucune des deux femmes ne se détourna, et elles continuèrent à s'observer l'une l'autre pendant une longue minute. Après avoir cessé un temps cet après-midi, la pluie tombait à nouveau, et Diana dormait encore au premier étage alors que la nuit était presque venue. Edith souffrait d'une terrible migraine et était incapable de prononcer un seul mot sur la soirée de la veille chez les Hayes. Aussi étaient-elles à court de conversation, et Elizabeth ne pouvait rien faire d'autre que de se réchauffer au coin du feu et subir les regards accusateurs de sa mère. Elle était nerveuse et un peu inquiète du futur, mais elle avait maintenant quelque chose de plus important qu'elle à protéger, et cette idée l'apaisait.

– Mrs Holland, commença Claire en tirant la porte coulissante.

Les ombres d'un crépuscule grisâtre jouaient sur son visage laiteux.

Edith émit un grognement et se couvrit les yeux.

– Pour l'amour du ciel, épargnez ma migraine et parlez doucement, gémit-elle.

– Je suis désolée, chuchota Claire, bien qu'elle ait parlé tout bas en entrant.

Puisque Mrs Holland refusait inébranlablement de détacher ses yeux du foyer, la servante regarda Elizabeth, qui lui fit signe de continuer.

– Vous avez un invité.

– Qui donc ? Nous ne sommes pas en état de recevoir qui que ce soit, répliqua sèchement Mrs Holland.

Edith grogna, sans mentionner à nouveau sa migraine.

– Mr Cairns.

– Ah ! fit Mrs Holland dont l'expression changea brusquement. Faites-le entrer.

Elizabeth se redressa quand il pénétra dans la pièce. Elle avait été tellement absorbée par ses propres problèmes qu'elle n'avait pas remarqué l'absence du voyageur depuis son retour de Floride, et en effet ses traits forts et l'extrême pâleur de ses cheveux blonds lui parurent presque étrangers. Elle se sentit mal à l'aise : il avait tant fait pour sa famille. Elle lui sourit franchement pour se dédouaner.

– Mrs Holland, Miss Holland, Miss Elizabeth, fit-il en inclinant la tête.

– Comme c'est charmant que vous soyez de retour en ville, déclara Mrs Holland en se levant de son fauteuil.

Elle semblait moins inquiète à présent, et Elizabeth éprouva de la reconnaissance envers cet homme, ne serait-ce que pour cela. Elle se fit la réflexion que l'ancien associé de son père avait le chic pour apparaître quand la famille était dans le plus grand besoin, et cela le lui rendit moins étranger.

– Je ne savais pas que vous étiez de retour.

— Oui, et j'ai projeté de rester un moment. Je connais le sens de l'hospitalité de votre famille, et je ne voulais pas vous déranger avant de trouver où m'installer. J'ai pris un appartement au Dover, qui donne sur le parc – ce n'est pas aussi agréable qu'ici, bien sûr, mais c'est suffisant pour un homme comme moi. (Il ne détachait pas son regard d'Elizabeth ; elle regarda sa mère, qui avait les yeux fixés sur Snowden.) J'ai reçu votre télégramme, ajouta-t-il en s'adressant à Mrs Holland, supposa Elizabeth, bien qu'il continuât à la regarder.

— Bienvenue à New York, Mr Cairns, dit Elizabeth d'une voix douce en se levant, tout en touchant inconsciemment son ventre.

Elle espéra que c'était tout ce qui lui serait demandé pour le moment, mais elle n'allait pas avoir cette chance. Le regard de Cairns l'enveloppa entièrement, puis il avança vers elle et mit un genou à terre.

Elizabeth regarda sa mère, mais celle-ci avait les yeux tournés ailleurs.

— Elizabeth, j'espère que vous ne trouverez pas présomptueux de ma part de vous dire que je connais votre situation et que je pense pouvoir vous rendre service. Je sais combien vous avez aimé Will – après tout, c'est moi qui vous ai mariés. Bien sûr, vous devez garder son enfant. Mais vous feriez du tort au regretté Mr Keller si vous le mettiez au monde hors des liens du mariage. Je sais que vous ne m'aimez pas, du moins pas comme une femme aime son époux, et je n'attends pas que vous vous y efforciez. (Il s'interrompit pour ajuster la position de son genou sur le sol, et la regarda attentivement, comme craignant que ses mots ne puissent, malgré lui, lui faire du mal.) Je veux m'établir dans la ville et acheter une maison. Si nous nous marions, nous pourrons former une famille, je pourrai vous protéger du blâme du monde, et alors cette ville, grâce à vous, deviendrait pour moi un lieu de bonheur...

Il s'interrompit, et Elizabeth ferma les yeux. Pendant un moment, la pièce fut plongée dans le silence et l'on n'entendit que le bruit des flammes qui crépitaient et, dehors, celui de la pluie qui cinglait le pavé.

– Voulez-vous m'épouser ? reprit-il.

Sa mère l'avait élevée pour être une jeune fille à marier modèle, aussi Elizabeth avait-elle déjà vu beaucoup d'hommes à ses pieds. Sa vie prenait un tour inattendu ; cet homme, par ailleurs tout à fait convenable et bienvenu, n'était pas vraiment le compagnon idéal qu'une débutante aurait recherché pour se produire dans le monde, pourtant c'était lui qui allait être son mari. Elizabeth savait que Mrs Holland lui aurait préféré Teddy Cutting – pas autant qu'Elizabeth elle-même. Mais Teddy était parti.

Quand elle prit pleinement conscience du sens de l'offre de Snowden, de ce qu'elle signifiait pour elle, et quel sacrifice cela représentait pour lui – il abandonnait en effet par là toute chance de trouver l'amour, pour la protéger elle et le futur enfant de Will –, elle tendit le bras et lui prit la main.

– Oh oui, chuchota-t-elle. Merci.

Quand elle rouvrit les yeux, il se releva sans lâcher sa main, et déposa un baiser sur sa joue.

– Je vous donnerai un foyer, Elizabeth.

Elle ne put tout à fait lui sourire, mais elle acquiesça. Puis sa mère vint vers eux et leur prit la main.

– Mr Cairns, dit-elle, émue. Vous devez prendre grand soin de mon enfant. Elle est toute ma vie.

Puis elle l'étreignit. Edith s'était approchée, et bien que son visage portât encore les traces évidentes de sa migraine, elle s'efforça de sourire. Elle étreignit aussi le futur jeune couple et leur murmura ses félicitations.

– N'oubliez pas qu'une étroite amitié me liait à Mr Holland, dit Mr Cairns. Je sais à quel point il voudrait que je prenne soin de vous.

Elizabeth hocha de nouveau la tête. Le monde était merveilleux – il vous infligeait des épreuves, mais si vous restiez calme et concentré, si vous essayiez de faire ce qu'il fallait, il vous ménageait toujours des planches de salut. Elle avait imaginé une autre solution, mais cela n'avait plus d'importance, car cette solution, pour le moment utopique, ne se réaliserait jamais, et c'était sans doute pour le mieux. Elle allait être mère, et cette perspective l'emplit de joie.

– Je pense que vous serez d'accord avec moi que le mariage doit se faire vite afin d'éviter la suspicion, et que nous devons agir dès que possible... disait Snowden à Mrs Holland, ou peut-être à tante Edith – mais Elizabeth n'écoutait plus ; elle pensait à Will, à sa dignité, à son courage et à sa volonté, à tout ce qu'il avait fait pour elle ; elle pensait que peut-être, elle allait enfin pouvoir être digne de lui.

Quarante-Cinq

« Si un grand nombre de mes sources habituelles sont restées silencieuses en cette période de l'année, il reste que quelques amis nous ont signalé la présence remarquée de la plus jeune des Holland, Miss Diana, hier soir chez les Hayes, où elle était l'invitée particulière de l'héritier de la famille, Grayson. Que peut bien vouloir dire tout cela ? »

EXTRAIT DE LA RUBRIQUE MONDAINE
DE *THE NEW YORK NEWS OF THE WORLD
GAZETTE*, SAMEDI 3 MARS 1900.

Quand ils revinrent de l'église, Diana n'eut qu'une envie, celle de monter dans sa chambre. La cérémonie avait été brève et sobre, et il n'y avait pas eu d'invités hors de leur petit cercle familial et de quelques membres de la suite de Snowden. Le révérend Needlehouse avait officié, jetant de temps à autre des coups d'œil à la sœur de la mariée comme si elle sentait le soufre. Après que les mariés se furent rendus dans leur nouvelle demeure, la famille Holland retourna chez elle à Gramercy Park, et Diana se retrouva la petite sœur solitaire dans cette triste maison. Elle posait un pied sur la première marche de l'escalier, s'apprêtant à affronter ses angoisses, quand sa mère lui bloqua le passage.

– Di, ta sœur a beaucoup de chance.

Diana regarda sa mère, vêtue de noir comme depuis plus d'un an déjà. La tenue de la jeune Holland, une robe bleu marine d'une coupe modeste, n'était pas beaucoup moins sombre, et elle aurait eu du mal à dire laquelle des deux était la plus sinistre.

– Je sais, dit-elle après un silence.

Quand sa sœur lui avait révélé le secret qu'elle avait gardé pendant toutes ces semaines, le cœur de Diana avait brusquement chaviré, et la vague inquiétude qu'elle avait éprouvée à propos de ce qu'elle avait fait avec Grayson dans une galerie de l'hôtel particulier de sa famille prit alors une dimension dramatique. Elle avait commis un acte qui pourrait avoir des conséquences terribles et inattendues, et cette prise de conscience la fit sombrer plus profondément encore.

— Si ce que j'ai lu dans les journaux est vrai, que Grayson Hayes a jeté son dévolu sur toi, alors c'est parfait, conclut sa mère.

Diana comprit que celle-ci était déçue par le mariage qui venait d'avoir lieu. Il allait sauver les apparences et permettre à Elizabeth d'avoir son enfant, mais Mrs Holland aurait à l'évidence espéré pour sa fille aînée un parti plus glorieux.

— Je n'ai pas toujours approuvé la famille Hayes, comme tu le sais, et j'aurais préféré d'autres prétendants pour toi. Mais leur fortune est grande, et bien que cela me soit pénible de penser ainsi, ils sont l'avenir…

Diana ne pouvait réagir à cela sans tout lui dire ; mais bien entendu, c'était impossible. Aussi, un peu tremblante, elle hocha la tête, exprimant ainsi qu'elle comprenait, puis elle gravit le sombre escalier lambrissé qui branla un peu sous son poids. La maison ployait sous le joug des années, et sa plus jeune occupante se sentait cent ans plus vieille qu'elle ne l'était à son retour de Floride, aussi fut-ce avec une immense lassitude qu'elle se jeta sur son lit. Que devrait-elle subir encore, se demanda-t-elle, pour remplir les pages de l'histoire de sa vie ? Ce livre était déjà trop dense.

L'acte physique qui l'avait unie à Grayson n'était pas si différent de ce qu'elle et Henry avaient partagé les mois précédents, toutefois elle n'en avait tiré aucun vrai bonheur. Après Henry, tout son corps était comme nimbé d'une aura de fraîcheur. Maintenant elle n'éprouvait que du regret. Chaque fois qu'elle fermait les yeux, elle revivait à son corps défendant ces moments détestés avec Grayson, et ces images la consumaient. Le fantôme d'Henry dans l'encadrement de la porte se dressait dans son souvenir, et quelle importance si cette apparition avait été un témoin réel ou imaginaire de sa transgression. Ce qu'elle avait fait, elle ne l'avait pas fait par amour, et là était toute la différence.

Peu importe ce que sa mère avait dit, elle était sûre qu'elle n'épouserait jamais Grayson. Il lui avait déclaré qu'il l'aimait, et pour autant qu'elle le sache, cela pouvait être vrai. Mais elle ne pouvait lui retourner son sentiment – de cela elle ne doutait pas. Elle avait vu sa sœur promise à un homme qu'elle n'aimait pas, et même si l'expression de son visage était neutre, Diana avait clairement deviné combien cela lui faisait de la peine de se remarier si vite, alors que son amour pour Will, si pur, était encore vivant en elle.

Diana se recroquevilla dans son lit et rêva. C'était là, dans cette chambre aux murs damassés saumon, au tapis en peau d'ours blanc, au vieux fauteuil à tapisserie dorée, qu'Henry était venu vers elle la première fois. Ils s'étaient allongés sur cette peau d'ours, devant la cheminée. Elle aurait tout donné pour revenir à ce moment-là, avant qu'il ne soit trop tard, avant de découvrir qu'Henry n'était pas ce qu'il faisait semblant d'être, avant de commettre la plus énorme erreur de son existence. Elle était accablée, mais incapable de pleurer ; elle ne pouvait rien y changer, cela faisait inéluctablement partie de sa vie, désormais.

Elle avait obtenu ce qu'elle voulait, mais pas de la façon dont elle l'avait imaginé. Elle avait voulu se sentir différente, et en effet elle l'était maintenant, mais c'était pire. Elle avait mûri, perdu une grande partie de son innocence, et en croyant que Grayson pourrait la faire cesser de penser à Henry, elle s'était démesurément trompée : Henry habitait en permanence son esprit. Sauf que pour la première fois, ce qu'il lui avait fait lui paraissait moins terrible, car elle lui avait rendu la pareille, et maintenant elle savait que ce qu'on tirait de cela n'était pas grand-chose.

Quarante-Six

« Ce soir, Elizabeth Holland aura épousé l'ancien associé de son père, Mr Snowden Trapp Cairns, au cours d'une cérémonie privée à Grace Church. On peut seulement supposer qu'après tout ce qu'elle a subi l'automne dernier, elle désire une vie plus tranquille et moins ostentatoire que celle qu'elle aurait partagée avec Henry Schoonmaker... »

EXTRAIT DE LA RUBRIQUE « LE JOYEUX DANDY »,
THE NEW YORK IMPERIAL,
SAMEDI 3 MARS 1900.

Le Dover était un édifice en pierre blanc cassé donnant sur le parc, construit dans les années 1870 ; ses appartements comprenaient des salons, des bibliothèques et des chambres pour les domestiques. Il y avait des ascenseurs et des vide-linge à chaque étage. L'appartement des Cairns occupait le quatrième en entier. Tout était flambant neuf. Les meubles, disposés avec plus de sens pratique que d'art, n'avaient jamais servi à personne. La nouvelle maîtresse des lieux éprouvait un sentiment étrange. Le décor était riche, mais il lui semblait vide.

– Quel bel endroit, dit-elle en passant le seuil.

Snowden lui sourit, tendit le bras pour prendre sa capeline et lui fit signe de s'asseoir près de la cheminée où l'un de ses hommes avait allumé un feu. La pluie s'acharnait. Maintenant qu'on savait sous quelle protection naîtrait l'enfant, c'était à la santé de la mère qu'on faisait attention, et l'on veillait à ce qu'elle ne se fatigue et ne bouge pas trop.

Ils étaient allés à l'église en famille. Ensuite, au cas où des yeux auraient cherché à savoir s'il n'y avait pas autre chose à récolter que ce que les journaux rapportaient, Elizabeth et Snowden étaient retournés seuls chez eux, comme n'importe quel couple marié.

— Personne n'aurait jamais pu penser qu'une Holland vivrait aussi loin de la ville, avait laissé échapper sa mère quand ils s'étaient séparés.

Elizabeth ne s'était jamais sentie aussi lasse. C'était l'épuisement qui vient à l'issue d'une longue inquiétude. Elle était beaucoup trop fatiguée pour penser aux derniers mots de sa mère et en analyser le sens ; après un silence, elle suivit l'invitation de Snowden et alla s'asseoir sur le canapé victorien East Lake recouvert de mousseline blanche. Il était souple mais avait la forme d'un cube, aussi ne s'y sentit-elle pas tout de suite à l'aise. Demain elle s'attacherait à rendre cet endroit plus confortable, et les jours suivants, jusqu'à la naissance de son enfant. Mais à quoi bon s'en inquiéter maintenant ?

Snowden se tenait encore debout dans le vestibule, vêtu de l'habit marron foncé qu'il avait acheté ce même jour chez *Lord & Taylor*. La simple robe couleur ivoire d'Elizabeth, au col officier et aux manches longues jusqu'au poignet, venait du même magasin de prêt-à-porter. Il y avait quelque chose de déconcertant dans tout cela. Elle avait réalisé, pendant l'échange des serments, que c'était parce que l'événement lui rappelait le jour de son mariage avec Will, et que le costume que son premier mari portait ce jour-là était étrangement pareil à celui que Snowden avait choisi.

— À quoi pensez-vous, très chère ? lui demanda son mari un peu à l'écart, dans l'ombre.

Elizabeth soupira, et tenta un sourire. Puis, haussant les épaules :

— C'est seulement que…

Peut-être était-ce la fatigue, toujours est-il qu'elle faillit se mettre à pleurer. Ce serait d'une grande ingratitude après tout ce que Snowden avait fait pour elle, et elle fronça les sourcils, s'efforçant de retenir ses larmes.

– Dites-moi, insista doucement Snowden. Vous pouvez me le dire. Rien de ce que vous me direz ne me gênera.

Elle ferma les yeux.

– Je pensais juste que jusqu'à ce soir, j'étais encore Mrs Keller, chuchota-t-elle.

Snowden vint s'asseoir à côté d'elle sur le canapé. Elle tourna avec réticence les yeux vers lui, puis quand elle perçut l'expression de bonté qui s'imprimait sur son visage, elle soupira et fit un geste des mains comme pour exprimer que tout cela était d'une sentimentalité ridicule, bien qu'elle pensât le contraire.

– Je comprends, la rassura Snowden en souriant. Je sais que dans votre cœur, vous serez toujours Mrs Keller.

– Vous êtes si bon, lui répondit Elizabeth pleine de remords.

Une servante en uniforme blanc et noir attendait sur le seuil, et Snowden lui fit signe d'entrer. Elle s'approcha de la petite table basse en chêne aux lignes géométriques devant laquelle le couple était assis, et leur versa à chacun un verre de vin rouge. Snowden attendit que la femme eût disparu, puis leva son verre. Elizabeth fit de même. Ils trinquèrent.

– À notre famille, dit Snowden.

Elle essaya poliment de boire une petite gorgée, alors même qu'elle n'avait pas la moindre envie, à ce moment-là, d'avaler une seule goutte d'alcool. Elle sourit et reposa son verre sur la table. Puis une autre pensée lui traversa l'esprit.

– Il me semble que je suis légalement mariée deux fois, maintenant. (Elle dit cela spontanément, sans s'inquiéter de savoir comment Snowden le recevrait. Puis elle regarda son nouveau mari, et vit une lueur étrange dans ses yeux.) N'est-ce pas ?

Un silence terrible s'ensuivit, au bout duquel Elizabeth comprit que la phrase qu'elle allait entendre serait un mensonge.

– Oui, dit Snowden avec hésitation. (Puis il reprit avec plus d'assurance.) Bien sûr, mais puisque les papiers du premier mariage ont été enregistrés à Boston, et puisqu'il y a forcément en ce monde plus d'une Elizabeth Holland et plus d'un Will Keller, je suis sûr qu'il n'y a pas lieu de s'inquiéter.

Sur ces mots il sourit et prit ses mains, sagement posées sur ses genoux. Elle avait envie de lui dire qu'elle n'était pas si désolée que cela qu'il la découvre en flagrant délit d'honorer la mémoire de Will, mais l'étrangeté de ce moment ne cessait de la troubler, et elle avait beau essayer, elle ne pouvait sortir de son silence. Alors elle ferma à nouveau les yeux et se dit qu'elle était mariée à quelqu'un d'autre maintenant, que peut-être le souvenir de Will était une chose qu'elle aurait à entretenir en secret, et qu'il y aurait toujours de ces étranges moments qui n'avaient pas besoin d'explication.

– Vous êtes fatiguée, très chère ? lui demanda Snowden.

– Oui, très fatiguée, répondit-elle.

– Venez, je vais vous montrer votre lit.

Snowden se leva sans lâcher sa main et l'entraîna. Les grands yeux bruns d'Elizabeth s'ouvrirent, comme égarés. Un instant, elle eut peur que leur arrangement conjugal ne soit un terrible malentendu, et elle porta son autre main sur son cœur en geste de protection.

– Je pensais que nous...

– Je vais vous montrer *votre* lit, très chère. Le mien est dans l'antichambre.

– Ah.

Elizabeth lui adressa un sourire de soulagement et se mit debout à côté de lui. Elle se sentait un peu sotte d'avoir fait des histoires là où il n'y en avait pas, aussi tendit-elle ses bras vers lui et lui dit-elle de son ton le plus chaleureux :

– Merci, Mr Cairns.

– N'y pensez plus.

Puis il la conduisit dans le couloir vers la pièce où elle finirait maintenant ses jours. Il l'embrassa sur le front. Elle sentait déjà sa tête peser sur l'oreiller et le sommeil la gagner. Elle allait rêver à Will et à leur enfant, et l'espace de quelques heures ils seraient tous les trois ensemble.

– Bonne nuit, dit-elle en posant sa main sur la poignée de la porte.

– Bonne nuit, répondit Snowden en se retournant pour partir. Bonne nuit, Mrs Cairns.

Quarante-sept

« Nous saluons l'héroïsme de Mr Edward Cutting qui a rejoint l'armée pour servir son pays à l'étranger. D'autres nobles jeunes gens vont-ils le suivre ? On peut espérer que ce sera le cas. Ce serait un petit pas qui gommerait un peu les inégalités de notre grande nation. »

EXTRAIT DE L'ÉDITORIAL DE *THE NEW YORK TIMES*,
DIMANCHE 4 MARS 1900.

Penelope se sentait ce matin-là comme chez elle dans la demeure des Schoonmaker, et elle en traversa les couloirs dans ses atours froufroutants, avec un air impérieux et majestueux qui aurait pu intimider plus d'une tête couronnée d'Europe. Elle tenait une tasse de café en porcelaine fine dans une main, et soulevait de l'autre sa jupe vermillon pour qu'elle ne traîne pas sur le sol. Elle avait tant à faire ce jour-là. Pour commencer, elle devait choisir un cadeau de mariage pour l'ex-fiancée de son mari – et, grave question, qu'achetait une jeune fille bien née dans ce genre de situation ? La garde-robe d'été de Penelope n'était pas encore tout à fait prête, et elle devait se préparer à tellement de fêtes et de dîners qui avaient lieu les semaines suivantes, et qui de plus s'imbriquaient les uns dans les autres ! Lesquels allait-elle choisir ? Question difficile. Mais elle se sentait d'humeur légère, un peu perverse, et se fiait entièrement à elle-même pour prendre les bonnes décisions. Elle bouillait d'énergie.

– Henry, appela-t-elle en entrant dans leur suite.

Le lit avait été arrangé pendant qu'elle se faisait coiffer en buvant son café et en dégustant un croissant, et maintenant la pièce se déployait dans toute la splendeur de ses meubles cirés et de ses ornements blancs et dorés. Elle sourit, parce que tout était à sa place – à part le fait, bien sûr, qu'Henry n'était pas là. Elle était encore allée au lit sans lui ; aucun doute qu'il avait veillé tard et bu à outrance, comme les soirs précédents, et qu'il dormait encore sur le canapé de la pièce voisine. Quand elle avait quitté la soirée trois nuits auparavant, seule invitée à l'esprit clair, elle avait aussi été la seule à remarquer et à interpréter le retour d'Henry d'une étrange promenade, puis plus tard celui de Grayson, enfin celui de Diana, tous deux un peu débraillés, leurs habits froissés. Elle essaya d'imaginer ce qu'Henry avait vu. Tout compte fait, ce n'était qu'une affaire de temps avant qu'il dessoûle et réalise que sa situation actuelle n'était finalement pas si désagréable que cela.

Elle termina son café, satisfaite, pensant aux bénéfices et aux joies qu'allait lui apporter son plan. Elle l'avait mené à bien, pensa-t-elle en souriant. Certes, les domestiques des Schoonmaker la dorlotaient outre mesure, leurs attentions étant fondées sur un malentendu gênant qui devrait être clarifié tôt ou tard. Mais maintenant qu'Henry savait que Diana avait été entachée et compromise pour toujours, il lui reviendrait, et elle saurait rapidement trouver une solution à cette situation inconfortable sans pour autant se sentir obligée de donner des petits-enfants au vieux Schoonmaker. En tout cas pas tout de suite. C'était sa première saison en tant que femme mariée de la haute société, et elle avait tant de nouvelles robes à montrer et tant de soirées où aller, elle n'allait quand même pas se retrouver grosse et immobilisée. C'était un rôle qu'elle n'avait pas encore répété. Mais elle avait toutes les cartes en main, et savait que les choses viendraient en leur temps, quand elle le voudrait.

Elle sourit à la pensée que bientôt Elizabeth serait incapable de faire quoi que ce soit de divertissant. Elle était sûre que son mariage précipité confirmait ce qu'elle avait soupçonné en Floride, à savoir qu'Elizabeth allait avoir un enfant, et beaucoup plus tôt qu'on pouvait s'y attendre.

– Henry ? appela-t-elle encore.

Elle posa sa tasse en porcelaine sur la petite table sculptée au pied de son lit, passa devant les différentes malles qui étaient arrivées ce matin par bateau, puis dans la pièce adjacente. Elle fut surprise par l'obscurité qui régnait à l'intérieur et réalisa alors que les rideaux n'avaient pas été tirés.

– Henry ? fit-elle encore tout en les écartant.

La lumière inonda la pièce, illuminant le canapé avec ses oreillers en kilim, ses coussins en cuir doux et sa mièvre peinture murale représentant un tableau pastoral et idyllique. C'était là qu'Henry était supposé se trouver. Elle examina les coussins, les tâta comme si cela pouvait lui donner une indication de là où il pouvait se trouver à une heure du jour bien trop matinale pour qu'il soit déjà sorti, et bien trop tardive pour qu'il soit encore en train de faire la fête.

– Oui, Penelope ?

Elle se retourna et mit ses mains derrière son dos comme si elle avait quelque chose à cacher. Son mari était debout sur le seuil de la chambre, en train de la contempler.

– Je... (Penelope ne put finir sa phrase. Elle était stupéfaite par le costume d'Henry, pas du tout dans le genre de ce qu'il avait toujours porté.) Où as-tu trouvé ça ?

– Ça ?

Il regarda son manteau bleu marine aux boutons de cuivre et le pantalon bleu clair ajusté sur ses jambes par des guêtres en cuir. La vue d'Henry en uniforme lui fit battre le cœur, car il n'en était que plus irrésistible, bien que son regard fût aussi ferme et peu engageant que jamais. Il tenait un chapeau bicorne dans les mains. Elle marcha vers lui, médusée.

– À la United States Army, à laquelle j'appartiens maintenant.

Un moment, cette idée parut terriblement romantique à Penelope, et elle pensa à tout ce qu'un homme sur le point de s'embarquer avait envie de demander. Elle lui sourit vaguement, une main posée sur la hanche. Puis, en voyant la façon dont se tenait Henry, elle comprit que ce n'était pas pour son loisir personnel qu'il était vêtu ainsi. Sa main glissa de sa hanche, son visage se décomposa et elle se précipita vers lui.

– Je m'embarque aujourd'hui.

Une vague d'effroi déferla sur elle.

– Tu t'embarques ? Mais pour où ?

– Je ne sais pas. (Il s'éclaircit la voix.) Teddy est parti pour les Philippines. J'ignore où l'on m'a affecté.

Elle commençait juste à comprendre qu'il avait trouvé, en partant de la ville, le moyen de contrecarrer ses manigances pour le garder à jamais auprès d'elle.

– Tu ne vas pas quitter New York pour de vrai ?

– Je vais servir mon pays, Penelope. (Il soupira et, après un moment de flottement, il détourna les yeux.) Ce sera demain dans les journaux, mais j'ai pensé que je devais te le dire en face. J'ai déjà fait assez de mal comme cela à tout le monde, et je ne voudrais pas en causer davantage.

Ébranlée par ce qu'elle venait d'apprendre, elle avait déjà imaginé ce que les journaux allaient déduire de cette nouvelle, ce que le père d'Henry penserait d'elle, à la désolation qui allait s'emparer d'elle quand il serait parti, bel et bien parti. Il descendit dans la pièce principale. Ne pouvant supporter l'idée de son départ, elle se lança en avant et tomba aux pieds de son époux. Elle préférait l'avoir là pour le défier, elle préférait qu'il reste à New York, quitte à lui faire endurer les choses les plus cruelles, plutôt que de le perdre de cette façon, de le voir partir vers des ailleurs inconnus. Elle était tombée à genoux, sur le bois dur du parquet, et tendait les bras vers Henry, ses bras enveloppés de crêpe de Chine rouge clair et ornés d'une collection de bracelets d'or. Elle s'accrocha à ses jambes. Il recula, et ce faisant la traîna sur quelques centimètres.

Elle le regarda, et les larmes lui vinrent naturellement aux yeux.

– Et le bébé ? gémit-elle.

Elle savait qu'elle était ridicule, mais ce fut tout ce qu'elle trouva à dire.

Henry se pencha, la prit fermement sous les aisselles et la remit sur ses pieds.

– Il n'y a pas de bébé, rétorqua-t-il quand ils furent face à face.

– Mais…

– Je vous fais mes amitiés, ma chère, dit Henry d'un ton qui la fit se sentir reléguée dans quelque arrière-salle de la vie de son mari.

Elle sentit les secondes s'écouler. Celles qui lui restaient étaient rares et précieuses. Comment allait-elle pouvoir empêcher son départ ?

– Mais, *Henry*...

Il la fixa de son regard sombre une seconde de plus, après quoi il enfonça son chapeau sur sa tête. Comme il était à quelques pas de la porte, Penelope se précipita sur le lit et arracha ses jupes au risque de les déchirer. Elle hurla :

– Henry, Henry, Henry, ne me quitte pas !

Alors ce fut un torrent de larmes. Des larmes chaudes. Elle hoquetait. Seule, elle allait être seule, abandonnée dans la maison d'Henry.

– Je ne suis rien sans toi !

C'était vrai, réalisa-t-elle juste après l'avoir dit. Elle serra les poings et en frappa le dessus-de-lit brodé d'or, mais rien n'y fit. Quand elle releva les yeux, Henry était parti. Pour longtemps.

Elle renifla et se moucha dans sa manche sans se soucier de la salir. Demain elle se commanderait une autre robe. Elle s'appuya sur un coude et essaya de sécher ses joues du dos de la main. Enfin elle cessa de pleurer et commença à respirer normalement.

– Oh, Henry, soupira-t-elle.

Dehors la pluie, qui était tombée interminablement depuis deux jours, commençait à faiblir, et elle se dit que si elle se levait et se recomposait un visage, elle verrait sa situation d'un œil nouveau. Oui, maintenant il était parti. Mais il y avait demain, et le surlendemain, et toute la vie après cela. Elle se leva et appela sa femme de chambre. Elle n'était pas tombée de la dernière pluie et avait tout son temps pour trouver comment le faire revenir.

Quarante-Huit

« Je t'en prie, lis cette lettre jusqu'au bout.

H. S. »

La lettre arriva dans l'après-midi alors que la pluie tombait encore à seaux, et le messager était trempé. Diana avait regardé craintivement l'enveloppe posée sur le plateau en céramique à côté de la porte, certaine qu'Henry avait vu ce qu'elle avait fait, et qu'il lui avait écrit un flot d'injures. Ce fut seulement après le dîner, une fois tout le monde couché qu'elle alla la chercher. Un peu superstitieusement, Diana avait ainsi l'impression qu'on lirait ainsi moins dans ses pensées par la suite. Elle n'était pas encore sûre qu'elle pourrait lire son message jusqu'au bout.

Edith, pas encore totalement remise de sa petite beuverie chez les Hayes, avait jeté un coup d'œil à la lettre avant le dîner, mais elle manquait apparemment d'énergie pour essayer de savoir ce qu'il en était.

– Ah, la jeunesse ! fut sa seule réaction avant d'aller se coucher peu après le dîner.

Plusieurs heures passèrent et le ciel commençait à s'empourprer, quand Diana trouva le courage de rompre le sceau.

Elle tremblait tant qu'elle reposa la lettre avant de l'ouvrir. Elle se raisonna, se dit qu'elle n'était rien si elle ne faisait pas face aux conséquences de ses actions. Alors elle prit la lettre, marcha vers la peau d'ours blanc et replia les jambes sous ses jupes. Elle inspira fort. Son cœur battait à tout rompre. Quand elle la reposa, elle était dans un état tout à fait différent.

> « Ma très chère Di,
>
> J'ai vraiment tout gâché.
>
> Tout cela semblerait sans doute comique de l'extérieur, et j'en rirais s'il ne s'agissait pas de moi, et surtout de toi. Mais il s'agit de toi, et rien ne pourrait être plus tragique pour moi. Il t'est probablement difficile, compte tenu de mes déplorables faux pas, de croire que je n'ai jamais voulu qu'une chose, te protéger. Telle était mon intention, même si elle a pu être mal interprétée ; telle était mon intention lorsque j'ai épousé Penelope, en dépit de toutes les bévues qui ont suivi. J'espérais pouvoir te protéger du blâme. Maintenant je le sais, tout cela a été stupide et vain. Mes actes t'ont causé une grande souffrance, et je me suis mis moi-même dans la situation angoissante et douloureuse de te

voir courtisée par d'autres. Il ne fait aucun doute que c'est un échec que j'ai moi-même provoqué, et je ne m'en remets pas.

En vérité, je sens que je mourrais plutôt que de te voir aimée par un autre : une part de moi a déjà été anéantie quand je t'ai vue avec Grayson chez les Hayes. C'est pour cette raison, autant que par besoin d'expier tout le mal que j'ai fait, que je quitte la ville et m'enrôle dans l'armée. Je vais combattre pour notre grande nation dans le Pacifique. Je sais, je peux mourir, mais cela me semble une fin plus heureuse que de vivre sans toi, et de toute façon je crois que regarder la vie en face et être capable de s'engager dans une action, quand bien même elle implique un grave danger et l'éventualité de la mort, signifie qu'on est un homme. Après tout ce que j'ai fait, la moindre des choses est d'essayer de prouver que j'en suis encore un.

J'en ai trop fait, et tu t'es probablement lassée de moi maintenant. Je tenais néanmoins à t'assurer avant de partir que je suis *profondément désolé pour toute la peine que je t'ai causée. Je voudrais que tu saches, si jamais je meurs, que tu auras été le seul vrai amour de ma vie. Quand tu liras ces mots je serai parti, mais je t'en prie, n'oublie pas que je suis toujours à tes côtés...*

À toi pour toujours, Henry William Schoonmaker. »

Diana lut la lettre trois fois. Elle appuya le dos de sa main sur son visage pour s'empêcher de pleurer. Elle ferma fort les paupières, mais sans succès. Elle pleura devant l'âtre, puis se jeta sur son lit pour pleurer encore plus fort. Elle pleurait sur ses actes entêtés et tous les stupides malentendus qui l'avaient éloignée du seul homme qu'elle avait jamais aimé, et surtout sur la distance qui les séparait à présent. L'abîme s'était élargi, et maintenant aucun pont ne pouvait les réunir. Le pire était que la cause de toutes ces trahisons ne venait pas de leur volonté, mais d'un manque de confiance réciproque.

Elle alla à sa fenêtre et regarda les façades illuminées, et au-dessus d'elles le ciel, les pâles étoiles. Combien de mensonges derrière ces belles fenêtres ? se demanda-t-elle. Combien de cœurs brisés par négligence ou manque de courage ? Combien de fautes anciennes non avouées ? Alors elle pleura encore. Il n'y avait rien à faire, elle le savait, et ses pleurs redoublèrent. Elle pleura jusqu'à n'avoir plus de larmes, jusqu'à l'épuisement.

Elle alla s'asseoir à sa table de toilette ; c'était un meuble raffiné en bois sombre, orné de fleurs et d'anges sculptés, qui lui avait tant de soirs renvoyé son reflet quand elle était encore une jeune fille innocente et pleine d'illusions. Elle avait l'air plus âgée maintenant, elle le savait. Ses yeux étaient cernés, la peau de ses paupières inférieures légèrement fripée, et ses traits plus durs. Cependant, elle se dit qu'elle était assez jeune pour que de vrais baisers et une bonne nuit de sommeil lui rendent sa fraîcheur.

Elle posa les coudes sur la table et se prit la tête entre les mains. Elle serra les bras de son fauteuil.

– Pauvre de moi, pauvre de moi, chuchota-t-elle en commençant à ôter fébrilement les épingles de ses cheveux.

Quand elle les eut toutes enlevées, et que ses belles boucles brunes auréolèrent sa tête elle sut que le sommeil pouvait attendre, mais qu'elle devait recevoir ces vrais baisers auxquels elle pensait. Ses mains tâtonnèrent sur la table en direction d'une paire de ciseaux. Un instant, les doigts dans les anneaux dorés, elle se demanda si elle n'était pas devenue folle. Mais elle discerna une pureté et une concentration dans ses yeux qu'elle n'y lisait pas la semaine précédente, et elle comprit que ce qu'elle allait faire était la seule chose qui donnerait du sens à tous ces événements.

Elle commença à couper. Lentement, avec des gestes précis. Ses cheveux tombaient en petites touffes à ses pieds, mais elle resta calme, le regard fixé sur le miroir face à elle, jusqu'à ce que son crâne ressemble à celui d'un garçon. Elle avait un visage si doux et si féminin qu'il était difficile d'imaginer qu'elle pourrait passer pour autre chose qu'une fille, mais sa conviction était devenue inébranlable, et ce n'était pas un si petit détail qui l'arrêterait maintenant. Elle allait suivre Henry, quand bien même cela voulait dire s'enrôler dans l'armée, quand bien même cela signifiait vivre comme un homme. De toute façon, elle le voyait, son visage était plus mûr, et peut-être était-ce tout ce dont elle avait besoin pour parachever l'illusion.

Il était très tard quand elle tourna la tête de côté une dernière fois pour examiner sa nuque rasée dans le miroir de sa coiffeuse. Elle se sentit alors allégée de plusieurs tonnes, et sut qu'elle emportait l'essentiel avec elle. Elle prépara une petite valise et y rangea la lettre d'Henry. Puis elle éteignit les lumières et descendit l'escalier.

Diana portait un chapeau melon aux initiales de *H. W. S.* cousues dans la doublure et un vieux manteau de l'armée française. Elle regarda un long moment le numéro 17 avant de se mettre enfin à marcher en direction du fleuve. La pluie avait cessé, et l'air était pur et juste assez froid pour qu'on se sente en vie, comme lors de tous les débuts prometteurs.

REMERCIEMENTS

Je remercie de tout cœur les personnes qui ont travaillé avec moi sur cette série. Merci à Sara Shandler, à Farrin Jacobs, à Josh Bank, aux Morgenstein, à Andrea C. Uva, à Nora Pelizzari, à Lanie Davis, à Kristin Marang, à Allison Heiny, à Cristina Gilbert, à Melissa Dittmar, à Kari Sutherland, à Barb Fitzsimmons, à Alison Donalty, à Ray Shappell, à Elise Howard, à Susan Katz et à Kate Jackson.

Anna Godbersen
dans Le Livre de Poche

Rebelles n° 31938

Des filles rebelles dans des robes sublimes font la fête jusqu'à l'aube. Des garçons irrésistibles aux sourires machiavéliques ont des intentions suspectes. Mensonges, secrets et scandales. Nous sommes à Manhattan... en 1899.

Rumeurs n° 32101

Rien n'est plus dangereux qu'un secret... Les amies d'hier sont devenues les rivales d'aujourd'hui. Coups bas à l'heure du thé, trahisons au cœur de la nuit, les bals somptueux bruissent des plus folles rumeurs. Nous sommes à Manhattan... en 1899.

*Du même auteur
chez Albin Michel :*

REBELLES, 2008.
RUMEURS, 2009.
VÉNÉNEUSES, 2011.
TOUT CE QUI BRILLE, « Wizz », 2012.

Composition réalisée par NORD COMPO

Achevé d'imprimer en mars 2012 en France par
CPI BRODARD ET TAUPIN
La Flèche (Sarthe)
N° d'impression : 68285
Dépôt légal 1re publication : avril 2012
LIBRAIRIE GÉNÉRALE FRANÇAISE
31, rue de Fleurus – 75278 Paris Cedex 06

31/6679/0